U0483820

亦有风雨亦有晴

古耜——著

刘江滨 郝建国 主编

Yi You Fengyu Yi You Qing

Gu si

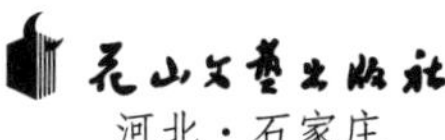

河北·石家庄

图书在版编目（CIP）数据

亦有风雨亦有晴 / 古耜著. -- 石家庄 : 花山文艺出版社, 2025.1

（拇指丛书 / 刘江滨, 郝建国主编）

ISBN 978-7-5511-7139-7

Ⅰ. ①亦… Ⅱ. ①古… Ⅲ. ①随笔－作品集－中国－当代 Ⅳ. ①I267.1

中国国家版本馆CIP数据核字(2024)第028625号

丛 书 名： 拇指丛书
主　　编： 刘江滨　郝建国
书　　名： 亦有风雨亦有晴
YI YOU FENGYU YI YOU QING
著　　者： 古　耜

策　　划： 丁　伟
统　　筹： 闫韶瑜
责任编辑： 李天璐
责任校对： 李　伟
装帧设计： 书心瞬意
美术编辑： 陈　淼
出版发行： 花山文艺出版社（邮政编码：050061）
（河北省石家庄市友谊北大街 330号）
销售热线： 0311-88643299/96/17
印　　刷： 河北新华第一印刷有限责任公司
经　　销： 新华书店
开　　本： 880 毫米×1230 毫米 1/32
印　　张： 8.75
字　　数： 170千字
版　　次： 2025年1月第1版
2025年1月第1次印刷
书　　号： ISBN 978-7-5511-7139-7
定　　价： 58.00元

目　录

CONTENTS

◎ 第四辑

第一辑

一部开山之作　百年经典之路

——纪念《中国小说史略》问世百年

一

从 1920 年 8 月起，时任教育部佥事的鲁迅，先后被北京大学、北京高等师范学校、北京女子高等师范学校等多处聘为讲师或教授，讲授中国小说史。

是年底，小说史在北大等处陆续开讲。按照要求，鲁迅将准备好的讲义交给校方，请他们刻印随课程发放。现存最早的油印讲义，由北大国文教授会承制，凡十七篇，题名《小说史大略》。接下来，鲁迅对油印本讲义作了较大的补充调整和扩展，增至二十六篇，大约 1921 年下半年或 1922 年，由北京高等师范学校铅印成册，取名《中国小说史大略》。此后，鲁迅对铅印讲义再作充实和修订，增至二十八篇，定名为《中国小说史略》(以下简称《史略》)，由北京大学第一院新潮社于 1923 年 12 月和 1924 年 6 月，分为上下卷正式出版。至此，“小说自来无史”的中国，有了第一部现代意义的小说史。

继北大新潮社分卷出版《史略》，1925 年 9 月，北新书局将《史略》合为一卷推出，1926 年和 1927 年，该书局连续出版《史略》修订本，1931 年 9 月又出版订正本。至 1935 年 6 月，北新版《史略》已印行至第十版，这次出版前，著者再作个别改订。翌年，鲁迅逝世，《史略》以后的各版次均与北新第十版相同。

《史略》的出版在文学和学术界获得很高的评价。胡适在 1928 年所作的《白话文学史・序言》中写道：“在小说的史料方面……最大的成绩自然是鲁迅先生的《中国小说史略》；这是一部开山的创作，搜集甚勤，取材甚精，断制也甚谨严，可以替我们研究文学史的人节省无数精力。”1936 年秋，鲁迅逝世，蔡元培在挽联中留下了“著述最谨严，非徒中国小说史”的断制。郭沫若亦十分看重《史略》，认为它和王国维的《宋元戏曲史》，“是中国文艺史研究上的双璧。不仅是拓荒的工作，前无古人，而且是权威的成就，一直领导着百万的后学”。（《鲁迅与王国维》）郑振铎则认为：“《中国小说史略》是一部奠基的大著作。从这部大著作出版了以后，研究中国古小说的人才能够有确切可据的基础。”（《中国小说史家的鲁迅》）应当承认，名家巨擘目光如炬，从一开始就在相当程度上捕捉到《史略》的经典品格。

大抵是受梁启超“小说革命”的影响和推动，20 世纪 30 年代，编纂小说史一度成为学界热点，一时间，庐隐的《中国小说史略》，范烟桥的《中国小说史》，谭正璧的《中国小说发达史》，郭箴一的《中国小说史》，阿英的《晚清小说史》等竞相问世。这些著作的观点和质量参差不齐，其中流露的对《史略》的看法也不尽一致，但其行文立论均不同程度地打上了取法和借鉴《史略》的印记，当然也无形中扩大了其影响，推动了其传播。1935 年，写出过《鲁迅传》的日本汉学家增田涉，将《史略》译成日文在东京出版，《史略》由此开启域外行程，接下来，它在日本和东亚不断收获译介和研究的新成果。这都从传播和接受的意义上，证实了《史略》确有经典潜质。

20 世纪三四十年代，国内《史略》研究适时展开，文坛之上除一些论者在综合性论著中给予《史略》以肯定性评价，先后出现多篇颇有分量的专门研究文章。如郑振铎的《鲁迅先生的治学精神——为鲁迅先生周年纪念作》，赵景深的《中国小说史家鲁迅先生》《关于〈中国小说史略〉》，阿英的《作为小说学者的鲁迅先生》，台静农的《鲁迅先生整理中国古文学之成绩》等。值得关注的是，这些文章的作者都是鲁迅同时代人，都与鲁迅有过或多或少的交集或联系，又都是文学史领域兼具新学与旧学造诣的大学者，这使得他们笔下的《史略》研究别有一种学术风度和科学精神：同记忆和感受相联系的知人论世；以材料和考证作支撑的观察与判断；基于文学史尺度的客观严谨的著作估衡等。如此这般的研究阐发，从材料、文本以及方法层面，明确具体地揭示了《史略》的成就、个性和优势，进而凸显了它对文学史和学术史的重要贡献。其中有的篇章还认真坦率地指出了《史略》存在的某些缺失或讹误，这种在充分肯定基础之上的补苴罅漏，非但没有降低《史略》的光彩与价值，相反将其置之于健康严肃的学术氛围之中，推动了经典化进程的开启。

新中国成立后十七年，百端待举，《史略》研究略显沉寂，但仍有阿英、郭预衡、王瑶、林辰等留下了清晰足迹。新时期以降，《史略》的社会传播和学术研究呈现出前所未有的生动局面。一方面，高校的文科生和研究生普遍将《史略》作为必读书，不少高校开设小说史选修课或系列讲座，《史略》一直是基本教材。一些学人独立撰写或高校师生集体编纂中国小说史，材料日趋丰富，论述愈发缜密，但主要观点和基本框架仍遵循《史略》。正如陈平原所言："迄今为止，小说家之撰写小说史，仍以鲁迅的成绩最为突出，一部《中国小说史略》乃无数后学的研究指南。"(《艺术感觉与史学趣味》)

另一方面，众多专家学者在已有的《史略》研究的基础上，或取精用宏，或深耕细作，持续推出一大批各有侧重，各见文心的新成果，其生动多元的学术探索呈现出以下基本向度：一是深入阐发《史略》的小说理念、精神内涵、结构章法和述学特征，确立其在中国小说史的开山之功与深远影响。这类研究成果较多，先后有储大泓的《读〈中国小说史略〉札记》，徐怀中的《鲁迅与中国古典小说》，郭豫适的《〈中国小说史略〉的重大贡献》，温庆新的《鲁迅〈中国小说史略〉研究》等，其中陈平原的《作为文学史家的鲁迅》《鲁迅以前的中国小说史研究》《现代大学与小说史学》等，厚积薄发，举重若轻，乃同类之翘楚。二是潜心于《史略》的文本整理和版本爬梳。陈平原、鲍国华的《〈中国小说史略〉校注》，周锡山的《〈中国小说史略〉汇编释评》，张兵、聂付生的《中国小说史略疏识》，鲍国华的《〈中国小说史略〉的版本及其修改》，杨燕丽的《〈中国小说史略〉的生成与流变》等，是其中的重要成果。三是在肯定《史略》开创性和典范性的前提下，指出彼时由于主客观条件所限而留下的偏颇和遗憾。欧阳健的《中国小说史略批判》是此类著述的代表作。四是选择特定角度切入研究，发掘《史略》的潜在价值。刘克敌的《鲁迅与20世纪中国学术转型》，李金荣的《鲁迅〈中国小说史略〉的书目学意义》，马兴波的《文献视野的〈中国小说史略〉考辨及其引申》等论著，均富有话题拓展意义。此外，杨义《中国古典小说史论》、黄霖《中国小说研究史》中有关《史略》的论述，均系高屋建瓴的研究成果，值得充分重视。

以上论著以《史略》为中心，作多维多向的勘察与掘进，敞开的是《史略》斑斓厚重的文学世界。诸多论者初入《史略》，自然不乏“照着讲”的意味，但讲着讲着，或旁逸斜出，或旁搜远绍，或拾遗补阙，或曲径通幽，便有了“接着讲”的风度。也可以这样说，是《史略》的坚实骨架与丰腴内涵有效地激活了论者的延伸性阐释和创新性思维，使他们在一次次的“重读”中深化和发展了《史略》的文学与学术意蕴。这让人不禁想起卡尔维诺的说法：“每一次重读经典，就像初次阅读一般，是一次发现的航行。”（《为什么读经典》）庶几可以这样说：时至今日，《史略》已经在现代学术的淘洗与碰撞中，完成了自身的经典化进程，显示出历经百年而愈发丰实高迈的经典品格。

二

史实和经验告诉我们：经典之所以是经典，关键在于其自身包含的经典性，即著作中体现了原创性、规律性和超越性的质地与力量。而这种质地和力量在不同的经典中，又有不同的表现，具体到《史略》则有三个方面引人瞩目。

第一，为中国小说“正了名”，“立了传”。

在古代中国，小说被视为不登大雅之堂的“小道”，一向不被庙堂和学界看重。进入现代，小说境遇发生变化，但小说理念依旧含混模糊，不仅一般人不清楚小说是什么，即使1915年问世的蒋瑞藻的《小说考证》，以及稍后出版的钱静方的《小说丛考》，也还是小说戏剧一锅煮，给人边界不清的感觉。在现代中国，最先为小说“正名”和“立传”的，正是鲁迅和他的《史略》：

——廓清了小说的概念、范畴与特性。《史略》从目录学入手，按时间顺序，考察众多史书和官书收录的史部与子部小说，述其内容，考其真伪，阐发其小说元素，但并没有将这些视为小说滥觞和发展的不二法门。在鲁迅看来，小说始于神话。“从神话演进，故事渐近于人性，出现的大抵是‘半神’，如说古来建大功的英雄，其才能在凡人以上……这些口传，今人谓之‘传说’。由此再演进，则正事归为史，逸史即变为小说了。”（《中国小说的历史的变迁》，以下简称《变迁》）与之相联系，鲁迅又认为，虚构是小说的本质，建立在虚构基础之上的想象与文采，才是小说最主要和最基本的特征。而同样具备想象和文采的作品，又有创作者“无意”而成和“有意”为之的区别，只有从自觉的小说意识出发写成的小说文本，才称得上是真正的小说。正如《史略》所说：小说“至唐代而一变，虽尚不离于搜奇记逸，然叙述宛转，文辞华艳，与六朝之粗陈梗概者较，演进之迹甚明，而尤显者乃在是时始有意为小说”。至此，鲁迅基本阐明了小说的内涵与外延。

——为小说寻出一条清晰的发展线索。在厘清小说概念的基础上，《史略》从既定认知出发，梳理出小说的演进轨迹：由神话传说到六朝志怪志人，再到唐人传奇，再到宋人话本拟话本，再到明清小说。这样一种演进轨迹猛地看来，似乎只是小说与时间的同步推移，但仔细体察即可发现，它实际上包含着论者更深一层的理论设计与结构匠心：《史略》二十八篇，其中前十篇以小说意识的远近浓淡、是否自觉为线索，重在展示秦汉至唐代文言小说由“自在”到“自为”，由混沌到清晰的过程。后十八篇则透过“讲史”“神魔小说”“人情小说”“市人小说”，以及“讽刺小说”“侠义小说”“谴责小说”等类型的划分与递进，为宋元明清“白话小说的发展，勾勒出一个清晰的面影。这样的小说史讲述，在今天看来或许尚有可改进之处，但作为一部开山之作，便在整体上成功地绘制出古代小说嬗变与前行的路径，其中的基本观念、阶段划分和作品命名等，迄今仍为学界借重。

——揭示了古代小说的文体形态、语体特征与整体趋向。《史略》以年代为经考察小说的进化与发展，必然触及历史上的两类小说：唐以前的文言小说和宋以降的白话小说。在鲁迅笔下，前者固然不乏重要的小说元素，但更多的还是文化典籍的材料价值，后者才是纯粹的属于叙事性文学的小说文本。而把文言小说和白话小说衔接和联系起来考察，不仅便于读者全面了解把握中国小说的文体形态和语体特征；更重要的是它从客观上展示了古代小说主要由文化典籍最终走向民间、通俗和大众的必然趋势。

第二，对小说史上的重要作品留下了富有洞见和启示的评价。

据《中国通俗小说总目提要》统计：自唐代至清末，我国保存下来的白话小说计有一千一百六十四部，其中约半数是产生于历史进入近代之前的古代小说。由于我国古代文论相对发达的是"诗文评"，主要以评点方式存在的小说评论要沉寂得多，以致许多重要的小说作品在很长时间里，都缺乏科学的真正具有文学眼光的阐发和评价。《史略》在梳理小说史的过程中，有意弥补了这一缺憾。该著先后涉及一百多部文言和白话小说，其中对若干较有影响的作品或褒或贬，都留下了见地不凡、足以照亮小说史天空的评价。

譬如：他称赞《红楼梦》的写实成就，“在敢于如实描写，并无讳饰，和从前的小说叙好人完全是好，坏人完全是坏的，大不相同”。(《变迁》) 他解释大观园中的宝玉，是“爱博而心劳，而忧患亦日甚矣”。可谓切中肯綮而又意味深长。他评价《儒林外史》是:“秉持公心，指擿时弊”“戚而能谐，婉而多讽”“是后亦鲜有以公心讽世之书如《儒林外史》者”。正用得上鲁迅自己所言:“伟大也要有人懂。”他对《三国志演义》的人物塑造提出批评:“显刘备之长厚而似伪，状诸葛之多智而近妖。”虽系剑走偏锋，但联系作品形象，亦可谓独具只眼，一矢中的。他对《封神演义》评价不高，认为该书“似志在于演史，而侈谈神怪，什九虚造，实不过假商周之争，自写幻想，较《水浒》固失之架空，方《西游》又逊其雄肆，故迄今未有以鼎足视之者也”。凡此种种，殆皆小说史上熠熠生辉的不刊之论。即使对《海上花列传》随手留下的“平淡而近自然”的说法，亦被后世喜欢此书者奉为圭臬。

第三，为小说史编纂提供了值得普遍借鉴的经验。

时至今日，小说史编纂已是文学研究的重镇。小说史应该如何写？《史略》没有留下说明文字，但联系鲁迅在其他场合的相关表达，再考察《史略》的编纂实践，仍可发现其中包含的小说史主张。譬如，鲁迅曾表示:“文学史资料长编，非‘史’也，但倘有具史识者，资以为史，亦可用耳。”(《致台静农》，1932 年 8 月 15 日）这就是说，在鲁迅看来，仅有史料的胪列构不成文学史；史料只有被具有史识者“资以为史”，才能呈现“史”的品质。

那么，“史识”又该怎样浸透到小说史中？对此，《史略》以自身实践留下多种启示，其中有两点在今天值得特别重视：第一，《史略》聚焦小说发展，但不曾把这种发展封闭和孤立起来，而是将其与历史上不同时代的社会史、思想史、心理史、风俗史等联系起来加以考察，就中发现不同历史条件和社会环境带给小说的影响，同时展现和评价小说家在特定环境中的精神状况和艺术创造，让小说史传递历史的回声。鲁迅说：“史总须以时代为经。”（《致王冶秋》，1935 年 11 月 5 日）《史略》正好体现了这一主张。第二，在“世界文学”已成格局的情况下，小说史编纂自然应有国际视野，但所写既然是中国小说史，当然更要体现民族和传统的脉搏。《史略》在这方面处理得妥当而自然——其小说概念的确立固然参照了域外文论，“犹他民族然”，而结构文本却使用了目录学、考据学，以及看重作品“文辞与意象”等传统的思路与方法，从而成就了自身的东方气派和民族风范。

三

在充分肯定《史略》的经典性之后，有一个话题接踵而来：《史略》的经典性是如何形成的？其中有哪些主客观因素在起作用？鲁迅本人又做了怎样的努力？提供了哪些值得总结和借鉴的经验？在这一维度上，有以下几点值得珍视。

第一，尽可能奠定丰厚翔实的材料基础。

在鲁迅看来：文学史不应当是“资料长编”，但要写好文学史又必须“从作长编入手”（《致曹聚仁》，1933 年 6 月 18 日），因为“资料长编”是文学史的基础，只有打好这个基础，文学史才能保证应有的品质和作用。正是基于这一认知，鲁迅在编纂《史略》时，下功夫作了独立的材料准备。其中最具代表性，也最值得重视的，就是“完全用清儒家法”但又“不为清儒所囿”（蔡元培《〈鲁迅先生全集〉序》），通过一系列辑佚考订完成的《古小说钩沉》《唐宋传奇集》《小说旧闻钞》三书。此三书的出版尽管晚于《史略》，但材料的搜求与积累却在《史略》着手之前或贯穿于《史略》的成书过程。其中《古小说钩沉》，辑录由汉至隋的古小说佚文三十六篇，是《史略》第三至第七篇的文献基础；《唐宋传奇集》凡十七万言，收入唐宋两代传奇小说四十五篇，另附《稗边小语》一卷，为《史略》第八至第十三篇提供材料支撑；《小说旧闻钞》摭拾宋元以降白话小说史料四十一种，以及相关材料和著作若干，构成《史略》第十四至第二十八篇的材料来源。毫无疑问，这三部书的形成对于《史略》的问世至关重要。其个中原因，台静农说得十分透彻：“关于小说史的考订，较之一般的考订尤为困难，其困难之所在，就是史料不容易搜集。先生于搜集材料、整理材料，费过很多精力。如先生所辑佚的《古小说钩沉》《唐宋小说传奇集》《小说旧闻钞》，其分量盖超过《小说史》数倍，然而这些都是《小说史》的副册。若不事先将各时

代的材料钩稽出来，《小说史》是无法写的。”（《鲁迅先生整理中国古文学之成绩》）

第二，既精益求精又从容自信的著述态度。

鲁迅的小说史研究，从油印的《小说史大略》到铅印的《中国小说史大略》，再到成为书稿的《史略》，经历了一个不断调整、充实与提高的过程。而每一次的调整、充实与提高，都不单是篇目的增加，同时还包括史料的添补，论断的修订，以及对部分作品的归属调整和重新命名，至于文字的润色加工更是随处可见。为了使这一切建立在一个坚实的基础之上，鲁迅不仅广赠书稿，以倾听他人意见，而且还专门编写了《明以来小说年表》，及时收集学界小说研究的新成果，作为修订《史略》的文献参考，可谓殚精竭虑，取法乎上。

不过在《史略》正式出版之后，鲁迅对全书的内容便不再大动干戈，继初版问世后的几次订正，都只是数量不多的材料补充或文字改动。即《史略·题记》所说：“……稍施改订，余则以别无新意，大率仍为旧文。”之所以如此，当然与鲁迅后来离京南下，材料不在手边有关，但更重要也更内在的原因，恐怕还是他环视学界，清醒决断的结果。即所谓：此书“虽曰改定，而所改实不多，盖近几年来，域外奇书，沙中残楮，虽时时介绍于中国，但尚无需因此而大改《史略》，故多仍之”。（《致台静农》，1932 年 8 月 15 日）由此可见，围绕《史略》，鲁迅表现出两种既相互联系又各自不同的态度——写作中的精益求精和成书后的从容自信。因为有了写作中的精益求精，《史略》的整体质量达到上乘，臻于高格，经得起时光淘洗；因为拥有成书后的从容自信，鲁迅面对不断变化的文坛学界，头脑清醒，心态余裕，应对从容，远离了焦虑与流行。这两种态度的形成，是鲁迅思想、性格和经历在学术实践中的自然流露，并不是他为完成某项任务而做出的具体的心理准备，但从《史略》的经典化过程，以及更广泛的文学和学术实践来看，著述认真和学术自信对于强化作品的经典性，进而推助其走上健康自然的经典之路，又确有重要作用。

第三，获得现代教育体制的有力支持。

大量文学实践证明，文学经典的形成同文学教育体制有着密切关系，一些作品之所以能够跨进经典行列，一个重要原因或条件，就在于它们进入了课堂和教材，成了现代教育体制规定的学习内容，从而强化了其传播、普及和影响。这种情况在《史略》身上亦有体现。民国时期，教育谈不上发达，但赵景深写于 1945 年的《关于〈中国小说史略〉》一文，已有作者在课堂上讲授《史略》的记述。而世界书局 20 世纪 30 年代出版的《杜韩两氏高中国文》教材里，亦可见出自《史略》的《清末之谴责小说》。这说明早在那时，《史略》就进入了课堂，流露出走向经典的势头。至于新中国成立后，《史略》同教育和校园的密切结缘，前边已有介绍，这里不再赘述。

就文学、教育和经典化的关系而言，《史略》还有另一重优势：大多数文学作品的经典化路径，常常是由文本而教材而经典，《史略》的经典化进程则是直接从课堂和教材起步，台静农、冯至、许钦文、尚钺、王鲁彦、魏建功、孙席珍、徐霞村、孙伏园、常维钧、许广平等，当年都曾听过鲁迅讲授小说史。据他们回忆，当时课堂上听众很多，本系的、外系的，本校的、外校的，常常人满为患，挤在窗台上听课也是常有的事，现场氛围也很好，鲁迅和学生之间常有互动交流。这自然从一开始就有效地扩大和提升了鲁迅与小说史的知名度，同时也使听众产生了一种与经典相遇的仰望式的崇拜。后来，这些当年的听众又都成了著名的教授、作家或领导者，由他们结合亲身经历讲述《史略》，当然别有一番真实感与亲和力，同时社会和时代前行，也进一步丰富和提升了《史略》的文学史地位，强化了其经典色彩和意味。

鲁迅与风光自然

一

“对于自然风光，山水世界，鲁迅一向没有什么兴趣，因此，他很少旅游，也几乎不写游记”——诸如此类的说法由来已久，且可以从了解鲁迅的那一代人的记忆中找到某些依据。譬如，与鲁迅情如手足的同乡挚友许寿裳就说过：“鲁迅极少游览，在杭州一年之间，游湖只有一次，还是因为应我的邀请而去的。他对于西湖的风景，并没有多大兴趣。‘保俶塔如美人，雷峰塔如醉汉’，虽为人们所艳称的，他却只说平平而已；烟波千顷的‘平湖秋月’和‘三潭印月’，为人们所流连忘返的，他也只说平平而已。”（《亡友鲁迅印象记》）深深敬仰鲁迅且近距离观察过其日常生活的女弟子萧红亦有言：“鲁迅先生不游公园，住在上海十年，兆丰公园没有进过，虹口公园这么近也没有进过。”（《回忆鲁迅先生》）夫人许广平在追述鲁迅居住在北京的情形时，虽提到“比较做得到的娱乐是到中央公园去”，但随即又做了补充：“也许到公园里的图书馆罢，不过一定不会赶人多的热闹场所，那是可以肯定的。”（《鲁迅先生的娱乐》）与鲁迅多有过从的作家、学者曹聚仁，在所著的《鲁迅评传》里更是一再指出：“鲁迅对于山水之胜，素来不感兴趣；他在杭州一年多，也只游过一回西湖。”鲁迅“是茶的知己，而不是西湖的知己”，“鲁迅艺术修养很深，却不喜游山玩水”。就连鲁迅自己也曾不无遗憾地表示：“我对于自然美，自恨并无敏感，所以即使恭逢良辰美景，也不甚感动。”（《厦门通信》）

二

依上所述，面对山水自然，鲁迅果然是少兴趣，无敏感了！然而，在我看来，这样的结论还是不要下得过于简单和匆忙。试想：人类是在山川自然的怀抱里站立、健全和强大起来的，大自然那母亲般的孕育和滋养之情，决定了人类无论如何进化、怎样发展，最终都难以从根本上摆脱生命还乡的冲动和精神皈依的企求。他们在山水自然面前，永远怀有一种尽管或隐或显，却总是源于本能的向往、亲和与眷恋。鲁迅作为人群中的精英与翘楚，又焉能例外？更何况统观鲁迅的毕生经历和全部著作，我们虽然几乎找不到他流连于湖光山色的身影，以及那种“我见青山多妩媚，料青山见我应如是”的浪漫与飘逸，但仍有一些材料、线索和细节，还是有意或无意地披露了这样一种事实：鲁迅与大自然毕竟是有缘的。在生命的旅途上，他始终将大自然当作朋友，装在心底。为此，他常常给大自然以敬畏和热爱，而大自然亦常常回赠他美感与启迪。

首先，透过鲁迅的生命独语和他人关于鲁迅的某些回忆，我们可以感受到，鲁迅的内心深处乃至潜意识里，自有一种与生俱来的对自然万物的亲近之感和爱恋之情。

据周建人在《鲁迅与自然科学》一文中的回忆，鲁迅对自然界的事物和道理，一向具有浓厚的兴趣。少年时，他不仅乐于栽花养草，亲手培植过石竹、佛手、月季、平地木、万年青、映山红等，而且喜欢读《释草小记》《释虫小记》《南方草木状》《毛诗草木鸟兽虫鱼疏》《花镜》等介绍动物和植物的古书。他将实践经验和书本知识两相对照，曾经写下以前者矫正后者的书边批注。十八岁那年，他到南京就读水师和矿路学堂，接触到西方的现代自然科学，遂进一步留心客观世界，并有收集矿石和化石标本的举动。自日本回国后，他相继执教于杭州和绍兴，更是结合生物教学的需要，经常到山间野外采集植物标本，且以此为乐。他一生中唯一的游记作品，早期用文言写成的《辛亥游录》，便真实记录了当时的情景。

后来，鲁迅将越来越多的精力用于以笔为旗的社会批评和文明批评，但是，那种天性里带来的对自然万物的喜爱与神往，并没有因此而消失，它们随物赋形，潜移默化，时常在作家表述心境的散文和书信里，自然地、不经意地流露出来。请看作为“夜记之一”的《怎么写》。这篇作品中的一段文字，描述了作家夜间独处厦门大学图书馆的心理感觉和生命体验：

> 我沉静下去了。寂静浓到如酒，令人微醺。望后窗外骨立的乱山中许多白点，是丛冢；一粒深黄色火，是南普陀寺的琉璃灯。前面则海天微茫，黑絮一般的夜色简直似乎要扑到心坎里。我靠了石栏远眺，听得自己的心音，四远还仿佛有无量悲哀，苦恼，零落，死灭，都杂入这寂静中，使它变成药酒，加色，加味，加香。这时，我曾经想要写，但是不能写，无从写。这也就是我所谓"当我沉默着的时候，我觉得充实，我将开口，同时感到空虚。"

毫无疑问，此时此刻的鲁迅，内心里充满了矛盾、犹疑、困惑、彷徨。然而，在这无边的"空虚"与茫然之中，让他感到可以对视、可以交流，以至收获"充实"与抚慰的，恰恰是披着"黑絮一般夜色"的自然万物。这时，我们突然明白了鲁迅为什么自称"爱夜人"；为什么要写激情荡漾的《夜颂》；为什么会说"夜是造化所织的幽玄的天衣，普覆一切人，使他们温暖、安心……"。原来，支撑起夜色的是大自然；是大自然以"夜"的方式，给了鲁迅"光明"和"诚实"；鲁迅"爱夜"，最终是爱自然世界啊！

再看鲁迅羁旅于厦门时写给朋友李小峰的书信，即著名的《厦门通信（二）》。其中有这样的表述：

今天又接到漱园兄的信，说北京已经结冰了。这里却还只穿一件夹衣，怕冷就晚上加一件棉背心。宋玉先生的什么“皇天平分四时兮窃独悲此廪秋，白露既下百草兮奄离披此梧楸”等类妙文，拿到这里来就完全是“无病呻吟”。白露不知可曾“下”了百草，梧楸却并不离披，景象大概还同夏末相仿。我的住所的门前有一株不认识的植物，开着秋葵似的黄花。我到时就开着花的了，不知道他是什么时候开起的；现在还开着；还有未开的蓓蕾，正不知道他要到什么时候才肯开完。“古已有之”，“于今为烈”，我近来很有些怕敢看他了。还有鸡冠花，很细碎，和江浙的有些不同，也红红黄黄地永是这样一盆一盆站着。

…………

然而荷叶却早枯了；小草也有点萎黄。这些现象，我先前总以为是所谓“严霜”之故，于是有时候对于那“廪秋”不免口出怨言，加以攻击。然而这里却没有霜，也没有雪，凡萎黄的都是“寿终正寝”，怪不得别个。

熟悉鲁迅者都知道，这一纸书信暗含了写信人对当时厦大校园里单调、封闭、沉闷空气的严重不满，即所谓：“编了讲义来吃饭，吃了饭来编讲义，可也觉得未免近于无聊。”亦所谓:“现在是连无从发牢骚的牢骚，也都发完了。”“呜呼，牢骚材料既被减少，则又有何话之可说哉！”只是如果我们换一个观察与思考的角度，岂不也可以发现，在这无边的庸俗和寂寞里，正是自然界的花卉——那“秋葵似的黄花”，那“很细碎”的鸡冠花，包括那早枯的荷叶、萎黄的小草，给鲁迅带来了由衷的欣悦和饱满的兴味，以至让他禁不住要拿《诗经》的句子来开心:“即使那桃花有车轮般大，也只能在初上去的时候，暂时吃惊，决不会每天做一首‘桃之夭夭’的。”于是，我们又一次领略了藏在鲁迅心底的与大自然的相通与相融。

其次，在鲁迅的观念世界里，自然环境与国家政治以及民族生存密切相关。为此，他对于当时日趋恶劣的自然环境和物种生态，一再表现出深切的忧患；而对于其中包含的政治和方略的失败，则感到极为愤慨。

1930 年，周建人将自己翻译发表过的有关生物科学的文章，编为《进化与退化》一书出版。鲁迅为之写了一篇《小引》，其中明确指出“我们生息于自然中，而于此等自然大法的研究，大抵未尝加意”，故阅读书中的文章可“略弥缺憾”。又云:“但最要紧的是末两篇。沙漠之逐渐南徙，营养之已难支持，都是中国人极重要，极切身的问题，倘不解决，所得的将是一个灭亡的结局。”这里，鲁迅对自然与生态的认识，显然走在了时代和绝大多数国人的前面。

20 世纪 30 年代，鲁迅还曾与多位日本友人谈起过中国的环境治理与保护问题。有一次，他用幽默的口吻对内山完造说:“老板，你晓得‘黄河之水天上来’吗?治理黄河的方法，并不是疏浚河床，而是把两岸的堤防渐渐地加高的。河床年年为泥沙堆高，因此两岸的堤防也渐渐地高了起来。大水一来，高筑的堤防在什么地方一溃决，水就会跟瀑布一般地流下来。”他认为:“中国实有把这种治水方法加以革命之必要呢!”(内山完造《忆鲁迅先生》)

还有一次，他对曾经是近邻的浅野要说:

> 请看看中国广阔无垠的原野、山岭吧，哪里还有像样的树木。然而，就是这些为数不多、自然生长着的小树，现在也没有了吧。什么缘故呢?中国的老百姓生活得贫困不堪，面临着饿死的危险。他们为了生活下去，竞相剥去树皮食用，挖出草根充饥。民众处于这种状况，中国是长不出树来的，于是政府植树造林政策也就归于失败了。若要使政府的植树造林政策成功的话，恐怕种十棵树需要有两倍三倍的军队保护吧。然而，如此的军队装备，要占现有军费预算总额的八成至九成，这是政府办不到的，因而对于植树造林也就不热心了。这件事对中国来说，是一场多么大的悲剧啊!从这里，我们也可以对黄河长江所造成的灾害，为什么逐年增加的原因窥见一斑了。没有树木的堤坝是容易被冲走的，然而，正像这没有树木的堤坝一样，没有经济余力的百姓，尤其是农民，对于灾害没有任何抵抗能力，也很容易被水冲

走，于是，在中国，根本不可能听到灾后再建设的呼声，能听到的只是逃荒农民惨淡的脚步声和背井离乡、四处流浪的难民的呻吟。

——浅野要《紧邻鲁迅先生》

显然，诸如此类的言谈，浸透着鲁迅直面天灾人祸和生态濒危时的那份郁闷和焦虑；而引发和强化了这份郁闷和焦虑的，则是他久蓄心底的对于大自然的那种珍爱与牵挂。

最后，鲁迅的文学世界里，自然元素和“景语”成分不是很多，但却极富个性，十分精彩，其出神入化之处，每每表现出作家拥有超卓的感受和把握大自然的能力。

大凡细读过鲁迅小说者，恐怕都忘不了其中那些关于自然景物的描写：

渐近故乡时，天气又阴晦了，冷气吹进船舱中，呜呜的响，从篷隙向外一望，苍黄的天底下，远近横着几个萧索的荒村，没有一丝活气。

——《故乡》

几株老梅竟斗雪开着满树的繁花，仿佛毫不以深冬为意；倒塌的亭子边还有一株山茶树，从暗绿的密叶里显出十几朵红花来，赫赫的在雪中明得如火，愤怒而且傲慢，如蔑视游人的甘心于远行。

——《在酒楼上》

秋天的后半夜，月亮下去了，太阳还没有出，只剩下一片乌蓝的天；除了夜游的东西，什么都睡着。

——《药》

这些文字虽然用笔简约，着墨寥寥，但由于准确地抓住了景物特征，所以在整体效果上可谓灵动传神，如临其境。而这样一种艺术效果，如果没有作家对自然万物的深入体察和细致揣摩做基础，是绝对不可能达到的。

在鲁迅笔下，小说的景物描写多以简笔勾勒、白描写意取胜，而散文的景物描写则常常是情景交融、物我双汇。在这方面，《从百草园到三味书屋》里那童心跳跃、生机盎然的百草园；《好的故事》里那心驰神往、风光无限的山阴道，早已是脍炙人口、誉满文林。而《雪》《腊叶》《秋夜》这类整体和纯粹的写景之作，更是凭借或莹润高洁，或悲郁惨烈，或幽邃孤愤的审美境界，将主体客体化，将自然人格化，从而在隐喻和象征意味的沛然发散中，成为传世经典。庶几可以这样说，鲁迅散文中的景物描写，实际上是作家心灵的载体或投射，它传递出自然万物和作家内心的双重丰富与细腻，同时彰显了二者之间特有的那种相互依存而又相得益彰的关系：自然万物使鲁迅的内心世界获得了充分展现，而鲁迅的内心世界则给予自然万物别一种情调与神采。

值得注意的是，在人与自然的维度上，鲁迅不仅写风物，而且写动物。据靳新来博士《"人"与"兽"的纠葛——鲁迅笔下的动物意象》一书统计，《鲁迅全集》中提到的飞禽走兽多达二百余种，这在中国现代作家中绝无仅有，独步一时。诚然，鲁迅绘制的动物天地是一个奇异而复杂的精神存在，其中那些虚实相生、摇曳变幻的动物形象，往往寄托了作家曲折的心路、立体的旨趣和多样的爱憎。但是，有一条意脉依旧清晰可见，那就是，在单纯的生态和生物的意义上，鲁迅对于动物永远是仁爱的和悲悯的。关于这点，我们不妨仔细品味作为《朝花夕拾》中的《狗·猫·鼠》。在这篇采自记忆的散文里，鲁迅兴致勃勃地讲述着获知于外国童话的狗与猫“成仇”的故事，讲述着自己对于猫的认识和态度的改变，同时，又从猫说到鼠——自己当年饲养的小小的隐鼠。其中“我”对于小隐鼠的那种无法掩饰的欣赏，那种发自内心的喜爱，不禁让人联想起他多年之后写给母亲的家书：“动物是不能给他（指小海婴——引者注）玩的，他有时优待，有时则要虐待，寓中养着一匹老鼠，前几天他就用蜡烛将后脚烧坏了。”透过这样的文字，我们不难领略鲁迅寄予动物的那份呵护与深情。

三

在肯定了鲁迅对山水风光、自然万物的深爱与真情之后，有一个问题接踵而来：鲁迅既然是山水风光、自然万物的爱者和知音，那么，他为什么又要在行动上远离自然，不喜旅游，以致贻人——甚至给自己——在风景自然面前少兴趣，无敏感的印象？显然，要准确和深入地回答这个问题，我们必须尽可能地重返鲁迅所处的历史现场，同时从这一现场出发，努力走进鲁迅的精神天地、生命历程和观念世界，做一番细致的钩沉与梳理。

第一，鲁迅远离自然，不喜旅游，是他废寝忘食，全力以赴投身精神探索与社会批判的必然结果。

对于“如磐”和“无声”的中国，鲁迅是怀着强烈忧患和深切焦虑的。这种忧患和焦虑决定了他一旦进入从“立人”到“立国”的精神长旅，便总有一种时不我待、勇往直前的紧迫感，一种笔名里“迅”字所蕴含的珍惜光阴、“拼命硬干”的精神——“望崦嵫而勿迫；恐鹈鴂之先鸣”！这副挂在北京西三条胡同寓所，即所谓“老虎尾巴”壁端的集骚句联，正是鲁迅这种心境的传神写照。在如此心境的催促下，“五四”之后，鲁迅几乎将全部的时间和精力，用于读书、写作、办刊、演讲、授课乃至为文学新人“打杂”“当梯子”等，其紧张和繁忙的程度，以及他身在其中的理念和心态，我们可以从他一些不经意的言谈和文字中窥见一二。譬如：当听到别人称赞自己是天才时，鲁迅信口说道：“哪里有天才，我是把别人喝咖啡的工夫，都用在工作上。”在同别人交流有关时间的看法时，鲁迅的观点是：“节省时间，也就是使一个人的有限的生命更加有效，而也即等于延长了人的生命。”从健康考虑，许广平总劝鲁迅注意休息，而鲁迅常对许广平说的一句话却是“要赶紧做起来”。有一次，青年作家章廷谦在信中与鲁迅说到旅游，鲁迅复函写道：“今年是无暇‘游春’了，我所经手的事太多，又得帮看孩子，没有法。”诸如此类的话语，分明从不同的角度和层面，有效地皴染着鲁迅“工作狂人”的形象。

再来看看鲁迅具体的写作与生活情景。1935 年 1 月 29 日，鲁迅在写给萧军和萧红的信里有这样的话：

> 自从弄笔以来，有一种坏习气，就是一样事情开手，不做完就不舒服，也不能同时做两件事，所以每作一文，不写完就不放手，倘若一天弄不完，则必须做到没有力气了，才可以放下，但躺着也还要想到。生活就因此没有规则，而一有规则，即于译作有害，这是很难两全的。

而这一点，从许广平的回忆中，恰恰可以得到印证：

> 因为工作繁忙和来客的不限制，鲁迅生活是起居无时的。大概在北京时平均每天到夜里十至十二时始客散。之后，如果没有什么急待准备的工作，稍稍休息，看看书，二时左右就入睡了。他并不以睡眠而以工作做主体，譬如倦了，倒在床上睡两三个小时，衣裳不脱，甚至盖被不用……
>
> 有时写兴正浓，放不下笔，直至东方发白，是常有的事。在《彷徨》中的《伤逝》，就是一口气写成功的。劝他休息，他就说：“写小说是不能够休息的，过了一夜，

那个创造的人脾气也许会两样，写出来就不像预料的一样，甚至会相反的了。”又说：“写文章的人，生活是无法调整的，我真佩服外国作家的定出时间来，到时候了，立刻停笔做别的事，我却没有这本领。”

——《鲁迅先生的日常生活》

此乃何等艰苦的精神劳作！不难想象，在这种年复一年，周而复始的生命状态和生活惯性中，大自然难免会悄然告别鲁迅的感觉和兴趣世界，或者被鲁迅深埋于潜意识领域。因此，对于鲁迅来说，旅游也就无形中变成了一件遥远的、稀罕的、奢侈的，直至可以暂且放弃的事情。

第二，鲁迅的远离自然，不喜旅游，与他在较长一段时间里，身心缺乏爱情的滋养不无关系。

1925 年 12 月 20 日，作为《京报》附刊的《妇女周刊》，发表了鲁迅的《寡妇主义》一文。在这篇文章中，鲁迅提出了这样一种见解：

至于因为不得已而过着独身生活者，则无论男女，精神上常不免发生变化，有着执拗猜疑阴险的性质者居多。欧洲中世的教士，日本维新前的御殿女中（女内侍），中国历代的宦官，那冷酷险狠，都超出常人许多倍。别的独身者也一样，生活既不合自然，心状也就大变，觉得世事都无味，人物都可憎，看见有些天真欢乐的人，便生恨恶……为社会所逼迫，表面上固不能不装作纯洁，但内心却终于逃不掉本能之力的牵掣，不自主地蠢动着缺憾之感的。

毫无疑问，鲁迅这段深刻而精辟的论述，揭示的是普遍的历史事实和人性现象，但是，如将其借来分析一下鲁迅自己的生命境遇和性情世界，似乎也无太大的不妥。因为，自从鲁迅接受了母亲指定给他的妻子，开始了无爱的婚姻，在生理意义上，他也就成了“不得已而过着独身生活”的人，这种生活直到后来他与许广平恋爱成家才算结束，其间长达二十年。这二十年中，“生活既不合理，心状也就大变”的现象，很自然地投影到鲁迅身上；换句话说，独身生活同样导致了鲁迅性情的某种变异。所不同的是，鲁迅经历过现代文明的淘洗，拥有极强的道德感和精神自我调整与约束的能力，这使得他“心状”的改变，没有在本能的“牵掣”下，滑向“猜疑阴险”和“冷酷险狠”一途，而是曲折地表现为对娱乐生活的不热衷，其中包括行动上的对自然的疏离和对旅游的冷漠——要知道，按照习惯的目光，所谓花前月下，湖光山色，与一个男人孤独的身影，总是不相协调，不相匹配的。

在这方面，足以构成直接反证的，是1928年夏天，鲁迅与许广平公开结合之后，随即就有补度蜜月式的杭州之行。据当时在杭州教书，因而可以陪同鲁迅和许广平游览的许钦文、章廷谦回忆：鲁迅夫妇此次在杭州一共玩了四天，除了欣赏西湖风景，品尝西湖美食，还曾到虎跑喝茶，到城站、河坊街等热闹的地方买东西。整个过程中，鲁迅游兴甚浓，谈兴极高，常常妙语连珠，开怀大笑。这或许是他一生中难得的一次天性流露、真情回归吧？不过，在鲁迅的生活中，这样的情况显然未能延续下去。回到上海后，严酷的生存环境，强烈的匡时冲动，历久的工作惯性，以及儿子降生后的种种琐事，形成巨大的合力，很快就将鲁迅拉回了原有的轨道和心境，他与自然风光的缘分，仍然是可望而不可即。对此，萧红有过真切的追述：

> 春天一到了，我常告诉周先生，我说公园里的土松软了，公园里的风多么柔和。周先生答应选个晴好的天气，选个礼拜日，海婴休假日，好一道去，坐一乘小汽车一直开到兆丰公园，也算是短途旅行。但这只是想着而未有做到，并且把公园给下了定义。鲁迅先生说："公园的样子我知道的……一进门分做两条路，一条通左边，一条通右边，沿着路种着点柳树什么树的，树下摆着几张长椅子，再远一点有个水池子。"
>
> ——《回忆鲁迅先生》

应当看到，萧红的追述里是满载着遗憾的，然而，在萧红所追述的鲁迅的言语里，又何尝没有遗憾？而这种遗憾对于鲁迅来说，仿佛又掺进了深层的感慨与无奈。

第三，鲁迅的远离自然，不喜旅游，是他讨厌旧式文人生活做派的曲折反映。

这显然与个人的经历、见闻以及“五四”之后特定的社会氛围有关。鲁迅对旧式文人的一些喜好、做派，素来没有好感，以致常常选择不同的场合加以嘲讽和鞭挞。譬如，在著名的演讲《上海文艺之一瞥》中，鲁迅以幽默调侃的口吻展开话题，将三十年前的读书人，划分为“君子”和“才子”两大类。而对于其中不守规矩，“那里都去”的“才子”们，鲁迅表示了极度厌恶，不仅看不上他们那种“闻鸡生气，见月伤心”、“多愁多病”的样子；而且根据他们好占便宜的特点，干脆称之为“才子＋流氓”。在杂文《辩“文人无行”》里，鲁迅更是独具只眼，反话正说，明言：“轻薄，浮躁，酗酒，嫖妓而至于闹事，偷香而至于害人，这是古来之所谓‘文人无行’。”而现在的文人不仅“无行”，而且“无文”，“他们不过是在‘文人’这一面旗子的掩护之下，建立着害人肥己的事业的一群‘商人与贼’的混血儿而已”。必须承认，鲁迅的目光是独到的、锐利的，他的这些论述，一针见血地揭露了发源于旧文人也每见于新文人的种种丑陋与矫情，迄今不无警世意义。

不过，在这方面，鲁迅似乎也有鲁莽灭裂、矫枉过正之处。譬如，对于某些文人情系自然，鲁迅显然就缺乏客观、准确和通达的评价，而在潜意识里将其归结为旧文人传统陋习的延续，即一种有钱人古已有之，于今更甚的无聊、闲适与奢靡。1936 年 11 月 5 日出版的《中流》半月刊，曾发表萧军介绍鲁迅与自己谈话内容的《十月十五日》一文，其中就记录了鲁迅这样的观点：

> 我只是在外边看看……我是瞧不起泰山的。
>
> 西湖是应该填掉的。不然，一到夏天，那些个穿长衫拿凉扇的“名士”们，在湖滨摇来摆去……看起来怪难受！他们真不知道这是什么世界，什么国家……

在鲁迅心目中，西湖乃至更多的风景胜地，大抵是有钱且有闲的骚人墨客的天堂，适宜过一种优哉游哉或百无聊赖的生活，而同事业、发奋和抗争无缘。正是基于这样的认识，1933 年底，当好友郁达夫决定由上海迁居杭州时，鲁迅遂写下《阻郁达夫移家杭州》一诗予以规劝：“何似举家游旷远，风波浩荡足行吟。”也正是沿着这样的内在逻辑，鲁迅的《中国小说史略》，对《儒林外史》中游西湖“全无会心，颇杀风景”的马二先生并无讥刺，相反称其为“诚笃博通之士”，“至于性行，乃亦君子”。毋庸讳言，鲁迅的这种看法包含了对自然环境的某种误读，以及因阶级观念泛化所带来的对旅游行为的某种偏见，它与现代人普适性的自然观与旅游观，是存在着根本错位的。然而，对于鲁迅来说，正是这种误读、偏见和错位，在无形中起到了淡化旅游欲望和抑制旅游热情的作用，从而成为他远离风景自然的一种理由。当然，在这方面，我们应当为鲁迅感到惋惜。

除以上所述，影响到鲁迅观景和旅游兴致的，还有一个为人们所不易察觉的原因，那就是：理想与现实的脱节，主观与客观的龃龉。其中的情形与原委，我们不妨结合鲁迅的生命足迹稍作体察和回味。1924 年夏天，鲁迅曾有西安之行。此行的主要动因固然是应陕西省教育厅和西北大学之邀，前往讲学，但在鲁迅自己，实际上还有另外一个目的：对唐代的都城做一点儿实地考察，以便为酝酿已久的历史小说或历史剧《杨贵妃》，补充感性材料，增加现场体验。然而，在为期一个月的西行结束后，鲁迅只是成功地进行了《中国小说的历史的变迁》的演讲，而实地考察的想法，却基本落空。关于这点，鲁迅自己说得很清楚："五六年前我为了写关于唐朝的小说，去过长安。到那里一看，想不到连天空都不像唐朝的天空，费尽心机用幻想描绘出的计划完全打破了，至今一个字也未能写出。原来还是凭书本摹想得好。"（致山本初枝）一切何以如此？当年与鲁迅同去西安的《晨报》记者孙伏园，在《杨贵妃》一文中做出了自己的解释：

> 鲁迅先生少与实际社会往还，也少与真正的自然接近，许多印象都从白纸黑字得来……
>
> 从白纸黑字中所得到的材料，构成了一个完美的第一印象；如果第二印象的材料也由白纸黑字中得来，这个

第二印象一定有加强或修正第一印象的价值；但是如果第二印象的材料来自真正自然或实际社会，那么他加强或修正第一印象的价值或者要大大的减低，甚至会大大的破坏第一印象的完美也是可能的。

孙伏园这段分析，乍看仿佛不那么剀切、清爽，但细读之后即可发现，它自有心理学的依据和支撑，诸如美在想象，美在距离，即民间所谓“看景不如听景”——任何实有的自然与人文景观，在集中亦积淀了其所有美好和优长的口碑或文字的映照之下，都难免相形见绌，乃至黯然失色。其实，对于这种现象，我们还可以做进一步的推衍：一个人的文化储备越丰厚，形象思维越发达，他对自然和人文景观的审美要求与观赏期待就越高，而他一旦身临其境，目接实景的失望，也往往就越强烈，越难忘。窃以为，鲁迅对西安景物的不满意，最终可作如是观。因此，我们说，是不那么圆满的旅游经验，在一定程度上影响了鲁迅的旅游愿望和热情，恐怕不是毫无根据吧？

鲁迅和金钱及消费

毫无疑问，经济的快速发展和物质的空前丰富，正在使当今中国社会越来越呈现出商业特质和消费特征，并因此而派生出欲望及享乐的必然性与合理性。在如此背景之下，作家文人应当如何看待金钱的性质与作用？面对金钱的诱惑和生存的挤压，他们又当怎样确立自己的处世原则与消费理念？这自然成了一个无法回避的重要问题。而要找到这一问题的正确答案，一味相信“书中自有黄金屋”“书中车马多如簇”，固然有些天真，也有些庸俗；但依旧恪守“君子固穷”“曲肱而枕”，又何尝不迂腐得可爱？在这种情况下，我们且将目光回溯历史的前尘旧影，看一看迄今仍不失现代作家文人之精神标高的鲁迅先生，当年拥有何等的金钱观念与消费意识，以及相应的生活态度与生命实践，庶几大有裨益。

一

与一些作家文人自恃风雅清高，称金钱为俗物有所不同，身为大作家、大文人的鲁迅，偏偏对金钱表现出了足够的理解与重视。如众所知，先生的日记多胪列生活琐事以备忘，而其中就每每写到某月某日因何人何事收入多少、支出多少，可见钱在先生心目中并非无关紧要。先生的杂文、演讲、书信等，更是常常涉及与钱相关的话题，有时甚至毫不隐讳地强调金钱对于人生的重要作用。请看先生在著名演讲《娜拉走后怎样》中的观点：

> 除了觉醒的心以外……她还须更富有，提包里有准备，直白地说，就是要有钱。
>
> 梦是好的；否则，钱是要紧的。
>
> 钱这个字很难听，或者要被高尚的君子们所非笑，但我总觉得人们的议论是不但昨天和今天，即使饭前和饭后，也往往有些差别。凡承认饭需钱买，而以说钱为卑鄙者，倘能按一按他的胃，那里面怕总还有鱼肉没有消化完，须得饿他一天之后，再来听他发议论。
>
> 所以为娜拉计，钱，——高雅的说吧，就是经济，是最要紧的了。自由固不是钱所能买到的，但能够为钱而卖掉。人类有一个大缺点，就是常常要饥饿。为补救这

缺点起见，为准备不做傀儡起见，在目下的社会里，经济权就见得最要紧了。

这话是针对娜拉说的，但却分明适合社会上的每个人，也就是说，它所揭示的是人生在世无法回避的普遍难题。正因为如此，先生后来在不同的场合、向不同的对象一再表示这样的意思："我想赠你一句话：专管自己吃饭，不要对人发感慨……并且积下几个钱来。""处在这个时代，人与人的相挤这么凶，每个月的收入应该储蓄一半，以备不虞。""说什么都是假的，积蓄点钱要紧。""我们有钱的时候，用几个钱不算什么；直到没有钱，一个钱都有它的意味。"应当承认，对于金钱，先生的观点和主张，毅然破除了两千多年来萦绕于知识者脑际的僵硬的"义""利"之说，不仅睿智通达，而且坦诚实在，它足以赢得一切正视生存者的由衷认同。

显然是因为有了观念上的对金钱的理解和重视，所以，现实生活中的鲁迅在做一些较大的人生选择时，也常常注意从生存和经济的角度考虑问题。譬如，先生非常憎恶官场，尤其不满北洋政府的种种劣迹，但为了"弄几文俸钱"，养家糊口，他在教育部的公务员生涯竟长达十四年。其中包含的理念庶几可用他写给李秉中信里的话作注脚："人不能不吃饭，因此即不能不做事。但居今之世，事与愿违者往往而有，所以也只能做一件事算是活命之手段，倘有余暇，可研究自己所愿意之东西耳。自然，强所不欲，亦一苦事。然而饭碗一失，其苦更大。我看中国谋生，将日难一日也。所以只得混混。”1926年，先生应林语堂之邀离开北京至厦门，这固然是为了暂避军阀官僚、“正人君子”们的迫害，但厦门大学开出的每月四百元的高薪，也不能不是一个重要原因。因为对于斯时的先生而言，金钱不仅能够偿还因购置北京住所借下的债务，而且可以为他和许广平未来的生活打下一些经济基础，即实现他和许广平的约定：先分开两年，各自埋头苦干，既是做一点儿工作，也为积一点儿钱，然后再作见面的打算。从 1927 年秋天起，先生决定既不担任公职，也不做教员，而是专事写作。这时，他选择了上海为定居地。之所以如此，一方面是基于战斗的需要——殖民文化与商业文化固然不堪，却足以造成文化专制的缝隙，进而便于以笔为旗，展开社会批判与文明批判；而另一方面则分明出于经济的筹划和生存的盘算——这里汇集了全国最多的报刊、书局以及其他经营性文化设施，只有这里才能为纸间的劳作提供丰足持续的版税与稿酬，从而去除生活上的后顾之忧。这些都表现出先生清醒务实的经济头脑。

在具体生活和写作过程中，鲁迅也从不回避金钱和报酬的环节，而是坚持在“君子爱财，取之有道”的前提下，切实维护自己应得的经济利益。在这方面，某教授所谓“鲁迅跑着去领工资”云云，固然带有很大的游戏成分，但先生为讨回北新书局长期拖欠的版税，不惜聘请律师打官司，却是白纸黑字，言之凿凿，且为众人所熟知。这里，我们不妨再举一例。孔另境在《忆鲁迅先生》中转述了鲁迅亲口告诉他的一件事：

“他说他曾替某书局翻译过一本书，这家书店对于作家一向是很苛刻的，计算文稿的字数完全以实字计算，标点和空格都不计算，先生探得了这个情况以后，他把自己的译稿从头到尾连接起来，不让稿纸上有一个空格，既不分章节，也不加标点符号。稿子送去以后，该书局仍把稿子退了回来，附信说，请先生分一分章节和段落，加一加新式标点符号，先生于是告诉该书局说：既要作者分段落加标点，可见标点和空格还是必需的，那就得把标点符号和空格也算字数，该书局无可奈何照办了。”这件事里虽然包含着鲁迅式的风趣和幽默，但先生注重稿酬、反对精神劳动被剥削的一面还是呼之欲出。其实，对于这一点，先生一向直言不讳。请看他《且介亭杂文·病后杂谈》里的夫子自道：

> 为了“雅”，本来不想说这些话的。后来一想，这于“雅”并无伤，不过是在证明我自己的“俗”。王夷甫口不言钱，还是一个不干不净人物，雅人打算盘，当然也无损其为雅人……
>
> 所以我恐怕只好承认“俗”，因为随手翻了一通《世说新语》，看过“娵隅跃清池”的时候，千不该万不该的竟从“养病”想到“养病费”上去了，于是一骨碌爬起来，写信讨版税，催稿酬。写完之后，觉得和魏晋人有点隔膜，自己想，假使此刻有阮嗣宗或陶渊明在面前出现，我们也一定谈不来的。

应当承认，此时此刻的先生，因为天真率性而显得异常可爱。

二

在对待金钱的态度上，鲁迅为什么会与传统观念和习惯说法拉开距离，甚至背道而驰？这自然与先生一贯秉承的独立人格和怀疑精神相关联，但更直接也更重要的原因，恐怕还要透过先生特有的家庭境遇、生活状况、文学与人生观念来寻找。

首先，从家庭境遇看。鲁迅出生于官宦之家，其幼年生活还算幸福，但在十三岁那年，因祖父遭刑狱家庭迅速败落下来，他自己也由“公子哥”沦为“乞食者”。对此，先生的《呐喊·自序》有深情诉说：“我从一倍高的柜台外送上衣服或首饰去，在侮蔑里接了钱，再到一样高的柜台上给我久病的父亲去买药。”“有谁从小康人家而坠入困顿的么，我以为在这途路中，大概可以看见世人的真面目。”直到晚年，先生还在致萧军的信里诚挚写道：“契诃夫的想发财，是那时俄国的资本主义已发展了，而这时候，我正在封建社会里做少爷。看不起钱，也是那时的所谓‘读书人家子弟’的通性。我的祖父是做官的，到父亲才穷下来，所以我其实是‘破落户子弟’，不过我很感谢我父亲的穷下来（他不会赚钱），使我因此明白了许多事情。”这无异于明确告诉人们，是家庭境遇由小康而困顿的急剧变化，让先生看到了金钱的冷酷无情以及它对人生的制约，从而引起了对金钱的理解与看重。

其次，从生活状况看。近年来，常有学人言及鲁迅生前的收入，其中不乏如陈明远提出的鲁迅一生总收入合人民币四百〇八万元的具体数据。这些说法和数据妥当与否自可做进一步斟酌，但说鲁迅生前收入不菲却大抵可信。不过应当看到的是，对于鲁迅来说，这不菲的收入并没有带来多少生活的从容感和幸福感，事实上倒是总有一种不大不小的生存压力挥之不去。而这种压力之所以久久萦绕，则主要鉴于两方面的原因：一是经济收入的不可知与不稳定。鲁迅供职于教育部时，月薪是三百块。这在北京市民每月两三块钱即可维持生活的当时，不可谓不高。但这很高的薪水却总是不能足额发放，一般能拿到两三折已属幸运。关于这点，先生写于 1926 年 7 月 21 日的《记“发薪”》一文，有生动而详尽的记述，其中有这样一段：“翻开我的简单日记一查，我今年已经收了四回俸禄钱了：第一次三元；第二次六元；第三次八十二元五角，即二成五，端午节的夜里收到的；第四次三成，九十九元，就是这一次。再算欠我的薪水，是大约还有九千二百四十元，七月份还不算。”固定的薪水尚且如此，弹性的稿酬又岂敢指望？不妨一读先生写于 1925 年底的《并非闲话（三）》：“我所写出来的东西，当初虽然很碰过许多大钉子，现在的时价是每千字一至二三元，但是不很有这样好主顾，常常只好尽些不知何自而来的义务。有些人以为我不但用了这些稿酬或版税造屋，买米，而且还靠它吸烟卷，吃糖果。殊不知那些款子是另外骗来的……倘真要直直落落，借文字谋生，则据我的经验，卖来卖去，来回至少一个月，多则一年余，待款子寄到时，作者不但已经饿死，倘在夏天，连筋肉也都烂尽了，那里还有吃饭的肚子。”由此可见，先生的稿酬收入，至少他在北京时的稿酬收入，并不像有些人所说，是那般的轻而易举，而作者自云“另外骗来”的款子，则是指在八所学校兼课的报酬，倒是这项多劳多得、兑现迅速的收入，有效地解决了先生的不时之需。纵观鲁迅一生，真正稳定的收入，恐怕只有蔡元培执掌中央研究院时，以“特约著作员”的名义发给的每月三百元的补助费，可惜的是，这样的待遇只享受了四年，随后便因蒋介石亲掌教育部而被裁撤了资格。在这样一种收入缺乏保障的情况下，鲁迅注重金钱，实属情理之中的事情。二是家庭负担和必要开支较之常人大得多。鲁迅是孝子，也是有德之人。他对于母亲以及母亲为自己娶的媳妇，一向自觉而认真地履行着赡养的义务。先生在京时，家中一切用度自不待言，后来南下且有了新组建的家庭，仍然逐月寄回一百元作为生活费。这两个家庭的开销，自是一个不小的数目。同时，身为名作家和大文人的先生，必然还有一些无法避免的专业开销以及兴趣上的雅爱，如购置图书资料、淘选古董字画等。所有这些，都在客观上要求先生必须赚钱，从而无形中强化着先生的金钱意识。

最后，从文学和人生观念看。鲁迅生活于中外交汇的时代，他自己又站在这一时代思想与文化的前沿，于是，开放多元的精神资源孕育了先生有别于传统的文学观念。在先生看来，文学并非都是穷而后工或不平则鸣，相反在正常情况下，它是生命“余裕”、心灵舒展的结果，是精神自由、情趣饱满的外化。用先生《革命时代的文学》里的话说，即所谓：“那时民生凋敝，一心寻面包吃尚且来不及，那里有心思谈文学呢？……有人说：‘文学是穷苦的时候做的’，其实未必，穷苦的时候必定没有文学作品的，我在北京时，一穷，就到处借钱，不写一个字，到薪俸发放时，才坐下来做文章。忙的时候也必定没有文学作品，挑担的人必要把担子放下，才能做文章；拉车的人也必要把车子放下，才能做文章。”正因为如此，先生从文学家的职业感受和文学生成的基本前提出发，看重和强调金钱的作用，实在属情理之中。更何况在先生那里，支撑着其独特文学观的是更为强大的人生观，诸如，他告诉青年的“一要生存，二要温饱，三要发展”的处世原则；他曾经和冯雪峰谈起过的“穷并不是好”的社会观念；等等。所有这些，都决定了先生无法忽视生活中金钱的存在。

三

鲁迅先生对金钱的重要性有着深刻体察和充分认识，但是却没有因此就倒向观念上的金钱至上，更没有从这里陷入实际人生的拜金主义。因为一个颇显吊诡因而引人瞩目的事实是，先生在自己的言行中，一方面开诚布公地肯定着金钱的力量，但另一方面却又不失时机地否定和颠覆着这种力量。换种更为准确直白的表述就是，鲁迅提示人们要重视金钱的作用，但却反对人们唯钱是取，金钱挂帅，甚至做金钱的奴隶。可以这样断言：在金钱面前，鲁迅不屑于故作清高，但却又始终保持着人的高傲与尊严。

如前所述，鲁迅执教于厦大是享受着较高薪酬的，无奈这丰厚的薪酬却无法抵消校风的压抑、浑浊和单调，先生不愿为薪酬而牺牲个性和理想，为此，他在写给别人的书信里一再明言：

> 为求生活之费，仆仆奔波，在北京固无费，尚有生活，今乃有费而失去了生活，亦殊无聊。
>
> ——致许寿裳
>
> 现在只是编讲义。为什么呢？这是你一定了然的：为吃饭。吃了饭为什么呢？倘照这样下去，就是为了编讲义。吃饭是不高尚的事，我倒并不这样想。然而编了讲义来吃饭，吃了饭来编讲义，可也觉得未免近于无聊。
>
> ——致李小峰
>
> 我想，一个人要生活必需有生活费，人生劳劳，大抵为此。但是，有生活而无“费”，固然痛苦；在此地则似乎有“费”而没有了生活，更使人没有趣味了。
>
> ——致许广平

在无法忍受的情况下，先生决定离开厦大去广州中山大学。他在信里告诉许广平："我才知道在金钱下的人们是这样的，我决定走了。""中大的薪水是二百八十元，可以不搭库券。朱骝仙对伏园说，也可以另觅兼差，照我现在的收入数，但我却并不计较这一层，实收百余元，大概也已够用，只要不在不死不活的空气里就够了。""在钱下呼吸，实在太苦，苦还不妨，受气却难耐……我想此后只要以工作赚得生活费，不受意外的气，又有点自己玩玩的余暇，就可以算是幸福了。"引述至此，一个超越金钱，呵护人性，珍爱生活的鲁迅已是跃然之间，呼之欲出。

在生命实践中，深谙金钱作用的鲁迅，不仅自觉反抗着金钱的束缚和压迫，勇敢实现着精神对物质的突围，而且还能够暂且推开经济的纠缠与实际的利害，放出理性的眼光，对经历过金钱拮据的人性做一番打量与分析。请看先生在《文艺与政治的歧途》中所谈："从生活窘迫过来的人，一到了有钱，容易变成两种情形：一种是理想世界，替处同一境遇的人着想，便成为人道主义；一种是什么都是自己挣起来，从前的遭遇，使他觉得什么都是冷酷，便流为个人主义。我们中国大概是变成个人主义者多。主张人道主义的，要想替穷人想想法子，改变改变现状，在政治家眼里，倒还不如个人主义的好；所以人道主义者和政治家就有冲突。"应当承认，先生立足于金钱、人性、政治三维空间得出的见解是深刻的，具有洞穿时空的力量。

然而，不管政治家的态度如何，靠笔耕与舌耕解决了衣食之虞的鲁迅，却无疑是自愿替他人着想的人道主义者。这突出表现为，先生时常不计利害，慷慨解囊，无私资助和扶持进步的青年作家与正义的文学事业。关于这点，前人史料性的回忆中例证颇多，其中先生出资印行叶紫的《丰收》、萧军《八月的乡村》、萧红《生死场》、曹靖华译的《铁流》以及纪念瞿秋白的《海上述林》等，早已是文坛佳话，他对左联刊物、对柔石家属的捐助亦皆有案可稽。这里再举两件不太为人提及的小事。据李霁野《忆鲁迅先生》披露，他当年为筹学费，曾托韦素园设法将自己的译作《黑假面人》卖出去。鲁迅获知后，觉得此书还是未名社自己印较好。为此，他拿自己的钱垫付了李霁野所需的费用，并助推了该书的印行。同样，许广平的《鲁迅回忆录》也告诉我们，当年在邮局工作的孙用，将自己的译稿《勇敢的约翰》寄给鲁迅，以求得帮助。鲁迅读后认为“译文极好，可以诵读”，于是，遂煞费苦心地代其联系出版，不仅不计奔走劳力，而且垫付了二百三十元的制版费，而当书店付还先生一部分制版费时，他又用这些钱预支了译者的版税。面对这样的历史记录，我们不能不为先生重道义而不重金钱的高尚品格感到由衷钦敬。

四

与通达而辩证的金钱观念相联系，鲁迅还有着属于自己的健康而合理的消费意识。这一点常常外化为生活中的两种做派、两种风度。

首先，在许多时候、很多方面，鲁迅的生活是节俭和朴素的。对此，了解先生的亲人和朋友，如许广平、周作人、许寿裳、萧红、夏丏尊等，都有过真实而详细的描述。譬如，先生的衣着就向不讲究。早年如夏丏尊所写，是“一件廉价的羽纱——当年叫官纱——长衫，从端午前就着起，一直要着到重阳。”晚年则是萧红所记的“不戴手套，不围围巾，冬天穿着黑石蓝的棉布袍子，头上戴着灰色毡帽，脚穿黑帆布胶皮底鞋”，浑然一个贫寒的教书匠，难怪他去大饭店会见外国朋友，要被守门人拦住盘问。先生嗜烟如命，而家中常备的纸烟则有两种，一种价钱贵的白听子的用来待客，他自己平日抽的却是廉价的绿听子的。先生爱吃糖果，但买来的大都是三四角钱一磅的便宜货。先生爱惜一切有用之物，捆扎邮件的麻绳总是解开卷好，以备再用，而使用过的较大的信封则反过来制成小信封重新付邮。难怪许广平有时戏称他为“老农民”。

不过，在有些时候、有些方面，鲁迅的生活似乎又是阔绰的、讲究的，甚至多少有些铺张。围绕这个问题，从那时到今天，颇有一些似是而非的说法，我们还是以许广平的讲述为依据。剪辑许先生的回忆，鲁迅生活上的“不愿意节省”主要表现在三个地方：一是饮食上有一些不易通融的偏好，爱吃火腿等精美肉食，素的菜蔬和隔夜的菜是不大吃的；二是住房子要求宽敞，他们初到上海不过两个人，租一层楼就够用，而先生却要独栋的三层楼；三是喜欢看电影，而且要买价高的好座位，往返要乘汽车。统观鲁迅以上三种“阔气”，其中前一种更多属于人的天性以及由天性派生出来的“嗜好”，我们无须作过多的纠缠，而后两种情况的出现，则实有多方面的原因。许广平在写于1939年的《鲁迅先生的娱乐》中告诉我们：

> 开初我们看电影，也是坐“正厅”的位置的。后来因为再三的避难，怕杂在人丛中时常遭到识与不识，善意或恶意的难堪的研究，索性每次看电影都跑到“花楼”上去了。同样的理由，我们一同出去的时候也很少是坐电车的，黄包车尤其绝对不肯坐，因为遇着意外逃躲不方便，要不是步行，比较远的就坐汽车。这是他尽可能的戒备了……
>
> 他不但看电影，而且每次的坐位都是最高价的呢……他的意思是：看电影是要高高兴兴，不是去寻不痛快的，如果坐到看不清的远角落里，倒不如不去了……另外一点小原因我想是，总和我一起去，我是多少有些近视的，为了方便我，更为了我的满足而引为满足，他一定这样做。

这些当事者的文字，已经把鲁迅看电影为什么坐汽车、选好座讲得清清楚楚。看电影是这样，租独栋楼房难道就不会有类似的原因？毫无疑问，鲁迅某些方面的“高消费”，是折射着他的生存环境、生命情趣和为人境界的，甚至可以让人联想到先生所倡导的“幸福的度日，合理的做人”的本原思想。它所包含的人生意味值得我们久久咀嚼，实在不是当下某些学者仅仅用“懂得休闲，懂得放松”可以诠释和概括的。

面对商业文化的鲁迅

从1927年10月由粤抵沪，到1936年10月与世长辞，鲁迅生命的最后十年是在上海度过的。那时，开埠不过八十余年的上海，由于西方文明的强力浸透和猛烈扩张，已迅速发展成为远东第一大都市，以至有“东方巴黎”之称，其商业化程度以及商业文化氛围，均属中国之最。据资料显示，20世纪30年代的上海，出版各类杂志二百多种，相当于全中国杂志的总和；拥有电影院近四十家，每年放映的中外影片数以百计。即使单就文学而言，发源于“鸳鸯蝴蝶派”的言情、黑幕、武侠、侦探等通俗小说，依然保持着可观的数量和广阔的市场。而汲取了异域文学灵感的“新感觉派”小说，亦在无形中点缀和强化着都市文明的风景线。在这种情况下，鲁迅定居上海，自然无法避免同商业文化的遭遇和碰撞；而鲁迅立足于实地考察和切身感受所发表的一些有关上海文坛的意见和看法，也就无形中折射出他对商业文化的理解、认识与评价，即一种属于鲁迅的商业文化观。

正如人们所熟知的，从“无声的中国”走来的鲁迅先生，是一位具有高度责任感和自觉使命感的作家。他认为：“文艺是国民精神所发的火光，同时也是引导国民精神的前途的灯火。”文艺的“第一要著”在于改变人的精神。从这样的观念出发，他在弃医从文之后，始终呕心沥血，上下求索，不遗余力地从事着用文艺来“立人”进而“立国”的事业。显然，如此这般的价值取向同充斥着物质和享乐色彩的商业文化，自有天然的龃龉和本质的抵触。因此，当鲁迅在上海同光怪陆离的商业文化不期而遇，便立即产生了极大的反感与深层的憎恶，进而给予了无情揶揄和深刻批判。

在鲁迅看来，商业文化表面上林林总总，五光十色，但“根子是在卖钱”，因而是一种被金钱所操纵、所主宰的文化。为了揭示此中奥妙，先生在《各种捐班》一文里，以辛辣而诙谐的笔调写道：“到得民国，官总算说是没有了捐班，然而捐班之途，实际上倒是开展了起来，连‘学士文人’也可以由此弄得到顶戴。开宗明义第一章，自然是要有钱。只要有钱，就什么都容易办了。”“捐做‘文学家’也用不着什么新花样。只要开一只书店，拉几个作家，雇一些帮闲，出一种小报，‘今天天气好’是也须会说的，就写了出来，印了上去，交给报贩，不消一年半载，包管成功。”而在《“商定”文豪》中，先生也痛加针砭：“商家印好一种稿子后，倘那时封建得势，广告上就说作者是封建文豪，革命行时，便是革命文豪，于是封定了一批文豪们。别家的书也印出来了，另一种广告说那些作者并非真封建或真革命文豪，这边的才是真货色，于是又封定了一批文豪们。别一家又集印了各种广告的论战，一位作者加上些批评，另出了一位新文豪。”真可谓翻云覆雨，名利双收。当然，“根子是在卖钱”的文豪亦常常被钱所卖，“所以后来的书价，就不免指出文豪们的真价值，照价二折，五角一堆，也说不定的”。这时，文豪已近乎垃圾，着实丢人现眼。正是基于以上现象，鲁迅对上海的商业文化，即通常所谓“海派文化”下了一个著名的论断：“上海乃各国之租界”，而“租界多商”，因此“‘海派’则是商的帮忙而已”。其中包含的贬抑和不满显而易见。

由于商业文化的“根子是在卖钱”，而在现实生活中，“卖钱”的多少又总是同名气的大小成正比，所以，海上文坛一些无行且无聊的文人，便常常为了攫取名利而不择手段，以致成就了桩桩丑闻，种种闹剧。对此，鲁迅深恶痛绝，遂驱笔予以鞭挞。于是我们看到：《登龙术拾遗》嘲讽着试图通过投机取巧、左道旁门以混迹文坛，进而求得“‘作品’一出，头衔自来”，“声价十倍”的行径。《序的解放》戳穿了“自己替别人来给自己的东西作序”，“直说得好像锦上添花”的把戏。《文人无文》揭露出挂着“中国的金字招牌的‘文人’”所惯用的弄虚作假，膨胀自我的手段。正所谓：“拾些琐事，做本随笔的是有的；改首古诗，算是自作的是有的。讲一通昏话，称为评论；编几张期刊，暗捧自己的是有的。收罗猥谈，写成下作；聚集旧文，印作评传的是有的。甚至于翻些外国文坛消息，就成为世界文学史家；凑一本文学家辞典，连自己也塞在里面，就成为世界的文人的也有。”而一篇《大小骗》更是将文坛屡见不鲜的欺世盗名的伎俩，如“名人”的“校阅”、“主编”的“无为而无不为”以及“特约撰稿”等，刻画得穷形尽相，入木三分。此外，《名人和名言》警戒并破除着已趋荒诞、已成“流毒”的名人效应。而《文坛三户》则写活了那些“意在用墨水洗去铜臭”的“暴发户”，所难以掩饰的“做作的颓唐”和“沾沾自喜”。显然，诸如此类的文字不仅为善良而虔诚的文学青年敲起了警钟，而且映现出鲁迅先生一以贯之的嫉恶如仇。

商业文化的混乱局面和扭曲形态固然已属不堪，而这种文化在变强之后，所产生的某些社会效果尤其令人忧虑。在这方面，一向关注并研究着“国民性”的鲁迅，自有清醒的观察与深刻的把握。譬如，他在《关于女人》一文中就敏锐地指出了商业文化对女性的污染和侵蚀。他写道：“上海的时髦是从长三幺二（指旧时妓院中有文化的高等妓女——引者注）传到姨太太之流，从姨太太之流再传到太太奶奶小姐。”而这种打上了商业文化印记的新奇时髦，使得许多上海少女变得虚荣、招摇和早熟。她们在商店里“挑选不完，决断不下”，宁愿“带着一点风骚”，“能受几句嘲笑”；她们“在马路边的电光灯下，阁阁的走得很起劲，但鼻尖也闪烁着一点油汗，在证明她是初学的时髦”。至于商业文化给文学和文艺带来的伤害，鲁迅更是明察秋毫，一矢中的。他认为：“因为多年买空卖空的结果。文学就荒凉了，文章的形式虽然比较的整齐起来，但战斗的精神却较前有退无进。文人虽因捐班或互捧，很快的成名，但为了出力的吹，壳子大了，里面反显得更加空洞。”因此，先生在其著名的《上海文艺之一瞥》里断言：“现在上海虽然还出版着一大堆的所谓文艺杂志，其实却等于空虚。”“以营业为目的的书店所出的东西……那特点是在令人从头看到末尾，终于等于不看。”

坦率地说，目睹被鲁迅所揶揄和批判的旧上海商业文化的种种情形，我们不能不联想到当下文坛的某些现象。它们仿佛以跨时空的轮回和对应，顽强暴露着人性的弱点，也充分证明着鲁迅的伟大与不死。

然而，这里有一个问题分明耐人寻味，这就是：对于旧上海的商业文化，鲁迅虽然进行了痛切的嘲讽和有力的批判，但是，却没有因此就表示出绝对的排斥和彻底的否定，而是在严厉抨击其若干弊端的同时，又于不经意间流露出某种程度的理解、称许和欣赏。为了搞清楚这一点，我们不妨先退回到鲁迅对上海这座城市的整体印象和全面评价上。

翻检鲁迅书信集，我们可以获知，1927 年 10 月，先生刚刚抵达上海不久，就在写给学生廖立峨的信中明言：“这里的情形，我觉得比广州有趣一点，因为各式的人物较多，刊物也有各种，不像广州那么单调。”1929 年 5 月，由上海回北平省亲的鲁迅，又在写给许广平的信里谈道：“为安闲计，住北平是不坏的，但因为和南方太不同了，所以几乎有‘世外桃源’

之感。我来此虽已十天，却毫不感到什么刺戟，略不小心，确有‘落伍’之惧的。上海虽烦扰，但也别有生气。”在这两封信和两段话里，先生将上海分别与广州和北京做了很随意的比较，在委婉地表达了对广州之“单调”和北京之“安闲”的不满之后，明确肯定了上海的“有趣”和“有生气”。而按照先生的思维逻辑，上海之所以“有趣”，是因为它的人物和刊物异彩纷呈，不拘一格，体现着一种包容和竞争的态势；而上海之所以“有生气”，则是由于它的喧嚣、它的前卫、它的趋新、它的开放、它的好挑战和多刺激，以及它的不似“世外桃源”和不生“落伍之惧”。而事实上，竞争、包容也好，挑战、刺激也罢，包括前卫、趋新与开放等，恰恰都是商业文化发达的特有形态，是文艺消费旺盛的必然结果，或者说是商业文化、消费经济对大上海的另一种馈赠与补偿。这时，我们终于发现，商业文化之中也包含着为鲁迅所首肯、所喜爱和所向往的东西；在鲁迅与商业文化之间原本也存在着某些方面或某种程度的沟通、默契与共鸣。当然，这一切在先生那里，未必就处于完全自觉的状态。明白了这一点，我们也就明白了面对商业文化的鲁迅，为什么有时候会表现出一些看似“矛盾”的行为。譬如，他一方面讨厌那些浅薄无聊的浮世话题，另一方面又情愿置身其中，寻找材料写文章，抒发己见；一方面反对那种云山雾罩、夸大其词的广告，另一方面又亲自草拟广告，或推心置腹，或纠偏斥谬。要知道，这正是先生的博大、睿智与辩证之处。

从以上认识背景出发，我们再来考察鲁迅在上海的文学经历与创作实践，就不难领略到这样的事实：这十年中，鲁迅所取得的文学实绩是丰硕的、巨大的。而这些成就的取得，从根本来说，固然是先生以笔为旗，韧性战斗的结果；但在一定的意义上，却又与商业文化的繁荣与发展分不开。甚至可以说，正是商业文化的繁荣与发展，为鲁迅最后十年不间断的井喷式的文学进击，提供了必要的条件乃至有力的支持。这至少体现在以下三个方面：第一，商业文化以它特有的喧闹、驳杂与混沌，消解和冲淡着专制政权的文化围剿与舆论钳制，拓展也活跃着黑暗时代的言论空间，这在客观上有利于鲁迅所进行的社会批判和文明批判，特别是有利于先生将一些怒向刀丛、忧愤深广的作品，如《为了忘却的记念》之类，顺利地输送到民众面前。第二，商业文化热衷于领异标新，逐奇求怪，这平添了鲁迅的精神困惑与烦扰，但也给他带来了全方位的心灵刺激与文学灵感，使他能够站在思想和文化的前沿阵地，不间断地同各式各样的新事物和新现象展开碰撞与对话，从而爆发出旺盛而持久的精神创造力。第三，商业文化所催生的大量的报刊、书局以及其所实行的版税和稿酬制度，为鲁迅提供了相对稳定和充裕的经济收入，这不仅从根本上保证了先生的人格独立，而且使他设想的告别体制，以文为生最终成为可能。基于这样的事实来观察和考虑问题，那么我们又应当承认，鲁迅当年对商业文化的一分为二，贬中有褒，实属植根现实，心有所悟，而非主观臆断，偶发玄想。

时至今日，鲁迅所抨击的旧上海的商业文化早已是岁月刻度上的过去时，只是商业文化作为人类社会一种基本的文化类型或范式，却并没有终结，相反，它正伴随着全新的社会历史条件，以不同于以往的高级形态，重新活跃在我们的社会和精神生活之中。它所包含的巨大的经济效能和驳杂的价值取向，正像一柄双刃剑，既推动着社会的发展，又拷问着人性的优劣。在这种情况下，重温鲁迅面对商业文化所表现出的辩证立场和客观态度，进而像他那样有所臧否，有所取舍，有所扬弃，显然并非多余。

遥想鲁迅的教师生涯

对于置身于农业社会的旧中国知识分子来说，做教师是最常见的生活出路，几近于职业宿命。他们当中的许多人都曾在或大或小的讲台上，度过了或长或短的时光，留下了一段与莘莘学子朝夕与共的经历和记忆。鲁迅亦复如此，他一生中曾两度出任专职教师。第一次是 1909 年 9 月至 1912 年 2 月，相继在浙江两级师范学堂、绍兴府中学堂及浙江山会初级师范学堂做教师、监学或监督；第二次是 1926 年 9 月至 1927 年 6 月，先后出任厦门大学教授和广州中山大学教授及文学系主任兼教务主任。除此之外，鲁迅还长期担任兼职教师。1920 年 8 月至 1926 年上半年，他在北洋政府教育部供职时，便陆续受聘于北京大学、北京高等师范学校、北京女子高等师范学校、世界语专门学校、集成国际语言学校等多个教育单位，以客座讲师或教授的身份，为学生讲授中国小说史和文艺理论。1927 年 10 月定居上海至 1936 年 10 月在沪逝世的九年里，他虽然决意做自由撰稿人，但仍然不时应邀到若干大中学校去演讲。

这期间，他曾两次回京探母，每次的时间尽管只有半月左右，但去燕京大学、北京大学、辅仁大学等学校做演讲，竟有十多次。由此可见，教书育人确实是鲁迅付出了时间和心血的一项事业，是他生命实践的重要内容。

二

有一种情况毋庸讳言，这就是：在鲁迅心目中，做教师并不是最理想和最迫切的职业追求。之所以如此，倒不是因为鲁迅对教师这一行当存有什么成见，而是同他由来已久的人生志向多有关联。如众所知，早在留学日本时，鲁迅就确立了这样的认识：要救国人，“我们的第一要著，是在改变他们的精神，而善于改变精神的是，我那时以为当然要推文艺，于是想提倡文艺运动了”。（《呐喊·自序》）这就是说，依当时的鲁迅看来，要改变国民精神，文艺最便捷，也最有效，因而它比教育更值得重视。正因为如此，当鲁迅在日本尝试进行最初的启蒙活动时，所选择的行为方式或者说所流露的职业兴趣，便是筹办杂志，以及在此举失败之后的搞翻译、写文章。至于他回国后立即出任浙江两级师范学堂的教职，则主要是考虑要尽家中长子的义务。用他对乡党朋友许寿裳的话说：“因为起孟（即弟弟周作人——引者注）将结婚，从此费用增多，我不能不去谋事，庶几有所资助。”

在文艺与教育两者之间，如果说早年的鲁迅是从改造国民精神的功能和效果的意义上更看重文艺，那么，当他做了多年教师，有了丰富的教学经验之后，又发现了一个新的问题，这就是：教书和创作实难兼顾。关于这点，在《两地书》里，鲁迅曾向同样熟悉学校生活的许广平，做过不止一次的表露："中大的薪水比厦大少，这我倒并不在意。所虑的是功课多，听说每周最多可至十二小时，而做文章一定也万不能免……倘再加上别的事情，我就又须吃药做文章了。""我明年的事，自然是教一点书；但我觉得教书和创作，是不能并立的，近来郭沫若郁达夫之不大有文章发表，其故盖亦由于此。所以我此后的路还当选择，研究而教书呢，还是仍作游民而创作？倘须兼顾，即两皆没有好成绩。""看外国，兼做教授的文学家，是从来很少有的。我自己想，我如写点东西，也许于中国不无小好处，不写也可惜；但如果使我研究一种关于中国文学的事，大概也可以说出一点别人没有见到的话来，所以放下也似乎可惜。但我想，或者还不如做些有益的文章，至于研究，则于余暇时做，不过倘使应酬一多，可又不行了。"与此同时，在旧政权统治之下，校园里政治空气的压抑，人际关系的浑浊，以及某些当权者的庸俗和荒谬，也让鲁迅伤透了脑筋，以致不得不发出愤懑之声："教界这东西，我实在有点怕了，并不比政界干净。"（《致章廷谦信》）因为有了这样的体认，鲁迅在定居上海后，"教书的趣味，全没有了，所以对于一切学校的聘请，全都推却"。（《致翟永坤信》）当然，这并不包括热情相邀和盛情难却的校园演讲。

从个人理想和志趣的角度看，教书或许不是鲁迅的最爱，只是他一旦在事实上进入教师的角色，承担起为人师表的责任，却又总能够保持着兢兢业业、满腔热忱的态度，既尽心尽力，又一丝不苟。一切之所以如此，有一个重要的因素在起作用，这就是鲁迅特有的青年观以及由此派生出的对青年的由衷期待和格外看重。鲁迅明言："我一向是相信进化论的，总以为将来必胜于过去，青年必胜于老人。"(《三闲集·序言》)"青年们先可以将中国变成一个有声的中国。大胆地说话，勇敢地进行，忘掉了一切利害，推开了古人，将自己的真心的话发表出来。"(《无声的中国》)而学校正是青年最为集中且关系着他们精神成长的地方，教书则不啻为他们的未来输血和搭桥。于是，鲁迅将对青年的希望和关爱，化为教书的热情与动力，认认真真，极为负责地做起了教师。关于这点，李霁野在《鲁迅先生与未名社》一文里，留下过真实而生动的记叙："初成立的未名社，是设在北京大学第一院对面一个公寓里的……先生在北大下课后常常到那里去谈天，偶尔也就顺便吃饭……问到上课觉得有兴趣吗？先生总是谦虚地说，哪配教什么呢，不过很喜欢年轻人，他们也还没有讨厌自己，所以一点钟是还乐于去教的。讨厌？听过先生讲台上谈吐的，谁会忘记那样的喜悦！"这段文字自然可以帮助我们理解鲁迅从事教学的心态，以及他与教育职业的关系。

二

在课堂或演讲台上，鲁迅到底有着怎样的音容笑貌和风神气度？限于那时的社会条件与科技水平，除有极少量的照片可资参考外，几乎没留下任何音像资料。今天，我们要想了解鲁迅当年讲课和演讲的情景，只能通过相关的回忆性文字。然而，恰恰是这些回忆性文字，承载着极为丰富的信息和内容，它最终为我们还原了一个个生气蓬勃的历史现场，使我们感受到了极大的精神享受。这里，我们不妨摘录几段：

鲁迅每周一次的讲课，与其他枯燥沉闷的课堂形成对照，这里沸腾着青春的热情和蓬勃的朝气。这本是国文系的课程，而坐在课堂里听讲的，不只是国文系的学生，别系的学生、校外的青年也不少，甚至还有从外地特地来的。那门课名义上是“中国小说史”，实际讲的是对历史的观察，对社会的批判，对文艺理论的探索。有人听了一年课以后，第二年仍继续去听，一点也不觉得重复。

——冯至《笑谈虎尾记犹新》

他的言语，虽然还有点浙江绍兴的语尾，但由于他似乎怕有人误解而缓慢清晰的字音，和在用字方面达到人人能懂程度的词句，使全教室在整个时间中都保持着一种严肃的穆静。如果不是许多铅笔在纸上记录时发出一种似乎千百甲虫在甘草上急急爬行的细响，就让站在门外静听的人也要疑心教室里边只有先生一人在讲演吧？这显然是全教室的学生，都被先生说理的线索吸引的忘了自己了。

——尚钺《怀念鲁迅先生》

他是严峻的，严峻到使人肃然起敬。但瞬间即融化了，如同冰见了太阳一样，是他讲到可笑的时候大家都笑了。有时他并不发笑，这样很快就又讲下去了。到真个令人压抑不住了，从心底内引起共鸣的时候，他也会破颜一笑，那是青年们的欢笑使他忘记了人世的许多哀愁。

——许广平《鲁迅回忆录》

讲演会场，还同前次一样，设在“风雨操棚”。不同的是，人太多，门窗都挤破，人流还在涌。不得已，临时搬到操场上来……整个操场挤得满满的，人头攒动，水泄不通，靠北面教室楼窗户里也塞满了。讲题是:《论第三种人》。讲了一段，大意讲完了，人们还不散，只是鼓掌要求再讲下去。

——公木《鲁迅总司令麾下的列兵》

显然，诸如此类的文字向我们昭示了一个重要事实：无论授课抑或演讲，鲁迅都极具吸引力和征服性，都赢得了热烈赞许和普遍认同。而这样一种效果的产生，分明得益于先生多方面的禀赋与优势，如丰富的学养、敏锐的识见、幽默的性情、从容的表达以及每每为学生和听众着想的态度等。

除上述之外，鲁迅能够保证课堂效果和授课质量，还有一个十分重要的原因，这就是，鲁迅围绕讲课和教学所做的大量的、艰苦的案头准备工作。譬如，为了讲好中国小说史，鲁迅拿出数月时间，专门编写了十多万字的讲义，其直接的工作量已属可观，工作态度亦复可敬；而构成该讲义材料来源与文本支撑的《古小说钩沉》《唐宋传奇集》《小说旧闻钞》三书，更是先生历时数年，锐意穷搜，所积渐多的结果，其中所下的辑佚、取舍、校勘、考订功夫，绝非后世的教材编写者可以类比乃至想象。因此，该讲义修订为《中国小说史略》一书出版后，旋即成为中国小说史研究的不朽经典和重要基石。鲁迅讲授文艺理论，选用日本学者厨川白村的遗稿《苦闷的象征》作教材，这固然增添了课堂的新意，但先生却为此付出了通译全书的辛劳。鲁迅执教厦大时，开讲中国文学史。本来依靠学校旧存的讲义即可上课，但基于提高教学质量的考虑，先生自云：“我还想认真一点，编成一本较好的文学史。”（《致许广平信》）于是，他在图书资料极为匮乏的条件下，克服困难，潜心著述，写成了独具识见，自成一家的《汉文学史纲要》。梳理至此，我们庶几已经领略了鲁迅演讲艺术的精彩和精华所在。

三

鲁迅全部的文学和社会实践，贯穿着一条中心线索，这就是“立人”，他的教师生涯自不例外。为此，鲁迅在担任教职、从事教学和引导青年时，不仅高度重视授课艺术和课堂效果；而且每每从眼前的校园情景和学子心态出发，联系自己的经验和记忆，展开形而上的思考，进而就整体的教书育人和青年成长，提出具有针对性和建设性的意见，甚至在有条件的情况下，实施力所能及的改革。这时的鲁迅，便呈现出属于自己的教育理念。

第一，鲁迅清醒而敏锐地意识到了当时教育体制所存在的种种弊端。1925 年 3 月 18 日，鲁迅在致许广平的信里明言:“现在的所谓教育，世界上无论那一国，其实都不过是制造许多适应环境的机器的方法罢了。要适如其分，发展各各的个性，这时候还未到来，也料不定将来究竟可有这样的时候。”显然，在鲁迅看来，理想的教育制度应该是“适如其分，发展各各的个性”，而现行教育制度的一个很大偏颇，就是反映在学生身上的对共性的过于强调和对个性的极大漠视，这无疑不利于青年一代的成长与发展。如果说鲁迅这段话还只是温和地揭示了世界范围内学校教育的普遍缺陷，那么，他在《论“赴难”和“逃难”》一文里，则严厉抨击了当时中国教育特有的误区和隐患:“施以狮虎式的教育，他们就能用爪牙，施以牛羊式的教育，他们到万分危急时还会用一对可怜的角。然而我们所施的是什么式的教育呢，连小小的角也不能有，则大难临头，惟有兔子似的逃跑而已。”这样的教育制度，必然会在学生中产生不良后果，而鲁迅笔下的某些校园见闻，恰恰有意或无意地触及了这一点：

> 我有时也偶尔去看看学校的运动会……竞走的时候，大抵是最快的三四个人一到决胜点，其余的便松懈了，有几个还至于失了跑完豫定的圈数的勇气，中途挤入看客的群体中；或者佯为跌倒，使红十字队用担架将他抬走。假若偶有虽然落后，却尽跑，尽跑的人，大家就嗤笑他。大概是因为他太不聪明，“不耻最后”的缘故罢。
>
> ——《这个与那个》
>
> 现在青年的精神未可知，在体质，却大半还是弯腰曲背，低眉顺眼，表示着老牌的老成的子弟，驯良的百姓……
>
> ——《论睁了眼看》

诸如此类的文字里，浸透着鲁迅深深的忧患，而这样的忧患即使在今天，仍然不能说是杞人忧天，全无意义。

第二，鲁迅特别看重年青一代的精神成长与思想自由。在名篇《我们现在怎样做父亲》里，鲁迅倡言：长辈须全力为青年的成长提供指导和帮助，不但要使其养成“耐劳作的体力”；更要让他们具有“纯洁高尚的道德，广博自由能容纳新潮的精神，也就是能在世界新潮流中游泳，不被淹没的力量”，而这种力量正是青年一代于历史变局中安身立命的根本。鲁迅是许寿裳长子许世瑛的启蒙教师，为此，他在写给许寿裳的信里，很自然地谈起子女教育的话题：“君教诗英，但以养成适应时代之思想为第一谊，文体似不必十分抉择，且此刻颂习，未必与将来大有效力，只须思想能自由，则将来无论大潮如何，必能与为沆瀣矣。”显然，在鲁迅心目中，青年一代的思想教育是第一位的，其重要性远在文体抉择之上。

因此，鲁迅教书并不单单满足于知识传播和学问讲授，而是尽量把教书和育人结合起来，或者说努力将做人的道理寓于专业教学之中。关于这点，一些当年中国小说史的聆听者，留下过真实的现场记述。据许广平回忆，鲁迅谈到《水浒传》中宋江的故事时，曾特别提醒大家：“小说乃是写的人生，非真的人生。故看小说第一不应把自己跑入小说里面。又说看小说犹之看铁槛中的狮虎，有槛才可以细细的看，由细看以推知其在山中生活情况。故文艺者，乃借小说——槛——以理会人生也。”对此，许广平表达了自己的理解：“这里鲁迅教导我们不但看小说，就是对一切世事也应如看槛中的狮虎一般，应从这里推知全部状貌，不要为片断现状所蒙蔽，亦犹之马列主义教人全面看问题一样道理。”（《鲁迅回忆录·鲁迅的演讲与讲课》）后来成为作家的鲁彦亦写道：“他（即鲁迅——引者注）的每句极平常的话几乎都无须被迫地停顿下来，中断下来。每个听众眼前赤裸裸地显示了美与丑，善与恶，真实与虚伪，光明与黑暗，过去、现在和未来，大家在听他的《中国小说史》的讲述，却仿佛听到了全人类的灵魂的历史，每一件事态的甚至是人心的重重叠叠的外套都给他连根撕掉了。于是教室里的人全笑了起来，笑声里混杂着欢乐与悲哀，爱恋与憎恨，羞愧与愤怒……”（《活在人类的心里》）这样的知识传授无疑潜移默化地作用于听众的精神世界。

第三，在教育和成长的维度上，鲁迅看到了单习文学的偏颇和局限，因而主张学生要强化通识，兼顾文理，开阔眼界。鲁迅坦言：“先前的文学青年，往往厌恶数学、理化、史地、生物学，以为这些都无足轻重，后来变成连常识也没有，研究文学固然不明白，自己做起文章来也胡涂，所以我希望你们不要放开科学，一味钻进文学里。”（《致颜黎民》）先生还说：“爱看书的青年，大可以看看本分以外的书，即课外的书，不要只将课内的书抱住……应做的功课已完而有余暇，大可以看看各样的书，即使和本业毫不相干的，也要泛览。譬如学理科的，偏看看文学书，学文学的，偏看看科学书，看看别个在那里研究的，究竟是怎么一回事。这样子，对于别人，别事，可以有更深的了解。”（《读书杂谈》）纵观中外人才的成长之路，应当承认，鲁迅的观点和建议有的放矢，切合实际，实属留给莘莘学子的金玉良言。

在坚持文理兼顾，全面发展的问题上，鲁迅不仅是积极的倡导者和助推者，而且还以自己实际的横通与博学，为年轻一代作出了榜样。作为文学家，鲁迅一向注重自然科学，对医学、化学、路矿、生物等学科，均有广泛的涉猎和充实的积累，写出了《人之历史》《科学史教篇》等著作。早在留日期间，他就接触了世界近代自然科学的最新成就，率先向国人介绍了镭的发现、进化理论和生命发展学说。到了晚年，他依然关心自然科学动态，指导翻译了《药用植物》一书，并为周建人的科普著作《进化和退化》作序。而在早年执教于浙江两级师范学堂时，他则以“吃螃蟹第一人”的勇气，登台讲授化学和生理卫生课，为此而准备的生理学讲义长达十一万字，现藏中国国家图书馆。毫无疑问，鲁迅的自然科学修养与造诣，直接促成了他文理兼顾，全面发展的育人主张和教育理念。

第四，鲁迅提倡田野考察和现场教学，重视培养学生的研究能力和动手能力。鲁迅曾有名言：“我以为……现在的青年，最要紧的是‘行’，不是‘言’。只要是活人，不能作文算什么大不了的事。”这话诚然是先生在答复《京报副刊》关于“青年必读书”时的借题发挥，但实际上却也传递出他一贯的实践在先的人生观念，其中包括他强调知行合一，坚信“行”重于“言”的教育主张。正是基于这种主张，鲁迅在担任浙江两级师范学堂的教职时，便从自己所教课程的特点出发，毅然加大了研究和实验的力度。譬如，他编写的生理学讲义，附有“生理实验术要略”，其中列举了若干项目，便于学生通过实际操作，了解生命的奥秘。他上化学课更看重现场实验的效果，其间被调皮学生的恶作剧烧伤，亦不改初衷。他在为日籍教师做翻译，协助其讲授植物课时，则常常利用课余时间，带领学生到野外做实地考察，采集植物标本。杭州一中（前身即浙江两级师范学堂）的鲁迅纪念室里，一直保存着鲁迅和他的学生们采集植物标本的记录，其中仅 1910 年 3 月 1 日至 29 日，他们的外出考察就多达十二次。由此可见，早在一百多年前，鲁迅就开始了为今天教育界人士所称道的开放性、研究性教学，其筚路蓝缕之功，令人肃然起敬。

四

“创作总根于爱。”与文学创作结伴终生的鲁迅，是有大爱和深爱之人。而他的这种大爱与深爱，有相当一部分是倾注在青年学生身上的。对此，鲁迅在他的《随感录·四十一》里，曾有过深情的表达：

> ……愿中国青年都摆脱冷气，只是向上走，不必听自暴自弃者流的话。能做事的做事，能发声的发声。有一分热，发一分光，就令萤火一般，也可以在黑暗里发一点光，不必等候炬火。
>
> 此后如竟没有炬火：我便是唯一的光。倘若有了炬火，出了太阳，我们自然心悦诚服的消失，不但毫无不平，而且还要随喜赞美这炬火或太阳；因为他照了人类，

连我都在内。

正是这份大爱与深爱，使得鲁迅在面对成长之中的学生时，始终保持了三种极其可贵的态度。

面对渴望知识，寻求解惑的学生，鲁迅是循循善诱，诲人不倦。鲁迅是著名作家，社会名流，因此，他执教北大时，赢得了众多学子的崇拜和拥趸，主动讨教者比比皆是，随处可见，而鲁迅予以回应的，是极大的热情和耐心。请看尚钺的回忆：

> 先生每次下课时，许多同学都跟着挤他到休息室去发问，甚至一连几个礼拜，我的一个问题还没有挤到他面前去求得解答的机会。因他虽然经常上课前半小时就坐在休息室中，但他一来，许多早已在等候他的青年，便立刻把他包围起来。于是他便打开手巾包将许多请校阅、批评及指示的稿件拿出来，一面仔细地讲解着，散发着，一面又接受着新的。一直到上课钟响时，他才拿起手巾包（他没有皮包），夹在这些青年之间走上讲堂。在课程进行中，他似乎不愿意牺牲十分钟的休息时间似的，总是把两小时连堂上。的确就是他不连堂上，大学中的十分钟的休息时间也不是为他预备的，如果被学生包围起来，怕他还要比上课忙碌一点吧？
>
> ——《怀念鲁迅先生》

此刻的鲁迅，已经将全副身心交给了嗷嗷待哺的学生们。至于先生在创作上甘为文学青年“打杂”“作梯子”，直至在物质上、生活上关心和接济青年学生，早已化为一段段佳话，至今在历史的长河里流传。

面对身处险境，面临屠戮的学生，鲁迅是晓之利害，呵护有加。在与黑暗和反动势力的搏战中，鲁迅因为深知对手的强大，所以从不主张青年铤而走险，赤膊上阵，而是一再教他们学会“壕堑战”——在保护好自己的前提下向敌人进攻。1926年，北京发生“三一八”惨案，鲁迅的学生、北京女子师范大学的刘和珍和杨德群惨死于段祺瑞政府的屠刀之下。这时的鲁迅，一方面以《记念刘和珍君》这篇哀痛积愤之作，“直面惨淡的人生，正视淋漓的鲜血”，以此唤起真猛士的奋然前行；另一方面则及时总结血泊里的教训，指出当时群众领袖的两个错误：“一是还以请愿为有用；二是将对手看得太好了。”（《空谈》）其中包含的对年轻生命的痛惜之情可掬可感。1933年，日军攻陷榆关，进逼华北，北平受到严重威胁。当时各大学纷纷要求停课，以应对战事，但国民党政府却以稳定秩序为由不予批准，而沪上一些文人亦在报端“帮忙”鼓噪，指责学生自动离校，要求他们即使不能“赴难”，最低限度也不应“逃难”。对于这种从根本上无视学生生命的荒谬，鲁迅深深不以为然，为此，他连续写了《逃的辩护》《论“赴难”和“逃难”》《学生和玉佛》等多篇文章，予以驳斥。鲁迅认为：“现在中国的兵警尚且不抵抗，大学生能抵抗么？我们虽然也看见过许多慷慨激昂的诗，什么用死尸堵住敌人的炮口呀，用热血胶住倭奴的刀枪呀，但是，先生，这是'诗'呵！事实并不这样的，死得比蚂蚁还不如，炮口也堵不住，刀枪也胶不住。孔子曰：'以不教民战，是谓弃之。'我并不全拜服孔老夫子，不过觉得这话是对的，我也正是反对大学生'赴难'的一个。"必须承认，鲁迅这种看重人的价值，珍惜大学生生命的观点，是难能可贵的，值得我们在历史的进程中"学而时习之"。

面对遭受压制，抗议无果的学生，鲁迅是挺身而出，仗义执言。在同黑暗势力的斗争中，鲁迅提倡"壕堑战"，但却并不因此就一概反对白刃战。事实上，每当青年学生遭受强权的高压和迫害，矛盾无法回避时，鲁迅总是"修我甲兵，与子偕行"，毅然投入与强权者"短兵相接"的战斗。1925 年，北京女子师范大学因无故开除学生而引发学潮，接下来，校方不但不承认错误，反而伙同当局继续倒行逆施，镇压学生。这时，鲁迅挺身而出，以一连串犀利的文章，揭露校方的劣迹，公开支持学生的正义行动。为此，他不仅同假装公允的"正人君子"刀笔相见，而且回敬了来自教育总长章士钊的免职的打击和恐吓。1927 年 4 月 15 日，国民党在广州开始"清共"，中山大学有不少学生被捕。当时，主持校政的戴季陶、朱家骅有意回避或保持沉默，而鲁迅则以教务主任的身份召开会议，商讨担保和营救事宜。在不但得不到校方支持，反而被横加指责和阻挠的情况下，他决然辞职以示抗议。鲁迅到上海后，原本决计不再涉足教育，无奈劳动大学校长易培基在北京时同自己有过一起反对段祺瑞、章士钊的战友之谊，碍于情面，才答应在该校担任每周一点钟的文学讲座。但不久即获知易培基有支持军警抓学生之事，于是，他坚决辞掉教职，并退回了已付的薪金。鲁迅这种与进步学生同呼吸、共命运的精神和行动，即使隔着岁月的烟尘，依然会让我们感慨万分。而这自然也是鲁迅教师生涯中极富光彩的一页。

第二辑

萧红与延安擦肩而过

一

1938 年 2 月 24 日，因出任山西民族革命大学教职而奔波于晋陕大地的女作家萧红，在山西运城给在哈尔滨时的老同学、当时已到延安的高原写了一封信，其中有这样的文字：

> 因为现在我是在民大教书了。运城是民大第三分校。这回是我一个人来的。从这里也许到延安去，没有工作，是去那里看看。二月底从运城出发，大概三月五日左右到延安。假若你在时，那是好的，若不在时，比你不来信还难过……

显然，这封信是萧红向好朋友通报自己很可能有延安之行，并预约见面的。其中不仅介绍了此行的相关情况，如“是一个人来的”，即没有萧军作陪；到延安只是“看看”，即了解和感受一下那里的环境与氛围，并没有参加有组织的“工作”等；同时还披露了比较具体的行程和时间。由此可见，在当时的萧红看来，去延安已经是没有太多悬念的事情。不过，萧红所说的延安之行并没有成为现实。原因是萧红去延安需要跟随丁玲率领的八路军西北战地服务团一起行动。而“西战团”突然接到了总部关于暂不回延安，转到西安国统区开展抗日宣传工作的命令。在这种情况下，萧红只能随丁玲的团队先到西安。

此后一段时间，暂住西安的萧红，在是否仍然去延安的问题上，留下了一些相互矛盾的信息。据聂绀弩的散文《在西安》描述，大约是3月下旬的某一天，将随丁玲赴延安公干的聂绀弩，在同萧红一起吃饭时，曾邀请萧红搭伴去延安走一趟，萧红明确表示：“我不想去。”接下来，聂绀弩问“为什么？”并进一步动员她：“说不定会在那里碰见萧军。”萧红没有回答为什么，只是说萧军不会去延安，依他的性格，应当是到别的什么地方打游击去了。

可是，就在几天之后的3月30日，萧红为商量话剧《突击》剧本在《七月》发表以及稿酬事宜，致函尚在武汉的胡风，其中又披露了自己仍准备去延安的意思：“现在萧军到延安了，聂（指聂绀弩——引者）也去了，我和端木尚留在西安，因为车子问题。”对于萧红所谓因交通问题而暂时未去延安，当代学者季红真女士表示怀疑，认为萧红是考虑到胡风的共产党员身份而说了假话，她这时实际上已经打消了去延安的念头。在我看来，情况未必如此。这里，一个必须正视的事实是，在 1938 年的时空条件下，从西安到延安并不是件轻而易举的事情。两地之间不仅地貌沟壑起伏，路途艰难，而且社情复杂，民团出没，即使已经联合抗日的国民党军队和共产党军队，也是楚河汉界，各有防范。关于这点，丁玲讲述自己 1936 年由西安到延安经历的散文《我怎样来陕北的》，可以在很大程度上提供真切的参照，其中那时而乘车，时而骑马，时而还要穿过地主武装监视的场景，足以让人感受到路途的坎坷与凶险。试想，由组织安排、武装护送的丁玲，从西安到延安尚且不易，作为文弱女作家的萧红，如果不随“西战团”行动，或没有齐备的手续以及便利的交通工具，要想由西安去延安，几乎没有可能。因此，萧红对胡风说“因为车子问题”而暂时未能去延安，还是可信的，我们没有理由断定这是假话或托词。

那么，此时的萧红到底是想去还是不想去延安？相对准确合理的答案庶几是：她既想去又不想去，她有时想去有时又不想去。换言之，在是否去延安的问题上，萧红遇到了人生选择的困难，以致产生了复杂严重的内心纠结。

萧红最终还是放弃了去延安的打算。十几天后的 4 月 17 日或 18 日夜晚，她告别了丁玲和“西战团”，同端木蕻良一起，登上了重返武汉的火车。在萧红动身之前，丁玲出于朋友的善意曾予以挽留，再次劝萧红和自己一起去延安，且说出了自认为足以让萧红心动的理由，但却没有结果。四年后，丁玲在《风雨中忆萧红》一文里，对当时的情况作了深情的追述：

> 那时候我很希望她能来延安，平静地住一时期之后而致全力于著作。抗战开始后，短时期的劳累奔波似乎使她感到不知在什么地方能安排生活。她或许比我适于幽美平静。延安虽不够作为一个写作的百年长久之处，然在抗战中，的确可以使一个人少顾虑于日常琐碎，而策划于较远大的。并且这里有一种朝气，或者会使她能更健康些。但萧红却南去了。

此中的意味迄今值得我们久久咀嚼。

二

萧红为什么取消了计划中的延安之行？对此，萧红研究者和传记作家曾提出过一些观点和说法。现在，我们来看看这些观点和说法是否能够站住脚。

首先，一种传播较广的说法是，萧红之所以没有去延安，是因为她不愿意在那里再见到萧军。1979 年 11 月，传记女作家肖凤曾专访萧红当年的好友舒群。后来，她将这次专访的内容写进了《萧红传》，其中第七章《婚变》里有这样的记述：萧红由西安返回武汉后，“常常到读书生活出版社的书库里去找舒群。舒群当时正住在那里编《战地》，萧红一来到舒群的住处，就把脚上的鞋子一踢，栽倒在床上，一躺就是一天，心情很苦闷。舒群极力地劝说她到延安去，她不肯，原因是她不愿意遇见萧军。为此曾和舒群发生了激烈的争吵”。这就是说，萧红当年曾经明确告诉舒群，她不肯去延安，是因为要避开萧军。无独有偶，亲历过萧红与萧军的西安婚变，并继而成为萧红丈夫的端木，在 1980 年 6 月 25 日与美籍汉学家葛浩文谈话时，亦明言萧红和自己当年没有去延安的原因，就是为了躲萧军，即所谓：“他去延安，我们就去武汉，因为上延安将来还有机会，何必赶这风波时去呢？”（《我与萧红》）

“回避萧军说”因为有萧红和端木的说法作依据，所以乍一听来，言之凿凿，似乎毋庸置疑，但如果综合各方面的材料加以分析考辨，即可发现，事情远不是那么简单。来自萧红和端木的说法其实存在破绽，故而经不起推敲。

其次，从现存有关萧军与萧红分手的第一手资料看，虽然细节上有一些差异或模糊，但两位当事者在整个事件过程中的基本行为和态度是大致清晰的：临汾沦陷前，是萧军首先声明自己要去战场打游击，而萧红则以“各尽所能”为理由，苦劝萧军留下，继续成就文学事业。西安再聚首，又是萧军率先向萧红和端木做了未免荒唐的发声：“你们俩结婚吧，他要和丁玲结婚。”（端木蕻良《我与萧红》）——出自端木之口的这一细节不见于萧军的自述，但从当时以及后来的一些情况看，应当是可信的——这使萧红不得不接受分手的事实。这足以说明，在分手问题上，萧军是主动和决绝的——只是在得知萧红怀了自己的孩子时有过短暂的动摇——而萧红则不无被动和留恋。正是基于这样的事实，我们说，即使在劳燕分飞之后，萧红至少在潜意识里仍然保留着对萧军的一份感情、一份牵挂。明白了这一点，我们也就明白了后来的萧红，在梅志家中看到萧军的兰州来信并得知他已经再婚时，为什么要神情失色，以至连梅志都为她对萧军的余情感到惊讶。也就明白了已经是端木夫人的萧红，何以总是放不下萧军，时而让他充当作品人物，时而想请他来一起办杂志，甚至在生命的危难时刻，她想到的还是萧军，坚信“若是萧军在四川，我打一个电报给他，请他接我出去，他一定会来接我的”。（骆宾基《萧红小传》）试想，萧红心中既然藏有这样一种情愫，那么，躲避萧军会成为她不去延安的理由吗？

不仅如此，还有更有力的材料可以证明“回避萧军说”的无法成立：1938 年夏天，萧红以不想见萧军为由，拒绝舒群去延安的劝告时，她心里其实非常清楚，这时的萧军根本就不在延安。我们作如此断言的依据至少有二：第一，当年的萧军在终结了与萧红的感情后，并没有打算立即去延安，而是因为听说盛世才在新疆招徕抗日人才，所以准备去那里工作。这时，同样寄身于“西战团”的戏剧家塞克等，准备去兰州支援西北抗战剧团，于是，萧军便与塞克等搭伴先赴兰州。他们于 4 月 17 日，即萧红和端木返回武汉的同一天或前一天，乘汽车离开西安。此后，萧军辗转于兰州、西安、成都、重庆等地，他再次抵达延安已是 1940 年 6 月。如前所述，分手之后的萧红对萧军依旧深藏余情，这决定了她对萧军以后的去向不可能漠不关心，全然不问。况且当时萧红、萧军和整个“西战团”都住在一起，烽火岁月里朋友之间的聚首与话别，是很重要的生活内容，萧红即使想回避有关萧军的信息，恐怕也办不到。第二，1938 年 5 月 14 日，《抗战文艺》第 1 卷第 4 号刊登了一则“文艺简报”：“萧军、萧红、端木蕻良、聂绀弩、艾青、田间等，前于 11 月间离汉赴临汾民大任课。临汾失陷后，萧军已与塞克同赴兰州，田间入丁玲西北战地服务队，艾青、聂绀弩先后返汉，端木蕻良和萧红亦于日前到汉。”《抗战文艺》由中华全国文艺界抗敌协会主办，是抗战时期极有影响的主张抗战、团结和进步的文艺刊物，萧红作为著名的抗日作家，不可能不读这份刊物，更不可能不关心刊物上登载的有关自己和朋友们的消息。如果这样推论没有不妥，那么，萧红仅仅凭借《抗战文艺》提供的信息，也应该知道萧军大致的行踪去向，知道他并没有去延安。

明明知道萧军不在延安，却又偏偏把躲避萧军说成是自己不想去延安的理由，这在萧红那里意味着什么？唯一合理的解释只能是：萧红未去延安，有着在舒群面前不便明言也不易说清的隐衷。在这种情况下，与其吞吞吐吐，勉为其难，倒不如甩出“回避萧军”作为搪塞和敷衍。由此可见，“回避萧军说”其实不可信。

三

在近年来的网络媒体上，还出现了一种据说是来自日本学者的观点：萧红之所以没有去延安，是因为她不喜欢和丁玲在一起。这种“回避丁玲说”所依据的事情原委大致是这样的：当年，萧红由西安回到武汉，见到昔日的日本女友池田幸子。池田幸子问萧红，为什么没有去延安。萧红回答：“我再也受不了同丁玲在一起。”为此，池田还加以解释，纤细的萧红实在无法适应丁玲身上的一些习性。

因为间隔了太多的时空烟尘，我们今天已经很难考订“回避丁玲说”的来龙去脉，以及它是否属于以讹传讹。不过，正像“回避萧军说”的问题，在于其经不起从历史出发的综合分析一样，当我们将“回避丁玲说”置于多位当事者的记忆之中和讲述之下，即可发现，找不到任何可以与之呼应的蛛丝马迹；相反，倒有不少材料证明，萧红与丁玲曾经惺惺相惜。

第一，在“回避丁玲说”里，丁玲是萧红回避的对象。如果萧红果真不喜欢丁玲，按说，丁玲应当感觉到来自萧红的芥蒂和不满，并因此而同萧红保持距离，可事实正好相反，丁玲同萧红在一起时，相互之间一直是亲密、欢乐和友善的，正如丁玲的《风雨中忆萧红》所写：“我们都很亲切，彼此并不感觉到有什么孤僻的性格。我们尽情地在一块儿唱歌，每夜谈到很晚才睡觉。当然我们之中在思想上，在感情上，在性格上都不是没有差异，然而彼此都能理解，并不会因为不同意见或不同嗜好而争吵，而揶揄……我们痛饮过，我们也同度过风雨之夕，我们也互相倾诉……我们又实在觉得是很亲近的。”尽管丁玲的感受不能代替萧红的感受，然而，作为一种友情的深挚表达，谁又能说在丁玲感受到的“亲近”里，并不包括来自萧红的回应与推助呢？

第二，萧军在很大程度上见证了萧红与丁玲的相聚与过从。在萧军眼里，萧红和丁玲之间同样是亲近和融洽的。为此，他在长篇散文《侧面》里写道：丁玲自觉让出空间，让萧红和萧军讨论个人问题；而萧红则同作家朋友一起，主动集资为丁玲和“西战团”添置照相机。正因为如此，萧军在决定一个人去五台山打游击时，才一再请求丁玲能够照顾和保护萧红。

第三，端木蕻良是丁玲和萧红相聚的又一位目击者。在端木的回忆里，当时的情景可谓热烈而欢乐：“萧红和我们都是第一次同丁玲见面，当时大家都很高兴和兴奋。尤其在战争开始后见面，每天谈得很晚。丁玲把她的皮靴和军大衣送给萧红，大家关系比较融洽，接触非常密切。”端木还特别提供了一个细节：“到西安，丁玲住在八路军办事处，我们住在民族革命大学在西安的招待所。后来觉得没什么意思，就搬到办事处七贤庄……虽然西安的招待所住、吃都好，但我们愿和战士一起住、吃，那段生活还是很有意思的。”（《我与萧红》）情愿放弃吃住条件都好的民大招待所，而搬到丁玲所住的比较简陋的八路军办事处，这样的行动中，应该包含了萧红对丁玲的好感与亲近吧？

第四，诚然，萧红没有写过有关丁玲的文学作品，但是，她在生命最后一段时间与骆宾基的长谈中，却不止一次地谈起过丁玲。后来，骆宾基把这些写进了他的《萧红小传》。譬如，萧红说："丁玲有些英雄的气魄，然而她那笑，那明亮的眼睛，仍然是一个女子的柔和。"显然，这是一种肯定性的评价。他们还谈到冯雪峰未能写完的长篇小说《卢代之死》，萧红当即表示，将来有条件时，要邀请朋友们一起来续补这部作品。而在拟邀的朋友名单里，排在第一位的正是丁玲。仅凭这一点，我们就不能说，萧红不愿意再见到丁玲。

面对这样的史实记叙，我们怎能相信萧红未去延安是为了躲避丁玲呢？

四

随着国内思想学术风气的转换，针对萧红未去延安一事，近年来又有作家学者从思想观念和政治倾向的角度做出了解释。譬如，有人认为萧红具有"自由主义的政治立场"，"是一位纯粹的自由主义作家"，故而反感"意识形态的话语霸权"。对她来说，延安未必有太大的吸引力，不去延安倒有一定的必然性。

在自由主义逐渐成为一种价值观的语境里，出现上述观点和说法是很正常的，它们折射出一些学人试图摆脱因袭，拓展思路，重新认识和评价萧红的良好愿望。遗憾的是，所有这些观点和说法并不符合萧红的思想实际和生命实践，当然也就无法揭示萧红最终未去延安的真正原因。

先看自由主义与萧红。众所周知，自由主义作为一种思想体系和意识形态，在半殖民地半封建的旧中国，却因为社会土壤和环境条件的巨大差异而始终显得步履蹒跚，境遇尴尬。不仅整体声音苍白微弱，而且很难造就从思想到行动的严格意义上的自由主义者。多年来，一些学者喜欢对胡适或鲁迅做自由主义的诠释和演绎，但在我看来，也只能说是此二位身上较多地体现了自由主义的某些元素而已。须知道，无论是胡适"诤臣"或"诤友"的自我定位，抑或是鲁迅"一个也不宽恕"的生命遗言，恐怕都不符合典型的自由主义者应有的精神特征。在这种情况下，拉上萧红来充实自由主义作家的阵容，便显得更加生硬和勉强。事实上，我们从萧红的全部作品中，很难发现可以与自由主义相联系、相等同的内容，更看不见作家与自由主义之间的精神线索，即使近年来被屡屡称引的所谓"作家不是属于某个阶级"的观点，恐怕也算不上自由主义作家的根本标识；相反，那一个个承载着饥饿、流浪、压迫、杀戮和愚昧的艺术场景，那一幕幕体现了"生的坚强"和"死的挣扎"的人间活剧，却无异于告诉读者：所有这些较之自由主义所崇尚的自由、平等、博爱等，委实相去甚远，与自由主义所倡导的社会批判也迥异其旨，它们属于两个完全不同的意义空间。

换句更直接明了的话说，在精神和艺术世界的创造上，萧红与自由主义无缘。这里，需要特别指出的是，当下有的作家学者正是把萧红未去延安当成了界定其自由主义倾向的主要依据，这种不加辨析的“反果为因”，因为包含了未去延安即等于自由主义这样一个明显失之笼统、粗疏与含混的大前提，所以其论证过程中的缺失和软肋几乎在所难免。而当我们一旦搞清萧红放弃延安之行是另有缘故，那么，其自由主义作家的定位，也就随之失去了依托和支撑。

在确定了萧红并非自由主义作家之后，我们再来看看她拥有怎样的具体的政治倾向。在这方面，对萧红知之甚深的舒群说过一段话：

> 萧红的态度是一向愿意做一名无党无派的民主人士，她对政治斗争十分外行，在党派斗争的问题上，她总是同情失败的弱者，她一生始终不渝地崇拜的政治家只有孙中山先生。（肖凤《萧红与舒群》）

舒群的这段介绍与其说揭示了萧红“十分外行”的政治意识和未免有些模糊的政治立场，不如说是为我们进一步了解和认识萧红的政治倾向铺设了一条可靠而便捷的通道。要知道，在 20 世纪 30 年代的历史环境下，真正继承了孙中山先生遗志的，是中国共产党。萧红正是从自己朴素的生命直觉与已有的心理定式出发，把由衷的、巨大的感情认同留给了中国共产党人。也就是沿着这样的情感逻辑，她崇仰同样倾向中国共产党的鲁迅先生，敬重作为共产党人的冯雪峰、丁玲、华岗等。她的朋友圈里共产党人更是不在少数，如胡风、舒群、罗烽、白朗、叶紫、金剑啸……出现在其作品中的共产党人形象虽然不多，但都有着勃发向上的力量。不仅如此，萧红还希望在“主义”的层面上了解共产主义和中国共产党——我们从她和聂绀弩有关“天才”的对话里可以看出，她接触过马克思主义经典作家的著作；从她由北京写给萧军的信中能够发现，她竟然喜欢瞿秋白的马列文论译文集《海上述林》，认为该书“很好”，而自己“读得很有趣味”。（1937 年 5 月 3 日，致萧军信）分析至此，萧红亲近中共的政治倾向已是不言而喻。基于这样的政治倾向，她希望到延安去“看看”，实在是再正常不过的事情，倒是所谓萧红注重个人自由，不愿去延安的说法明显不合情理，也缺乏事实依据。萧红准备去延安的 1938 年春天，正是大批进步知识青年从全国各地奔赴延安这一精神圣地的高峰期，据王云风《延安大学校史》记载，仅 1938 年 5 月至 8 月，经八路军驻西安办事处介绍，到延安去的知识青年就有 2288 人。即使丁玲当时也仍然沉浸在“昨天文小姐，今日武将军”的赞誉和感奋之中。在这种背景下，从未到过延安的萧红，怎么可能感受到“意识形态的话语霸权”？又通过什么渠道预测出“到延安去要接受改造”？

五

在否定了种种似是而非的说法之后，一定会有人问：究竟是什么原因让萧红停止了奔赴延安的脚步？要想准确合理、实事求是地回答这个问题，最可靠的途径，自然还是尽可能地重返 1938 年春天的历史现场，看看置身其中的主人公萧红，遇到了什么？经历了什么？由此导致了怎样的精神与情感波动？而所有这些对她前往延安的计划，又产生了怎样的影响？

正如许多传记作品所写，对于萧红而言，1938 年春天的晋陕之行，虽然时间很短，只有两个多月，但却经历了重大的人生变故：一方面她与患难与共长达六年的恋人萧军分道扬镳，另一方面她又极迅速地与端木蕻良建立了新的恋人关系。从历史留下的多种信息看，这次重大的同时又带有突发性的个人生活变故，与萧红最终未去延安密切相关。或者干脆说：就是这突如其来的个人生活变故，使萧红不得不放弃了去延安的打算。

事情的原委应当是这样的：

从 1938 年 2 月初抵达民大所在地山西临汾，到 3 月 4 日随丁玲转至西安并暂住下来，在这一个多月的时间里，萧红一直是打算去延安的。为此，在驻扎临汾期间，她多次提出让萧军教她骑马，这无疑包含了为去延安做准备的意思。即使在萧军坚持去打游击之后，萧红一个人仍想去延安看看，于是，才有她自运城向高原通报行程的信件。

大约是在 3 月中下旬，萧红的生活和内心渐渐起了一些变化：萧军的决绝远行使她倍觉情感的伤痛与缺位，并由此预感到自己和萧军实际的婚姻关系已走到尽头。于是，萧红开始留意新的情感寄托与归宿。经过不无矛盾和反复的掂量与斟酌，她心中的天平渐渐向端木倾斜。可就在这时，她发现自己已经怀了萧军的孩子，而萧军去五台山打游击受阻转道延安的消息亦传到西安。一时间，萧红的内心陷入了激烈的矛盾与纠结，她原有的去延安的打算也随之变得有些犹豫和两难。

就个人意愿而言，萧红还是想去延安看看，因为那里汇聚了她一段时间以来的好感、同情、想象和憧憬，所以她希望身临其境，以观其实，从而进一步确立自己的精神坐标。况且萧军后来也到了延安，自己和萧军实际的婚姻关系以及腹内的孩子，都需要同萧军商量沟通，有个明确的说法。然而，此时的萧红又正尝试着发展与端木的个人情感，她不清楚如果去延安会不会影响这种情感的继续——当时的端木正准备和塞克等一起去兰州，为此他于 4 月 10 日前后函请胡风，将自己留在武汉的西装寄到兰州——更不知道自己一旦改变婚姻组合，会在延安产生怎样的反响，是否会引起周围的反感乃至非议——她从丁玲那里获知，延安的组织是过问个人生活的。丁玲最近一次回去“述职”，就包括报告她和陈明的恋爱情况——从这些方面考虑，萧红又想暂时不去延安。搞清了此中状况，在这段时间里，萧红围绕去不去延安，出现相互龃龉的说法，也就成了可以理解的事情。

4月7日，赴延安汇报工作的丁玲和聂绀弩回到西安，带回了当时滞留延安的萧军。萧红、萧军和端木重新相聚，开始还算和谐，有端木4月10日前后致胡风信中的文字为证："我，萧红，萧军，都在丁玲防地，天天玩玩。"但此后的一天，萧军还是向萧红和端木发出了惊人之语："你们俩结婚吧，我要和丁玲结婚。"（端木蕻良《我与萧红》）。萧军这种鲁莽轻率且越俎代庖的表达，再次触动了他和萧红原本已有很大裂痕的爱情关系，让萧红一时极为恼怒，结果两人在即使有了共同骨血的情况下，仍然彻底分手。与此同时，萧红和端木的恋人关系得以确立，并在朋友间公开。随后，他们做出了暂不去延安，而是返回武汉的决定。4月16日，端木再度致函胡风："前次写了一信，嘱老兄将我的西装寄到兰州，请先不要执行，因为还是存在武汉，等着我以后麻烦你，或许以后从此不麻烦了也，一笑！"字里行间传递的正是这一信息。

在短短的几天里，萧红为什么最终放弃了延安之行？其中的决定性因素大约有以下几点：

第一，在改变了恋人关系之后，萧红首先必须面对的一个问题就是，腹内的孩子怎么办？设身处地想想，做人工流产恐怕是唯一的上选。然而在当时的中国，完成这样的手术远不是件轻而易举的事情。单就技术问题而言，西安尚且没有把握，更遑论延安？在这种情况下，萧红只能回武汉想办法。

第二，萧红和端木既然已成恋人，那么去不去延安，就不再是萧红一个人的事情，而同时与端木相关。从当时的情况看，端木陪萧红去延安是完全可能的，但端木适不适合去延安，却是萧红不得不考虑的一个问题。因为从临汾到西安，在暂住“西战团”的日子里，萧红已经觉察到了端木与延安人士以及左翼文化人的性格区别与作风落差。关于这点，丁玲在 1981 年 6 月 24 日接受葛浩文采访时，说得很具体也很清楚：

> 我对端木蕻良是有一定看法的。端木蕻良和我们是说不到一起的，我们没有共同语言。我们那儿的政治气氛是很浓厚的，而端木蕻良一个人孤僻、冷漠，特别是对政治冷冰冰的。早上起得很晚，别人吃早饭了，他还在睡觉，别人工作了，他才刚刚起床，整天东荡荡西逛逛，自由主义的样子。看那副穿着打扮，端木蕻良就不是和我们一路人。（据该次访问的现场录音稿）

面对这种情况，萧红因担心端木在人际关系上“水土不服”，所以暂时改变了去延安的想法，也是极有可能的。

第三，尽管萧红的政治倾向是亲近中共，向往延安，但是，作为一个在复杂多元的社会环境中长大的女性，她身上也有一些与当时的延安风气不相适应的东西。譬如喝酒抽烟、喜爱打扮等。据牛汉回忆：“丁玲跟我谈过，抗战初期，大家都穿一般的衣服，丁玲穿的延安那边的衣服。但萧红穿上海的服装，丁玲不喜欢她那样。萧红却我行我素。”(《我仍在苦苦跋涉》) 参考萧红在西安时留下的诸多照片，丁玲的说法是可信的。这样一些生活习惯上的差异，是否也在潜意识层面影响了萧红去延安的热情？答案恐怕不会是绝对的否定。

萧红旅日究竟为何不给鲁迅写信

一

1936年春夏之交，得到鲁迅教诲与提携的东北女作家萧红，已在上海文坛站稳了脚跟，但接下来爱人萧军一再的情感出轨，又使她陷入极度的烦恼与苦闷。为了让彼此都冷静下来，整理一下杂乱的内心，萧红和萧军商量，决定接受朋友的建议，暂时分开一段时间，萧红去日本，萧军去青岛，一年之后再到上海聚会。对于“二萧”之间出现的情感裂痕，鲁迅自然看得出来，但因为这属于他人的私生活，外人不宜过多介入，所以，他能做的也只是尽可能地提供长者的劝解和抚慰。

当知道萧红要远走东瀛，鲁迅于7月15日晚，抱病设家宴为之饯行。当天的鲁迅日记留下了“晚广平治馔为悄吟饯行”“晚九时热三十八度五分”的文字。那晚的饯行家宴是什么样子，气氛如何？都有谁参加？萧军是否也到现场？如今已很难确知，唯一可供我们展开想象与咀嚼的，是鲁迅逝世后，萧红在写给萧军信中的一段悼念和回忆：

> 现在他已经是离开我们五天了，不知现在他睡到那里去了？虽然在三个月前向他告别的时候，他是坐在藤椅上，而且说："每到码头，就有验病的上来，不要怕，中国人就专会吓唬中国人，茶坊就会说：'验病的来啦！来啦！……'"
>
> ——萧军《萧红书简辑存注释录·第 43 封信》

这段话满载了鲁迅逝世带给萧红的巨大悲痛和无限思念，同时也显示出当日家宴上的鲁迅，对即将远行的萧红，有着怎样一种真切的关爱、由衷的牵挂和细微的体贴。

毫无疑问，在文学道路上，鲁迅是萧红的导师和伯乐，如果没有鲁迅，我们很难预料萧红能否成为后来现代文学史上的萧红。因此，对于鲁迅，萧红一直怀着深深的敬仰、爱戴和感恩之情。关于这点，她在得知鲁迅病逝之后，那一次次泪水洗面的内心告白（见萧红自日本写给萧军的信），以及稍后捧出的一系列情真意切的纪念文章，以及诗歌、剧本等，就是最好的证明。然而，也正因为这种感情的存在，于无形中放大了萧红旅日期间的一个举动——从 7 月 17 日登上轮船离开上海，到 10 月 19 日鲁迅逝世，在整整三个月的时间里，寄身东瀛的萧红和萧军、张秀珂、黄源、孟十还等多人保持着通信联系，却偏偏没有给鲁迅寄去只言片语。这显然有些不合常理，因而长期以来，也引起了一些议论和猜测，以至成为迄今仍有必要加以讨论和厘清的问题。

二

旅日的萧红为什么不给鲁迅写信？对于这个问题，萧红本人不曾留下任何文字信息，后来做出相关解释的是萧军。1978年春，历经劫难后迎来命运转机的萧军，开始撰写《鲁迅给萧军萧红信简注释》（以下简称《鲁迅注释》）一书，在该书的《前言》里，萧军这样写道：

> 萧红临去日本以前，我们决定谁也不必给先生写信，免得他再复信，因此她在日本期间，我在青岛期间，谁也没给先生写信，只是通过在上海的黄源兄从侧面了解一下先生的情况，把我们的情况简单地向先生说一说，因为这年先生的病情是很不好的。

鉴于萧军曾是萧红的生命伴侣，而在萧红旅日这件事上，萧军更是最直接的参与者和最切近的见证者，所以对于萧军的以上说法，很多人都深信不疑，一些严肃的学术著作和传记作品在论及萧红旅日期间未给鲁迅写信一事时，也大都征引或依据萧军的说法。不过，人们在这里显然忽略了一个重要细节：萧军明言，为了避免给病中的鲁迅增添复信的麻烦，他和萧红在离沪期间“谁也没给先生写信”。但事实上去了青岛的萧军，是有信写给鲁迅的。

查阅 1936 年萧红离沪后的鲁迅日记，在 7 月 25 日这天，有“刘军来”的记载。刘军即萧军——萧军原名刘鸿霖，笔名有三郎、田军、刘均、刘军等，故鲁迅在书信和日记中常以刘先生、刘军相称——联系是年 8 月 4 日，萧军已开始从青岛给在日本的萧红写信（参见萧军《萧红书简辑存注释录·第 4 封信》)，所以，他此次到鲁迅家中显然是赴青岛前的辞行。而接下来，在 8 月 10 日的鲁迅日记中就赫然出现了“得萧军信”的字样，这应该是萧军抵达青岛后向鲁迅报告有关情况。尽管此后的鲁迅日记再不曾出现萧军来信的记录，但考虑到萧军离沪的时间统共只有两个月左右，10 月 14 日，他即再度现身鲁迅家中，向病重的先生送上自己和萧红新出的作品集《江上》《商市街》(参见当日鲁迅日记）——所以，即使仅据前述一信，我们仍有理由认为，身在异地的萧军是和鲁迅保持着书信联系的。

这便引出一个值得探讨的问题：去了青岛的萧军明明给鲁迅写过信，他在多年之后何以要断然否认？或许有人会说，从 1936 年离沪去青到 1978 年撰写《鲁迅注释》，中间相隔整整四十二年。如此漫长的岁月烟尘，足以让萧军对写信与否变得记忆漫漶，因而并不值得大惊小怪，以免过度阐释。应当承认，在通常情况下，一个人记忆的可靠与否确实与时间相关，时间越长记忆则越容易模糊，甚至完全消失；然而，从心理学的角度讲，人的记忆又往往因事因时而异，即记忆之中的生命体验越强烈、情感烙印越深切，而这一切又正好发生在精力充沛的青年时期，那么，脑海里的记忆就会越清晰，越坚挺，越不容易磨损。具体到萧军而言，几十年前是否给一般友人写过信，或许有出现记忆误差的可能。只是这封信一旦同生命旅途中最为重要以至念兹在兹的萧红和鲁迅相交集，特别是同自己年轻时曾经出现的情感危机相牵连，那么，它就必然会长久地留驻于大脑的贮存区，成为难以忘却的记忆。否则，萧军在旧事重提时，也不会那般言之凿凿，全无迟疑。

既然如此，我们还是要回到原来的问题：萧军为什么要将自己曾给鲁迅写信一事化有为无？要知道，从《鲁迅注释》的文本看，萧军在撰写该书时，曾不断查阅并引证《鲁迅日记》，这期间，难道他没有发现其中有“得萧军信”的记载？这里更合理也更可信的解释，恐怕还是萧军因为碍于某种想法，所以有意识地回避或改动了原有的事实。

坦率地说，对于萧军所说的他和萧红商定的不给鲁迅写信的理由，我一向不以为然。因为它明显不合情理。如众所知，鲁迅和“二萧”在沪上结识虽然时间不长，但他们之间建立在抗争和呐喊基础之上的友谊却牢固而深切。鲁迅对“二萧”的引领、呵护与奖掖，自是不遗余力；而“二萧”对鲁迅的敬重、信赖和爱戴，亦属全无保留。从这样一种相互关系出发，“二萧”在离开上海之后，以书信的方式向鲁迅报告在外地的情况，可以说是天经地义，非做不可的事情。即使考虑到鲁迅的身体状况，“二萧”可以直接告诉鲁迅不必回信，但他们自己却不能擅自决定不给鲁迅写信，因为由于情况不明所导致的担心与惦念，同样可以影响鲁迅的健康。况且鲁迅身边有夫人许广平相伴，“二萧”要想做到既不打扰鲁迅又不让鲁迅牵挂，完全可以将相关情况函告许广平，请其在方便时转告鲁迅。然而事实上，萧军有信给鲁迅的情况已如上述，而萧红并没有信函写给许广平。

三

其实，围绕萧红到日本后未给鲁迅写信一事，萧军还留下了另外一种说法。

1978 年，曾受胡风案牵连的“七月派”诗人牛汉平反复出，担任人民文学出版社《新文学史料》杂志的主编。为了组织新文学的亲历者撰写回忆性稿件，他和二十多年前即已相识的萧军，重新建立起联系。大抵因为彼此有相近的命运和体验，他们很快成为可以深度交心、无话不谈的朋友。在此期间，牛汉曾不止一次地同萧军谈起过萧红，并带着某种疑惑和不解，问起过旅日的萧红为何不给鲁迅写信一事，萧军当即作了回答。对于当时的谈话情况和主要内容，2008 年，牛汉在向何启治、李晋西口述《我仍在苦苦跋涉》（生活 · 读书 · 新知三联书店 2008 年 7 月版）一书时，曾有过记忆清晰的追述：

> 我曾经问过萧红和鲁迅的关系。我问：萧红和鲁迅很近，接触很多，但到日本以后为什么没给鲁迅写过一封信？萧军说：是鲁迅和萧红商定萧红去日本后不写信的。鲁迅病重死了，她就立即赶回来了。但我还是觉得，萧红走后不写信，是不正常的，可以说明，她和鲁迅不是一般的关系。从萧军的口气也证明，萧红跟鲁迅的关系不一般。

经牛汉披露的萧军的这一说法，受到一些萧红研究者的强烈质疑，认为其中包含了“非常诡异的逻辑”，因而“近乎荒谬”（叶君《萧红与生命中的他们》，中国社会科学出版社2015年4月版）。在他们看来，萧军公开写入《鲁迅注释》一书的说法，白纸黑字，清清楚楚，远比他与朋友私下的随口所谈要真实可靠。况且这番私下谈话还是出自朋友多年之后的转述，这就更难免存在记忆的误差或意思的出入。

平心而论，研究者这样看待和评价萧军的“另一种说法”，是把一个原本复杂的问题简单化也绝对化了。大量的事实和经验告诉我们：单就历史信息的传递而言，一个人的公开表达和私下言谈，自然会带有不同的空间色彩，但在真实性与可信性的维度上，却不存在绝对的高下优劣。换句话说，一个人所提供的信息内容，并不会因为它见诸公开表达，就一定比来自私下的言谈更具有史料的确切性。每见的情况正好相反：不少人的公开表达看似清楚可靠，但因为心存顾忌，实际上别有隐衷；而另一些人的私下言谈仿佛漫不经心，却由于不带负累，从而更接近历史的本真。萧军的“另一种说法”在很大程度上属于后一种情况——这种朋友间私下交流的说法，虽然只是简短而随意的三言两语，但细加品味即可感觉到，它包含了显见的真实性与可信性。这至少体现在两个方面：

首先，萧军的“另一种说法”虽系牛汉转述，但合情合理，足以自洽。在萧军的记忆中，牛汉的登门组稿以及彼此重建联系，时在 1978 年 9 月 14 日（见《萧红书简辑存注释录·前言》）。在此之前，萧军已开始整理注释自己保存下来的鲁迅和萧红书信，并写成了《鲁迅注释》前言的初稿。此后，萧军与牛汉成了相互信任、可以深谈的朋友，萧军注释鲁迅、萧红书信的文稿，有很大一部分就是刊发于牛汉主持的《新文学史料》，当年曾经影响广泛。照此情况推测，牛汉应该早就读过《鲁迅注释》的前言，自然也清楚萧军关于萧红赴日未给鲁迅写信一事所作的公开解释。而他在私下里仍然要问萧军，当年的萧红何以不给鲁迅写信，显然是觉得萧军的公开解释有些敷衍和牵强，甚至很可能隐去了什么。而萧军在一个不存在任何利害干扰的私下语境里，面对同道好友旨在求实的询问，是不需要也没有理由虚与委蛇的。因此，他的私下言谈很自然地修正了自己的公开表达，从而道出了事情真相。当然，从事理来看，萧军告知牛汉的情况，应当得自于萧红。至于萧红的说法本身是否可靠，萧军并没有涉及。

同时，也是极重要的，萧军的“另一种说法”明确告诉牛汉:“不写信”只是萧红和鲁迅之间的“商定”，萧军本人并不曾参与其中。换句话说，当年暂别上海之时，萧军根本就不存在不给鲁迅写信的说法和想法。既然如此，那么，萧军到青岛后给鲁迅写信，就变得自然而然，顺理成章，前面说过的萧军在写信问题上出现的言与行的矛盾，也就迎刃而解，不复存在。这也从侧面印证了萧军的“另一种说法”确实带有明显的真实性与合理性。

接下来需要解决的问题是，萧军在公开谈到萧红“不写信”的原因时，为什么要使用一种经不起推敲的说法？其中的心理奥秘，外人或许难以判断，但如果允许推测和假设，我们仍然能够找到一种足以自圆其说的逻辑线索——萧军早就意识到萧红所说的她和鲁迅不写信的“商定”，带有某种反常和敏感元素，容易引起外人的猜测和误会。出于对导师与故人的尊重和爱护，也为了避免引起不必要的舆论纷争，萧军就此事所作的公开表达，掺进了善意的谎言：避开鲁迅，把自己说成是与萧红“商定”不写信的另一方。让萧军始料不及的是，这样的说法顾此失彼，最终留下了破绽和矛盾，让后人不得不再作考订。

必须指出的是，萧军的“另一种说法”，尽管触及当年事情的某种真相，但终究还是无法成立。这是因为来自萧红的说法作为信息源头，本身并不可靠。这里，一个绕不过去的事实是：1936 年秋日，茅盾应《文学》杂志之请，代其向萧红等一批作家约稿。由于茅盾不清楚萧红在日本的地址，遂致函鲁迅，请他代为转达。同年 10 月 5 日，鲁迅在给茅盾的回函中写道：

> 萧红一去以后，并未给我一信，通知地址；近闻已将回沪，然亦不知其详，所以来意不能转达也。

这几句话语调平实而坦诚，细读可以体会到，鲁迅对萧红一去之后没有来信似有些纳闷，对萧红在日本的情况亦不无牵挂，对无法向萧红转达茅盾的雅意则有些遗憾。这些仿佛都在说明，鲁迅和萧红之间哪有什么“商定”？所谓“商定”不过是萧红在萧军面前，对自己离沪后暂不准备给鲁迅写信的一种“托词”。而“不写信”则是她基于某种不愿明说的原因而采取的、与鲁迅无关的“自选动作”。

四

那么，去日本的萧红究竟为何未给鲁迅写信？此中原委恐怕还要从“二萧”与鲁迅一家的关系说起。

“二萧”到上海不久，鲁迅便向他们敞开了家的大门，此后“二萧”曾多次到鲁迅家中讨教或做客。后来，“二萧”出于靠近鲁迅，既方便联系，又可以帮忙的考虑，把自己的住处搬到了北四川路永乐坊里，这里离鲁迅所住的施高塔路大陆新村九号很近，此后他们便时常出现于鲁迅家中。这期间，不仅鲁迅与“二萧”谈得很是热烈、畅快，萧红和许广平亦建立起较深的相知与诚挚的友谊。鲁迅逝世后，萧红不仅怀念鲁迅，而且牵挂许广平。1936 年 11 月 2 日，她在写给萧军的信中即有这样的文字：

许女士也是苦命的人，小时候就死去了父母，她读书的时候，也是勉强挣扎着读的，她为人家做过家庭教师，还在课余替人家抄写过什么纸张，她被传染了猩红热的时候，是在朋友的父亲家里养好的。这可见她过去的孤零，可是现在又孤零了。孩子还小，还不懂得母亲。既然住得很近，你可替我多跑两趟。别的朋友也可约同他们常到她家去玩，L. 没完成的事业，我们是接受下来了。但他的爱人，留给谁了呢？

针对萧红这动情的倾诉，萧军写下了“注释”：“‘许女士’是许广平先生，她和萧红感情是很好的，常常在一起‘秘’谈（不准鲁迅先生和我听或问），大概许先生把她的人生经历和遭遇全和萧红谈过了，因此她们是彼此较多有所理解的。”（《萧红书简辑存注释录 · 第 26 封信》）同样，在许广平笔下，也有对萧红充满暖意的描述和异常痛切的追怀：

她和刘军先生对我们都很客气。在我们搬到施高塔路大陆新村里住下后，寓所里就时常有他俩的足迹。到的时候，有时是手里拿着一包黑面包及俄国香肠之类的东西。有一回而且挟来一包油腻腻的东西，打开一看，原来是一只烧鸭的骨头，大约是从菜馆里带来的；于是忙着配黄芽菜来烧汤，谈谈吃吃，也还有趣。萧红先生因为是东北人，做饺子，有特别的技巧，又快又好，从不会煮起来漏穿肉馅。其他像吃烧鹅时配用的两层薄薄的饽饽，她做的也很好。如果有一个安定的，相当合适的家庭，使萧红先生主持家政，我相信她会弄得很体贴的。

——《追忆萧红》

鲁迅先生逝世后，萧红女士想到叫人设法安慰我，但是她死了我向甚么地方去安慰呢？不但没法安慰，连一封值得纪念的信也毁了，因为我不敢存留任何人的信。

我不知道萧红女士在香港埋葬的地方有没有变动，我也没法子去看望一下。我们来往见面差不多三四年，她死了到现在也差不多三四年了，不能相抵，却是相成，在世界上少了一个友朋，在我生命的记录簿上就多加几页黑纸。

——《忆萧红》

由此可见，萧红和许广平都把对方视为朋友和知己，彼此都抱有一种爱与关切，她们的关系总体上是和谐融洽的。不过，这种和谐融洽的关系似乎也一度出现过意外的起伏波折。

从史料留下的线索看，情况应该是这样的——萧军的情感出轨把萧红推入了巨大的痛苦与烦恼之中，她需要倾诉与理解，也期待释放和安慰，而当年萧红在上海无亲无故，能够给她提供这些的，只有鲁迅和许广平。于是，她频繁出现于鲁迅家中，把这里当成了心灵的避难所和情感的修复地。然而，这时的周宅偏偏也处在“非常时期”——鲁迅病重，无法多见包括萧红在内的朋友或客人。而作为女主人的许广平，既要照顾病人，又要料理家务，还要操心年幼的公子海婴，其繁忙和劳累可想而知。在这种情况下，她还要不断接待情绪低落、心事重重的萧红，虽然理智上不乏体谅与同情，但内心深处还是会生出一些不情愿和不耐烦。她觉得萧红不怎么通情达理，不能够设身处地为别人着想，相反还忙中添乱。关于当时的情况，许广平在《追忆萧红》一文里，留下了尽管委婉但仍然明确的表述：

萧红先生无法摆脱她的伤感，每每整天的耽搁在我们寓里。因而对鲁迅先生的照料就不能兼顾，往往弄得我不知所措。也是陪了萧红先生大半天之后走到楼上，那时是夏天，鲁迅先生告诉我刚睡醒，他是下半天有时会睡一下中觉的，这天全部窗子都没有关，风相当的大，而我在楼下又来不及知道他睡了而从旁照料，因此受凉了，发热，害了一场病。我们一直没敢把病由说出来，现在萧红先生人也死了，没什么关系，作为追忆而顺便提到，倒没什么要紧的了。只不过是从这里看到一个人的生活的失调，直接马上会影响到周围朋友的生活也失去了步骤，社会上的人就是如此关联着的。

从这段文字看，当年心力交瘁的许广平对“整天耽搁在我们寓里”的萧红，确实产生了不满和抱怨，但是她并没有把这种情绪当面流露给萧红。那么，萧红是否察觉或意识到许广平的内心感受？这个问题在萧红笔下找不到直接答案，倒是胡风夫人梅志在回忆萧红的文章中，为我们了解相关情况提供了重要线索：

（在鲁迅家中——引者）经常都遇到萧红在下面，F（梅志的丈夫胡风——引者）悄悄的从后门直接上楼去了。许先生亲自来引我到大厅里，并且低声地对我说：

“萧红在那里，我要海婴陪她玩，你们就一起谈谈吧。”之后她就去忙她的事了。

…………

有一次许先生在楼梯口迎着我，还是和我诉苦了。

“萧红又在前厅……她天天来一坐就是半天，我哪来时间陪她，只好叫海婴去陪她，我知道，她也苦恼得很……她痛苦，她寂寞，没地方去就跑这儿来，我能向她表示不高兴，不欢迎吗？唉！真没办法。”

详细情况我也不好多问，我就尽量地陪他们玩着，使他们高兴。

——《“爱”的悲剧——忆萧红》

这就是说，当年的许广平被家务忙得不可开交，曾让来访的梅志帮她陪伴萧红，同时也把自己对萧红的不满随口告诉了梅志。而梅志和萧红同是“鲁门”中人，在上海期间彼此的关系比较密切也大抵融洽，因此，梅志很可能是以朋友的身份，从多重善意出发，把许广平的烦恼直接或含蓄地告诉了萧红，劝她节制自己的情绪，体谅别人的难处。如果以上推断可以成立，那么，我们就很可能找到了萧红赴日后没有给鲁迅写信的真正原因——听了梅志传递的信息，原本有些孩子气的萧红，内心应该越发纠结和纷乱，这当中有醒悟也有不快，有内疚也有委屈，有伤感也有迷惘，甚至还掺杂着一些气恼与怨怼。这时的萧红无力将一团乱麻理出个头绪，而她能够做出的相对理性的决断，也许就是到日本后暂时不给鲁宅写信，以免再生滋扰。当然，她不想也不便把这些情况告诉萧军，但作为妻子，她又必须向萧军提供一个不给他们共同的恩师鲁迅写信的理由，于是便虚拟了一个显然并不怎么妥当的她和鲁迅有“商定”的说法。

五

综上所述，我们或可断言：萧红去日本后不给鲁迅写信，是她在从梅志口中得知许广平因自己而生的烦恼与抱怨后，所做出的有些被动和无奈，也有些任性和偏执的选择，而对萧红的这一选择，病中的鲁迅并不知情。由此可见，当年的牛汉以萧红走后不写信是不正常的，来说明“她和鲁迅不是一般的关系”，未免属于主观臆测和过度想象。那么，鲁迅和萧红到底是怎样一种关系？他们是否像有些研究者所说：除了文学上的师生之谊，还有另一种精神共振与情感撞击，即属于两性之间才有的爱恋或暗恋？

毋庸讳言，这是一个迄今有着不同看法与说法的话题。一方面，一直有研究者或含蓄或直白地认为，鲁迅和萧红之间是存在两性之情的。不过细究起来即可发现，这种说法并无第一手材料作支撑，而主要是论者基于阅读萧红写鲁迅文章时的一种感觉或想象，其中明显包含了穿凿附会、主观臆测的成分，以至很难让人信服和接受。当然，也有论者提出了一些的“旁证”，如鲁迅临终前经常看一幅木刻插图，上面画的穿着大长裙子飞着头发在大风里奔跑的女人，正是萧红的替身；“二萧”和黄源合影的副本上出现了鲁迅称萧红为“悄”的亲昵题字；萧红身边一直携带着鲁迅赠送的红豆等。这些“旁证”乍看起来煞有介事，只是一旦深入考量，即可发现，它们各有各的疑点与破绽，终究似是而非，不足为凭。

另一方面，也有研究者反对把鲁迅与萧红的关系庸俗化，认为他们之间并没有留下可以让人猜测的情感空间。持这种观点的研究者自有良好的动机和鲜明的态度，但大抵因为用力过猛吧，其笔下的推理和结论则常常失之简单和绝对。其中有些分析因为拘囿于一般性的道德尺度与人格逻辑，所以就更给人主旨先行、隔靴搔痒的感觉。

相比之下，在鲁迅与萧红之关系的阐述上，更体现了一种辩证深入的目光，因而也更值得人们仔细体味的，庶几是传记电影《黄金时代》的编剧李樯，在做客某谈话类节目时所讲过的一段话：

> 我觉得（鲁迅和萧红——引者）是应该有感情吸引的，但这个感情很宽泛，说暧昧也好，说模糊也好。其实暧昧不是一个坏词，是一个多义性的意思。我觉得里边有敬仰吧，也有对于作为作家的鲁迅的热爱，还有作为精神导师的一种热爱……鲁迅对于萧红永远是一种很欣赏，一种很健康明朗的心态。
>
> 他们之间的东西又特别美好，你没有任何龌龊的或者说世俗的心理去揣度他们。好像他们之间有一种惺惺相惜的东西，你也会跟着很有一种喜悦。

一方是由衷欣赏，一方是倾心爱戴；心灵上相互抵达，行为上保持距离；“发乎情而又止乎礼”。在我看来，这是两性之间体现了文化自觉与人性超越的美好境界，同时也是八十多年前鲁迅与萧红留下的生命写照。

萧红心中的“半部《红楼》”

一

1942年1月22日，一代才女萧红在香港病逝。陪伴萧红走到生命终点的，是东北籍青年作家骆宾基和萧红当时的丈夫端木蕻良。几年后，骆宾基出于对特殊境遇里知心朋友的深切缅怀和不尽思念，或者说是“为了摆脱由于她（指萧红——引者）的巨星般的陨落而在精神上所给予的一种不胜悲怆的沉重负担”(《萧红小传·修订版自序》)，遂以记忆整合相关材料，完成了以纪实性见长的《萧红小传》。其中在写到弥留之际的萧红时，有这样的文字：

> 1942年1月13日黄昏，萧红躺在跑马地“养和医院”的病室里，C君（指骆宾基——引者）和头天晚上带着行李来的T君（指端木蕻良——引者）在床侧，围踞在酒精蒸汽炉旁……

萧红又说："我本来还想写些东西，可是我知道我就要离开你们了，留着那半部《红楼》给别人写去了……

——《萧红谈话录之二》

19日夜12时，萧红见C君醒来，眼睛即现出："你睡得好么"的关切神情，又微微笑着，用手势要笔。

萧红在拍纸簿子上写道："我将与蓝天碧水永处，留得那半部《红楼》给别人写了。"

写最初九个字时，C君曾说："你不要这样想，为什么……"萧红挥手示意不要阻拦她的思路。

又写："半生尽遭白眼冷遇，……身先死，不甘，不甘。"并掷笔微笑。

——《她掷下了求解放的大旗》

骆宾基所记录的无疑是萧红的最重要的临终遗言。这些遗言，尤其是"留得那半部《红楼》给别人写了"一语，因为承载了作家丰富的、深层的精神企求与情感涌动，同时也因为其表述本身极度的哀痛凄婉，令人萦怀。所以长期以来，"半部《红楼》"被许多萧红传记以及研究文章的撰写者所看重、所称引，直至成为萧红一生带有标志性的文化符码之一。

然而，必须指出的是，萧红所谓"留得那半部《红楼》"云云，存在明显的语义的模糊性、多向性和不确定性，并因此而催生了接受上的误读与错位。这里，问题的关键在于，"那半部《红楼》"究竟指的是什么。而多年来在这方面出现的一些见仁见智的说法则提醒我们，找出其中正确合理的答案，对于进一步认识和评价文学史上的萧红，具有重要意义。

二

要厘清萧红心中的“半部《红楼》”，当然须从骆宾基的《萧红小传》入手。而一旦进入这本著作，即可发现，作家对“半部《红楼》”的解释，存在一个由粗略到详细的过程。从1947年即开始在上海建文书店多次印行的《萧红小传》的早期版本来看，作家没有用正文细说“半部《红楼》”指代什么，而是于正文之外加了一条注释：

> 这《红楼》是指她（指萧红——引者）曾经谈到过的，将在胜利之后，会同丁玲、绀弩、萧军诸先生遍访红军过去之根据地及雪山、大渡河而拟续写的一部作品。

同时表示：“关于这些谈话，作者有机会当再写。在这里仅是对萧红精神上一个轮廓的探求。”果然，三十多年后，骆宾基兑现了当日的承诺。在完成于1980年6月4日的《萧红小传（修订版）自序》中，作家对“半部《红楼》”一说，做了更具体也更明确的交代：

> 自然，我也“自陈”身世与入世流亡以来的阅历……

而我谈的关于冯雪峰同志未及完成的以红军长征为题材的长篇小说《卢代之死》，深深感动了她，誓愿病好之后邀集多人与我共同来完成这部杰作。这就是萧红直到逝世之前念念不忘而只为我们两人所知道的那“半部《红楼》”。因为当时，冯雪峰同志还囚禁在上饶集中营，我们很难想象他会再有机会完成这部长篇巨作了。

以上文字说明，按照骆宾基的理解，萧红遗言中所说的“半部《红楼》”，指的是冯雪峰未完成的长篇小说《卢代之死》。从骆宾基那边看，作这样的理解也许不无道理。因为已知的文学史告诉我们，从1938年底到1941年初，向党组织请假回到家乡浙江义乌神坛村的冯雪峰，在撰写有关鲁迅文章的同时，确实创作了一部长达五十万言的长篇小说《卢代之死》。该书表现了红军将领从成长到牺牲的过程，并因此而涉及二万五千里长征。1939年元宵节前夕，正在浙东一带从事救亡宣传工作的骆宾基，曾专访冯雪峰，与冯一连三次做彻夜长谈。当时，冯与骆谈到了尚未完成的《卢代之死》，不仅介绍了全书的故事梗概，而且还给骆看了作品前半部的手稿，这些留给骆宾基的印象应该是异常深刻的。正因为如此，近两年后，当骆宾基在香港成为病中萧红的陪护者，作为同属左翼阵营的作家之间的互告经历、各述衷肠，他完全有可能与萧红谈起冯雪峰和《卢代之死》。而早在鲁迅家中就见过冯雪峰，并一向对其心存敬意的萧红，也很可能被骆宾基转述的冯雪峰及其作品内容所感动，同时联想起当年同丁玲、聂绀弩、塞克等人在去西安的火车上集体创作话剧《突击》的快乐场景，进而产生了将来邀集昔日朋友，续写《卢代之死》的美好愿望。

既然如此，那么，萧红临终所说的“那半部《红楼》”，果真就是指《卢代之死》吗？这里，如果我们离开骆宾基的思路，改从萧红的角度出发，来考察她心中的“半部《红楼》”，即可发现，骆宾基的说法实际上存在若干破绽，是经不起辨析与推敲的。

首先，《红楼梦》是一部表现家族兴衰、闺阁聚散、人生沉浮的世情小说，把它和冯雪峰描写革命斗争历史的《卢代之死》放到一起，无论题材还是主题，都属于没有任何可比性的迥然不同的两类作品。对于这点，曾经与聂绀弩大谈《红楼梦》（参见聂绀弩《回忆我和萧红的一次对话》），并因此而显示出熟读该书的萧红，自然十分清楚。既然如此，她怎么会在《红楼梦》和《卢代之死》之间，建立这种全不搭界的暗喻？即使从经典小说且只有“半部”的意义着眼，可供萧红择取的更贴切的喻体，也应该是被金圣叹腰斩了的《水浒传》，而绝不是“悲金悼玉”的《红楼梦》。而要化解这里的矛盾，与其牵强附会，曲为辩解，还不如干脆承认萧红心中“那半部《红楼》”，原本就不是《卢代之死》。

其次，按照骆宾基的讲述，所谓“半部《红楼》”，是萧红在告别人世之前沉吟再三、念念不忘的一部作品。从临终遗言往往表现真诚意愿与深层自我的一般规律看，这“《红楼》”

只能以“半部”行世，应当是萧红最为不舍和不甘，也最为遗憾和无奈的事情，甚至是她怨而发声的终极理由和死不瞑目的伤痛所在。而邀集朋友们续写冯雪峰的《卢代之死》，不过是萧红与骆宾基交谈时萌生的一个念头、一种想法，对它无论做何种意义的考察与阐释，显然都不具备以上所说的性质。更何况作为萧红的临终遗言，前边表达的是自己还想继续写作的愿望，接下来却跳到续补别人的“半部”著作，似乎也不尽符合思维的逻辑和既定的情境。因此，我宁愿相信骆宾基将“半部《红楼》”解释为《卢代之死》，不过是一种粗枝大叶的郢书燕说或先入为主的李代桃僵。

最后，但却是最重要的：在迄今为止的文学史研究的场域中，萧红被视为左翼作家。其实，更准确的说法应当是，萧红是左翼作家中特立独行的“这一个”——一种动荡年代的悲剧命运，一种女作家在漂泊和苦难中特有的思想、性格和心理特征，一种更多来自鲁迅的精神濡染和观念影响，使得萧红与包括萧军在内的绝大多数左翼作家相比，多有不同，这突出表现为：同样是聚焦重压之下的社会民众，她并不单单表现人们的挣扎与反抗，而是与此同时更多地审视他们身上存在的愚昧、保守和自私；同样是关注国家危难和民族命运，她并不善于直接的战争摹写，也不承认绝对的题材至上，而是主张广泛多样地勾勒非常状态下的世道人心；同样是为一方热土、一个时代立传，她并不格外看重阶级的元素与政治的视角，而是更喜欢文化的色彩与人性的意味。难怪好友舒群会有这样的感受：

“萧红的态度是一向愿意做一名无党无派的民主人士，她对政治斗争十分外行，在党派斗争的问题上，她总是同情失败的弱者，她一生始终不渝地崇拜的政治家只有孙中山先生。”（参见赵凤翔《萧红与舒群》）

所有这些，支撑起萧红十年之间基本稳定的创作取向，同时也演绎出一系列极具个性的文学作品:《生死场》《商市街》《回忆鲁迅先生》《小城三月》《马伯乐》《呼兰河传》等。应当看到，这样的创作取向和文学作品较之冯雪峰的《卢代之死》，无论人物主题抑或风格手法，殆皆相去甚远。这实际上提示人们：从萧红已经形成并展示的题材优势与行文习惯来看，她显然不具备创作《卢代之死》这类作品的基本条件。关于这点，萧红自己大约是清楚的——当她被骆宾基讲述的《卢代之死》所打动，并有心让这部未竟之作变为完璧时，之所以会提出众人联手、集体续补这种明显不符合长篇小说创作规律的办法，其原因庶几就在这里。也正是有鉴于此，窃以为，萧红临终之际默念的不乏向往之情和理想色彩的“那半部《红楼》”，绝对不可能是自己根本就驾驭不了的《卢代之死》。在这个问题上，骆宾基未免谬托知己、自以为是了。

三

不知是不是意识到了骆宾基关于萧红“半部《红楼》”的解说存在明显的罅隙和疑点，萧红隔代的乡亲、同为著名女作家的迟子建，在纪念萧红的文章里，就“半部《红楼》”的说法，做了另一种诠释。作家写道：

> 端木蕻良能够在风烛残年写作《曹雪芹》，也许与萧红的那句遗言不无关系：“我将与蓝天碧水永处，留下那半部《红楼》，给别人写了。”
>
> ——《落红萧萧为哪般》

这里，迟子建的寥寥数语虽然不乏语义的弹性，且用“也许”给自己预留了退路，但表达的意思依旧很明确：萧红遗言中的“半部《红楼》”与端木蕻良有关，指的是端木与小说《红楼梦》的特殊因缘。而晚年的端木之所以不顾衰病，奋笔创作长篇小说《曹雪芹》，很可能是对萧红的另一种纪念。

迟子建这样看待萧红所说的“半部《红楼》”，应该是基于她对端木蕻良与《红楼梦》关系的深入了解。在现代作家中，端木的《红楼梦》情结由来已久，超出常人。据他自己所说：“《红楼梦》的作者，在我很小的时候，就和他接触了。我常常偷看我父亲皮箱里藏的《红楼梦》。我知道他和我同姓（端木本名曹汉文——引者），我感到特别亲切。”“我作了许多小诗，都是说到他。这种感情与年日增，渐渐地，我觉得非看《红楼梦》不行了。”“我爱《红楼梦》最大的原因，就是为了曹雪芹的真情主义。”（《论忏悔贵族》）显然是因为这种情结的推动，端木下笔不仅常常涉及《红楼梦》研究，而且很早就萌生出要围绕曹雪芹或《红楼梦》进行长篇创作的念头。曾有老朋友赠端木诗曰："三十五年认旧踪，几番浮白几谈红。细论功罪抨兰墅，喜见勾萌生雪蕻……"（端木蕻良《写在蕉叶上的信》）说的就是这件事。从这样的背景着眼，迟子建认为萧红所说的"半部《红楼》"与端木深爱《红楼梦》相关，也算言之有据。要知道，萧红与端木毕竟共同生活过三四年，对于端木特有的《红楼梦》情结，她应该有较多的了解。更何况萧红撒手人寰时，端木也在现场，萧红将某一句临终遗言掷向自己的丈夫，倒也不悖常理。

然而，这里的疑问和龃龉依旧清晰可见：第一，端木的《红楼梦》情结毕竟属于端木，而萧红所说的"半部《红楼》"表达的是自己心中的遗憾，二者之间界域分明，即使是作家夫妻亦无法通约。而要化解其中的阻碍，唯一的可能便是当年的端木曾经表示过将来要同萧红一起续补《红楼梦》，只是迄今为止，我们在萧红和端木的著作以及其他材料中，找不到这样的信息。因此，将"半部《红楼》"落实到端木身上，甚至同他晚年创作长篇小说《曹雪芹》联系起来，也就缺乏充分的说服力。第二，萧红临终之时，与端木原本就不甚牢固的感情纽带已经出现很大的破裂。按照骆宾基的说法，当时的萧红不仅一再明言："我早就该和 T（指端木——引者）分开了"，"他从今天起，就不来了，他已经和我说了告别的话"。"我们不能共患难"，而且还留下了写有"我恨端木"的小纸条。在这种情况下，即使当年的端木确实向萧红谈起过将来共同续补《红楼梦》的话题，然而，内心怨愤充塞的萧红，还有可能将其作为心中念叨再三的最大遗憾吗？由此可见，联系端木的“红楼”因缘来解释萧红的“半部《红楼》”，仍然困难颇多，难成定论。

四

那么，萧红遗言中所说的“半部《红楼》”究竟指的是什么？要最终解决这个问题，我觉得，美国汉学家葛浩文在《萧红评传》中有一种几乎是顺带说出，因而被研究者普遍忽视了的意见，其实更有关注和审视的价值。

《萧红评传》第六章，着重介绍萧红到香港后的创作和生活情况，其中写到萧红“半部《红楼》”的遗言时，葛浩文和骆宾基一样，在正文之外加了注释：“这‘红楼’或许是她所计划写的长篇，如今无法得知。”这里，尽管作者的口吻很有些小心翼翼，欲言又止，但透过其中的注中之注，我们还是可以获知，在他看来，萧红所说的“半部《红楼》”，很可能是指她自己最终未能写完的长篇小说《马伯乐》。

葛浩文的《萧红评传》陆续写成于20世纪70年代，中文版1979年9月在香港出版。从书中内容及注释看，葛浩文显然熟悉骆宾基的《萧红小传》，因此，他也应当看过骆氏关于萧红“半部《红楼》”的注释。倘若这种推论可以成立，那么葛氏说“半部《红楼》”是指《马伯乐》，实际上是对骆氏观点的否定和矫正，只是葛氏将这一切表达得漫不经心，不动声色。

在我看来，葛浩文将“半部《红楼》”归之于萧红自己的创作，委实是一种明智的、正确的选择。这种选择不仅很自然地化解了“半部《红楼》”的说法在与《卢代之死》或端木蕻良相联系时所出现的种种矛盾与症结；更重要的是它推开了通往萧红心灵纵深处的一扇门扉，使我们愈发清晰地认识了萧红之所以是萧红——在即将告别人间之际，未完成的文学创作是她最大的遗憾、最大的不舍，由此可见，文学创作早已构成了她活着的要义和生命的全部。至此，我们分明更加理解了端木蕻良为什么要说创作是萧红的宗教；同时也真正懂得了萧红在艰难动荡的跋涉中，为什么还会有一种身处“黄金时代”（致萧军，1936 年 11 月 19 日）的幸福感。

当然，对于葛浩文的说法，我也想做一点儿修正和补充。这就是：萧红心中的“半部《红楼》”可以是《马伯乐》，但却未必仅仅是《马伯乐》。在萧红没有明确交代的情况下，我们做过于具体的揣测，未必就符合作家的原意。而事实上，在香港期间，萧红已有计划乃至构思但未及动笔的作品尚有多部。譬如，她曾告诉骆宾基：我“还有《呼兰河传》的第二部要写”。而在致“园兄”（华岗）的信里，她则谈到了另一部准备撰写且已有了故事梗概和人物设计的以革命者恋爱为内容的长篇小说。正因为如此，我觉得，所有这些已进入孕育过程的作品，都可以说是萧红心中的“半部《红楼》”。甚至可以这样理解，萧红所说的“半部《红楼》”，就是指她原本不应该过早夭折的文学生命，因此，包括她所有想写而未能写的作品。

五

行文至此，萧红心中的“半部《红楼》”已经大致合理地浮出水面，按说，我这一番考究也该结束了。然而，2014 年由李樯编剧、许鞍华执导的以萧红为主人公的传记影片《黄金时代》在全国放映，其中对相关细节的处理，又使我觉得还有花点儿笔墨，稍加枝蔓的必要。

《黄金时代》讲究材料的严谨，追求历史的再现，为此，影片在镜头与画面的叙事中，引入了大量萧红作品中的文字和多种多样的历史记忆，但是，萧红临终时关于“半部《红楼》”的遗言，却被意外地舍弃掉了。影片何以如此？当《三联生活周刊》记者就这一问题与编剧李樯交流时，李樯的回答是：

> 一开始我写了，后来觉得，因为这是骆宾基的《萧红小传》里的文字，我觉得骆宾基写到这里的时候已经有点文艺腔了，对萧红倾注了太多的主观情感，有点过度煽情、自伤自怜的意味。我觉得反而会削弱萧红对生命的这种力量。同时也因为影片的篇幅，这段话并不太必要，萧红不说这些话，照样有力量，她说了，只会让

人伤感，仅此而已。

由此看来，《黄金时代》之所以没有选用萧红“半部《红楼》”的遗言，虽然也有电影容量和艺术效果之类的考虑，但真正起决定作用的，应当是李樯不曾完全明说的一点：萧红所谓“半部《红楼》”的遗言，是由倾听者骆宾基转述的。而骆宾基在转述萧红这段话时，明显失之“文艺腔”，同时也过多地投入了主观情感，结果让人觉得是在自说自话，有些矫揉造作，以致影响了这段话本身的真实性。这里的潜台词庶几是，编剧不愿将一段有些可疑或疑似走样的人物语言，放到力求还原历史的传记影片中。

面对大量的有关萧红的史实与史料，《黄金时代》的编导者自有选择和舍弃的权利，但是，他们以怀疑“半部《红楼》”说法的真实性为理由将其拒之银幕之外，却不能不说失之简单和草率，甚至有些庸人自扰的味道。平心而论，骆宾基的《萧红小传》尽管有一些微观上的粗疏与穿凿，但其整体的真实性与可信性，还是经得起学界挑剔和时间考验的。具体到再现萧红遗言时的文字，不仅特殊的细节十分真切，难以编造，而且遗言本身的修辞用语也完全符合萧红的性格与身份。因此，这段记述被大多数关心萧红的读者和研究者所认可、所接受。

至于李樯从“半部《红楼》”里听出的“文艺腔”，我觉得，恐怕主要是一种因世风转换所引起的审美错位。要知道，经历过“五四”或“五四”余韵的那一代人，尤其是作为社会知识精英的进步作家，面对中国前所未有的历史大变局，尽管不断遭遇同环境的冲突以及来自命运的压迫，却始终不弃一种浪漫情怀和理想色彩。反映到那一代人的作品行文乃至语言表达上，就是总有一种诗性的、高蹈的东西在穿行、在弥散。这种特质可以从鲁迅、瞿秋白那里找到，在萧红身上亦有充分的体现。而"半部《红楼》"的遗言只是这种特质的悲剧性一闪。应当看到，在一个较长的历史时期内，这种浪漫的、理想的、诗性的、高蹈的特质，曾是一道亮丽的风景，一种合理的存在，然而，到了日趋物质化、实利化和粗鄙化的今天，这一切立即呈现出与时尚——包括语言上、趣味上和心灵上——的巨大反差。这种反差足以让李檣这样的专业人士在遭遇骆宾基——萧红的"半部《红楼》"时，感到恍如隔世，疑虑重重，直至怀疑它的真实性。这是社会的进步还是文明的回退？个中真谛，发人深省。

萧军与许淑凡

一

1979 年 8 月，应一些科研和教育单位以及老朋友们的邀约，萧军在儿子萧燕和女儿萧耘的陪同下，开始了为期一个半月的东北之行。

萧军东北之行的第一站是辽宁的锦州。8 月 10 日早上，结束了在锦州师范学院的学术活动后，萧军带着一双儿女，乘一辆校方提供的吉普车，奔向自己已经阔别了五十多年的故乡。汽车先绕行地处锦州和朝阳交界处的松岭门，在那里，萧军与姐姐一家相见，并在姐姐家吃过午饭。下午便驱车十五公里，来到自己的出生地——锦州义县（现属凌海市）沈家台镇下碾盘沟村。

萧军原名刘鸿霖，出生于 1907 年 7 月 3 日，十八岁离开家乡到吉林当兵，继而一路远行。隔着半个多世纪的烟云沧桑，萧军眼中的故乡早已诸物殊异，不复辨识。一时间不禁情潮涌动，百感交集，正如其《过故乡下碾盘沟村》一诗所写："家山无恙故情违，败井残垣认旧楣。似是似非迷往迹，疑真疑幻赋来归。阳关有路开新陌，驿柳迎风闪翠微。未改乡音人不识，纷纷遥指问阿谁？"令人欣慰的是，在很有些陌生的老家，萧军见到了本族的七叔刘景新。这位族叔和萧军同岁，却有着一种特殊的关系和情分——萧军出生仅七个月，母亲就吞鸦片自杀。失去了母亲的萧军，一度只能靠吃"百家奶"来延续生命，刘景新的母亲就为萧军提供过奶水。当年刘妈妈的胸前，曾一边挂着儿子，一边挂着萧军。有着如此非凡经历的一对叔侄久别重逢，自然少不了相拥而泣，抚今追昔，互诉衷肠……待到心绪稍事平复，萧军放低声音，向七叔问起一位名叫许淑凡的女性老人的情况，当得知这位老人依然健在，且生活得还好时，萧军遂托一位乡亲转请许淑凡前来一见，但淑凡老人却婉言拒绝了。接下来，萧军又拿出钱请乡亲转交许淑凡，老人亦表示不收。

萧军在 8 月 10 日的日记中，留下了这样的文字：

> 到碾盘沟见到七叔。他和我同岁，我吃过他母亲的奶。见到高万昌的儿子，我也吃过他母亲的奶。
>
> 他们有人看过《八月的乡村》，也看过《体育报》，也知道我遭难！我让森林弟去问许淑凡愿不愿和我相见，她不愿。我带去的十元钱她坚决不收。这是我意料中事。

这段文字记录了萧军回到下碾盘沟的大致情况，其中最后一句所谓“意料中事”，分明向我们传递了这样一种信息：看望许淑凡早在萧军东北之行的计划之中，或者说是萧军回下碾盘沟意欲探望的重要故人之一。只是陪同父亲回乡的萧燕、萧耘以及下碾盘沟的年轻一代未必知道，这位叫许淑凡的老人，正是萧军当年的结发之妻。

二

萧军一生先后有过三次婚姻。其中第二次婚姻发生在萧军和萧红之间，由于两人都是中国文苑的著名作家，所以彼此之间的恩恩怨怨、是是非非，得到研究者的多维关注和反复梳理，迄今仍是传记和学术领域的热点之一。第三次婚姻的女主人是王德芬，这位兰州姑娘虽然不是严格意义上的文苑中人，但她毕竟陪伴萧军走完了生命长旅，一部《我和萧军风雨 50 年》使她身现于若干历史细节，同时也投影到许多读者心目之中。相比之下，倒是萧军的结发妻子许淑凡，多年来几乎处于被遮蔽和被遗忘的境地，不仅相关情况鲜有介绍，一些研究或记述萧军的著作，甚至连许淑凡的名字亦懒得提及。面对这种情况，我们真应该感谢张栋先生，这位来自萧军家乡的作家、学者，早些年不仅与萧军及其家人多有过从，而且曾数次采访当时仍健在的许淑凡老人，并写下了尽可能详细具体的文字，从而为我们今天了解萧军与许淑凡的婚姻情况和情感生活，提供了极珍贵的第一手材料。

许淑凡家住沈家台镇上碾盘沟村西沟屯，距离萧军家所住的下碾盘沟村只有四公里。许淑凡的父亲叫许振中，人称“许老倡”，从这一名号看，应当是一位较开明且有主见的乡村达人。许家家境较好，日子过得还算富裕。家中一儿一女，儿子叫许君，女儿便是嫁给萧军的许淑凡。从凌海市萧军纪念馆所保存的照片档案看，年轻时的许淑凡容貌俊美靓丽，匀称的身材，圆圆的脸盘，大而明亮的眼睛，一条长长的毛围巾搭在掐腰的箭袖棉袍上，既显朴素又近时尚——不知为什么，在较长一段时间里，我想象中的许淑凡一直是一位健壮泼辣、不美也不丑的村姑，而前不久看到许淑凡早年的倩影，则完全颠覆了以往的想象。我发现，单就气质而言，照片上的她竟然很接近“五四”之后的新女性。

当年的辽西地偏人稀，山村人家一直有早婚的习惯，萧军在《我的童年》里说过：母亲生下他时只有“十九岁或者二十一岁”，其成婚和订婚当然更早。而萧军的继母刘阎氏嫁给萧军的父亲刘清廉时，更是只有十五岁。加之萧军又是刘家的长房长孙，所以早早成家立户不仅理由充足，而且势在必行。正因为如此，1920 年，当萧军还只有十三岁时，刘许两家就订下了萧军和许淑凡的婚事。两年后的 1922 年，十五岁的萧军则正式将比自己大一岁的许淑凡迎娶进门。

萧军个子不高，但剑眉高挑，目光炯炯，加之识文断字，身上自带一种英俊之气。他和容貌秀丽端庄的许淑凡结为夫妻，倒也算得上郎才女貌，是很般配的一对。从现在了解到的情况看，婚后的萧军和许淑凡互敬互爱，感情不错，生活也很是和谐。早些年，萧军在长春读书，许淑凡在老家与奶婆姑婆在一起，由于性情温顺，手脚勤快，所以很得刘家人喜爱。学校放假时，萧军便回家与妻子团聚，他教许淑凡看书识字，许淑凡则为他做饭洗衣，可谓其乐融融。1925 年，十八岁的萧军在吉林入伍，当了骑兵，但逢年过节，仍坚持回乡探望妻子和家人。当时，许振中很满意也很喜欢萧军这位姑爷。多年之后，萧军曾告诉张栋这样一个细节："每年，这老爷子都特意为我封存好一坛子一坛子的大红枣儿，只要我从城里一回家，就拿给我吃，而且要亲眼看着我吃，那枣儿，可真甜啊！"

1930 年 8 月，离开东北陆军讲武堂的萧军，被赏识他的东北军陆军 24 旅旅长黄师岳任命为部队训练班准尉见习官，不久又调任东北军宪兵教练处的少尉助教，专教武术和军操，还代理分队长。这段时间，萧军生活相对稳定，收入也见长，于是就在沈阳租了三间房子，把许淑凡从老家接过来，过起了两个人的小日子，这期间，萧军甚至还送许淑凡进过学校读过书。

从结婚到这时，萧军和许淑凡的婚姻生活应当说大致完美。如果要找美中不足，那就是：许淑凡曾两度怀孕，第一次生下一个女孩，叫小芹，活到三岁多因病而亡。后来再度怀孕，但在快生时不幸流产（以上材料来自张栋对许淑凡及其女儿的采访）。无论对萧军还是许淑凡，这自然是很大的遗憾。

三

发生于 1931 年的九一八事变，骤然改变了中国的历史进程和社会语境。然而，让人有些始料不及的是，它也让萧军和许淑凡的关系出现了戏剧性变化。用萧耘后来的话说：“一次性命攸关的口角使他们小夫妻后来竟分了手。”（《我和萧军风雨 50 年·写在出版之前》）

有史料证明，九一八事变当晚，萧军正在沈阳，当听说日军进攻北大营时，他火速找到宪兵训练处的长官，要求组织学员们拿起武器抗击日军。在得不到上级支持，且整个沈阳已经陷落的情况下，萧军又立即找到自己的两位好朋友、均为中共地下党员的方未艾（东北军军官）和佟英翘（中学教师），同他们一起研究商量并且分头行动，试图在吉林、哈尔滨等处，寻找可以依靠的武装力量，组织义勇军，举旗抗战，但不幸均以失败告终。这期间，萧军经历了非常危险的时刻，当时的情况，方未艾在回忆录里留下了现场性记述：

> 我回到陶赖昭，骑马回舒兰，在经过榆树的途中，出乎意料，竟遇到萧军和马玉刚带着家属，还有一名军需官和两名连长、五六个士兵，坐着两辆大马车，正在迎面迅速前进。（《忆萧军，侠肝义胆走天下》）

原来，萧军和方未艾商定：由萧军和佟英翘的朋友马玉刚（东北军营长）负责串联和动员，准备把东北军驻舒兰的一营人拉出去组成抗日义勇军，方未艾则去哈尔滨联络其他抗日力量。殊不知驻舒兰的队伍在一位被撤职的副营长的策动下，已经准备向敌人投降，他们在得知萧军和马玉刚的计划后，便将其扣押，强迫其交出权力和财产，后经当时的舒兰县长出面调停，才同意其即刻离境。萧军等人正是在撤出舒兰的路上，遇到了由哈尔滨返回的方未艾。

由上所述，我们已经大致了解了九一八事变时萧军的选择和行动。这里需要加以合理延伸和有效补充的是：方未艾文章中写到的那两辆“带着家属”的大马车，上面坐着萧军，应该也坐着许淑凡——作为一名没有多少文化和见识的农村妇女，她无法自己留在沈阳，而只能跟着萧军一路奔波，一同闯荡。

完全可以想象，异常动荡的生活和十分凶险的遭遇，给许淑凡的内心造成了怎样的惊恐与不安。出于女性的安分与柔弱，到达哈尔滨后，她开始屡屡劝阻萧军参加外边的活动，希望丈夫能待在家里，和自己一起安安稳稳地过日子。而当这些劝阻根本无效时，有一天，情急之下的许淑凡朝着萧军发了狠话：你要是再出去乱闯，我就告发你有枪。许淑凡这句大抵是有口无心，旨在吓人的话，萧军听了很是生气，继而警觉起来，他担心许淑凡因一时冲动乱说话，给他们的家庭，也给自己当时所从事的秘密抗日活动带来麻烦。为此，他决定将许淑凡送回老家。

当时的许淑凡，已怀着萧军的第三个孩子达数月之久，行动自然不便；而受战乱影响，从哈尔滨到义县老家的交通则是既不通畅，又不安全，很不利于行走。果然，火车到沈阳即前路中断，无奈之下，萧军只好就近送许淑凡到五姑家暂住，然后自己返回哈尔滨。此后不久，许淑凡在五姑家生下一个男孩，可惜的是，一个多月后再度因病夭折。

对于萧军送许淑凡回老家之举，近年来有一种批评的声音似有若无，即认为这是萧军以抗日报国的名义，实施的女性歧视与夫权压迫，是其严重的大男子主义的表现，同时也与其比较随意的婚姻爱情态度有关。诚然，萧军一生在处理两性关系和情感生活时，确实存在一种居高临下的优越感，一种颐指气使的家长作风以及轻率放纵的泛爱主义，这些都属于打上了旧时代印痕的文化或心理疾患，理应给予否定和摒弃。只是所有这些与当年萧军送许淑凡回老家的举动，并不存在直接的因果关系，二者之间各有因缘，彼此是挂不上钩的。事实上，当战乱来临时，把妻子送回老家，是那一代文化人常见的行为。在这方面，现在的人委实不需要借助过度想象而生拉硬扯，乃至深文周纳，无事生非。

必须看到，在外敌入侵、国土沦丧的紧急关头，萧军确实是一位旗帜鲜明、大义凛然的战士，他身上那种勇敢、坚定、不屈服、不沮丧的精神，正是中华民族的光彩和骄傲。关于这点，方未艾的回忆文章已有展现。这里，我们不妨将时间稍事后移，来看看全面抗战爆发后萧军的一段心路历程：

1937年7月7日，卢沟桥事变。7月12日，羁身上海的萧军即在日记里留下了如是文字：

> 卢沟桥战事还未结束，每读报心跳甚烈，急于到前线。见有人捐款，自己也要捐，但全未做。此后决定自己不要急功好名，要沉着缄默地做自己能做的工作。

接下来的多日，萧军大概一直忙于《鲁迅纪念册》的编校，待到8月13日这天，他发现上海已是空气紧张，战云密布，于是在当天的日记里写道："今晨，突然起了一个念头，打算在鲁迅先生周年祭后，赴北方战地去。"而到了8月22日这天，萧军似乎进一步下定了去北方打游击的决心。他当天的日记不仅记录了出发之前必须抓紧完成的案头工作，而且还列出了去北方所应需要着手准备的若干物品：皮长腰鞋、皮衣、骑马裤、毛衣、背囊、水壶、短刀、照相机、药品、毛毯、胶皮鞋等。萧军曾说："我这些《日记》……是若干年来关于我个人生活、思想、感情以及某些事件、印象等的及时记录……它是不准备给任何人阅读的——连我的妻子和好友在内——当然更不准备公开发表。"（《关于我的日记》）这就是说，萧军日记只对作家的心灵和记忆负责，因而承载着巨大的历史真实性。正是在这种真实的生命告白里，我们看到了萧军当年投身抗战的那份执着与真诚。而正是因了这种执着与真诚，我们对萧军早年送走许淑凡，以及后来在临汾告别萧红，应当有一种基于历史大势的认知和民族大义的评价：一个男人在国家遭受侵略时，挺身而出，奔赴疆场，舍弃小家顾“大家”，才是真正让人肃然起敬的事情。

四

送走许淑凡不久，考虑到局势的动荡和命运的难料，萧军就给许淑凡写去一信，明言自己将来不知要到什么地方去，也不知何年何月才能回家，所以劝许淑凡不必苦等，还是另行改嫁的好。后来，萧军认识了萧红，并结为生命伴侣，二人由哈尔滨到青岛，再由青岛转赴上海，在得到鲁迅的大力扶持后，成为文坛名家。据许淑凡告诉张栋，到了上海的萧红曾代表萧军又给她来过一信。信中的萧红称许淑凡为“姐姐”，她先讲明了自己和萧军的情况与处境，然后写道：现在社会提倡男女平等，婚姻自主，你不必再等下去了，最好还是改嫁，不要把黑头发时该做的事情，留到白头发时再做，那就不好了。因战时的乡村常有日、伪军“扫荡”，为了安全起见，许淑凡把萧红的来信连同萧军的一些照片，装在一个铁皮筒里埋入地下，但过一段时间再去取时，发现已经完全烂掉了。为此，许淑凡多年来一直后悔不已。

在很多时候，中国女性的痴情、隐忍与执拗是超出想象，令人吃惊的。回到老家的许淑凡虽然先后接到萧军、萧红写来的劝她改嫁的信，但她并没有听从萧军和萧红的意见。在她看来，既然萧军没有寄来一纸休书，那么自己便依然是萧军的妻子和刘家的媳妇，依然要等丈夫回来。为此，她照旧把下碾盘沟村刘家老院当作自己的家。当时的刘家早已破产，老院中除了公公刘清廉一家外，还有一个叔公，住房紧张，生活不便。在这种情况下，许淑凡不得不时常借住到娘家或亲友家，但一有空闲，她还是回到刘家老院忙里忙外。在那些年里，许淑凡没有生活来源，平时尚可艰难度日，但一遇到青黄不接，便只能吃盐水煮野菜。

就这样，许淑凡在老家苦苦等了七度春秋。后来因为完全没有了萧军的消息，而她的父母又相继去世，自己实在难以存活下去，所以才在亲友们的一再劝说下，走上了改嫁之路——同本村厚道能干的农民王魁吾组建了另一个家庭。

无论萧军还是许淑凡，生活已将他们推上了不同的命运轨道，只能各自跋涉前行了，然而，早已浸入岁月年轮的整整十年的夫妻情分，却终究难以从各自的心底彻底消弭。尤其是当时光的纤绳拉着他们生命的船舶进入暮年时，一种淡淡的但又是绵绵的记忆，混合着人们常说的怀旧情绪，就会重新浮现于脑海间。萧军对于许淑凡庶几就是这样吧？于是，他在迎来命运转机，开始首次东北之行时，就有了看一看许淑凡的打算。

萧军是这样，许淑凡又何尝不是如此？尽管萧军初次回到家乡请她见面，她选择了回避，但那不过是因为事情来得有些突然，她缺乏必要的心理准备，加之搞不清老伴儿是什么意见，她不能自作主张。而当许淑凡想通了一切，同时又得到老伴儿的充分理解时，她立即克服识字不多的巨大困难，给萧军写了一封尽管满纸错讹，却又情真意切的亲笔信，信中不仅说明了自己的情况，而且表示了想见萧军的意思。这封信由张栋转交萧军，萧军看后立即请爱人王德芬代笔作复。1979 年 9 月 25 日，一向善良宽厚的王德芬，亲笔给许淑凡写了回信。信中的称呼还保持着那个年代的习惯："淑凡同志，你写给萧军的信收到了。萧军回乡时本想去拜访你的全家一次，表示一点乡亲之谊，因未得到您的同意只好作罢。他回来以后工作非常忙，因为十月份就要召开'全国文代会'，必须做些准备。"王德芬在信中还说："等将来条件好转的时候，一定去信请您来京住些日子。"据负责转交信件的张栋介绍，许淑凡收到王德芬的信后，既激动，又欣慰。

1983 年 9 月，由辽宁省十三个文化单位联合举办的"庆祝萧军同志创作五十周年学术讨论会"在锦州锦县召开。萧军在妻女的陪同下抱病参加。此次会议的一个重要议程是全体与会人员到沈家台下碾盘沟村参观萧军故居。就在这个人气鼎沸的议程中间，萧军和许淑凡两位老人，终于了却了他们共同的心愿——完成了隔着半个多世纪的再次相见。当时，许淑凡激动得连话都说不出来，泪流满面；萧军则在抚慰之余送给许淑凡一些钱，让她补养身体，补贴家用。此后，两位老人一直舒心地活着。1988 年 6 月 22 日，萧军走完了 81 岁的人生历程，病逝于北京。一年后，许淑凡在老家病逝，终年 83 岁。

第三辑

小说鉴赏是胡适的软肋

说起现代人研究中国古典小说，胡适无疑是筚路蓝缕，以启山林的卓然大家。在这方面，他的贡献是不容抹杀也抹杀不了的。不过，倘若我们要对胡适这种贡献做过细的探究和准确的陈述，则又不能不承认，它主要表现在论者围绕中国古典小说所做的那一系列考证上——这些考证文字在今天看来固然难免有些粗疏、机械乃至舛错，但在中国现代学术发展史上，它毕竟为新兴的古典小说研究，提供了丰富而坚实的背景性和基础性材料，同时开辟了一条不乏科学意义的新思路和新途径，其方法论的影响，早已超出了文学范畴；而对于中国古典小说研究另一个更为重要，也更见本体特征的维度——艺术鉴赏和审美评价，胡适留下的若干见解和判断，不仅东鳞西爪，难成体系，而且常常信口开河，不得要领，其中暴露出的肤浅、轻率、隔膜、偏颇以及自以为是、强作解人等，足以让有心的读者禁不住产生这样的疑虑：艺术鉴赏恐怕是胡适这位大学者的软肋，是他并不擅长的弱项。

这里，我们不妨举实例以求证。

先看胡适如何评价《三国演义》。如众所知，《三国演义》是中国小说史上第一部、同时也是唯一一部严格意义上的历史小说。这决定了长期以来研究者对这部小说的鉴赏与评价，常常要引入历史的视角，或者说要从历史与文学相嫁接、相融合的意义上，来谈论这部作品的优劣得失。胡适亦复如此，他观赏和品评《三国演义》的着眼点，同样是全书是否担负起了用文学来驾驭和表现历史，或者说将历史文学化的任务，只是其具体的扬抑与褒贬，却出人意料地经历了一百八十度的大转弯。不是吗？ 1917 年初夏，在美国的胡适曾与在国内的钱玄同以通信的方式，交流对中国古典小说的看法。当时，钱玄同对《三国演义》评价不高，认为它与《说岳全传》大致处于同一水准。胡适不同意钱氏的观点，明言《三国演义》“在世界‘历史小说’上为有数的名著”，“且三国一时代之史事最繁复，而此书能从容记之，使妇孺皆晓，亦是一种大才”，其欣赏、肯定和推许，言之凿凿，毋庸置疑。然而，到了 1922 年胡适为亚东版《三国演义》写序时，其观点竟然完全变了。他在这篇序文中一再写道:《三国演义》“只可算是一部很有势力的通俗历史讲义，不能算是一部有文学价值的书”，“《三国演义》拘守历史的故事太严，而想象力太少，创造力太薄弱”，“《三国演义》的作者，修改者，最后写定者，都是平凡的陋儒，不是有天才的文学家，也不是高超的思想家”，“《三国演义》最不会剪裁，他的本领在于搜罗一切竹头木屑，破烂铜铁，不肯遗漏一点。因为不肯剪裁，故此书不成为文学的作品”。

尽管胡适对《三国演义》的两次评价间隔了五年，而五年的时间也有可能酿成一个人艺术观念或欣赏眼光的某种变化，但是，当这种变化一旦同胡适这样贯通中西的大学者和《三国演义》这样历久不衰的小说经典联系起来，我们还是感到了某种突兀和草率。况且其变化的程度又是如此的时而天上，时而地下，两者之间缺乏起码的逻辑性与内在的合理性，以致使我们除了充分考虑那个时代热衷于推陈出新的学术风气之外，最终则不能不怀疑胡适作为文学鉴赏家和批评家的资质——面对《三国演义》，他究竟有多少称得上直接、具体和敏锐、独特的艺术感受能力？究竟能在多大程度上让这种感受能力，抵达作品的深层结构与细部纹理。须知道，先前“从容记之”“妇孺皆晓”之类的赞语，不过是改造了明代蒋大器、张尚德等人早已有之的说法，并无太多的新意；而后来的“想象力太少”“不肯剪裁”“不成为文学作品”“不是高超的思想家”等否定性评价，则完全不符合作品的艺术情景与形象实际，因而也远离了一般读者的阅读感受和今日学术界的研究成果：一部《三国演义》从艺术重构历史的需要出发，对那么多的人物和事件或无中生有，或移花接木，或脱胎换骨，或踵事增华，其情节和细节上的神来之笔贯穿始终，目不暇接，怎能说是“想象力太少”？全书凭借时间的从容运行和空间的有效展开，成功地、富有创造性地编织起圆形或网状结构，开了长篇小说宏大叙事的先河，哪里是“不肯剪裁”？至于全书的内涵和意义，只要关注一下学术界长期以来聚讼纷纭，迄今新说不断，皆能自圆其说的研究状况，即可知道，它绝不是没有思想的“陋儒”全无寄托的浅薄表达。由此可见，胡适对《三国演义》的时褒时贬，很典型地暴露出他艺术鉴赏的无真知与无定见。

再看胡适对《红楼梦》的评价。在《红楼梦》的考证上，胡适是颇下过一番功夫的，他所钩沉出的有关该书作者、版本和续书的若干史料与情况，虽然并非无懈可击，但就整体而言，却是不仅方便了后人知人论世读“红楼”，同时还孕育和催生了不再“猜笨谜”的“新红学”一脉，从而标志着红学研究的新阶段乃至新纪元。以此为背景，按说胡适对《红楼梦》应该有较好的感觉和较高的评价，然而事实却是另一种情况。在胡适眼里，《红楼梦》一向就不是多么了不起的作品，甚至根本就不是一部好小说。因此，他于考证之余留下的涉及《红楼梦》创作的文字，每每浸透了轻视与挑剔。如果说这种轻视与挑剔，在胡适早年还只是表现为对作品整体价值的明显低估和有限肯定，即所谓“《红楼梦》只是老老实实的描写这一个‘坐吃山空’‘树倒猢狲散’的自然趋势。因为如此，所以《红楼梦》是一部自然主义的杰作”(《〈红楼梦〉考证》)；那么到了胡适晚年，竟变成了格外苛求和全面贬抑。1960 年 11 月 20 日，胡适在写给苏雪林的信里说：“我写了几万字考证《红楼梦》，差不多没有说一句赞颂《红楼梦》的文学价值的话。‘……《红楼梦》是一部自然主义的杰作。’其实这一句已是过分赞美《红楼梦》了……我平心静气的看法是：在那些满洲新旧王孙与汉军纨绔子弟的文人之中，曹雪芹要算是天才最高的了。可惜他虽有天才，而他的家庭环境和社会环境，以及当时整个的中国文学背景，都没有可以让他发展思想与修养文学的机会。在那样一个浅陋而人人自命风流才士的背景里，《红楼梦》的见解与文学技术当然都不会高明到那儿去。”1960 年 11 月 24 日，胡适在写给高阳的信里又明言：“在那个贫乏的思想背景里，《红楼梦》的见解当然不会高到那儿去，《红楼梦》的文化造诣当然也不会高到那里去……我常说，《红楼梦》在思想见地上比不上《儒林外史》，在文学技术上比不上《海上花》（韩子云），也比不上《儒林外史》……也可以说，还比不上《老残游记》。”

对于流传已久、获誉良多的《红楼梦》，胡适之所以要发表以上相反的、颇不看好的意见，自然有着属于自己的眼光和依据。还是在写给高阳的信里，胡适就《红楼梦》的“见解不高”问题，做出了具体诠释：

> 书中主角是赤霞宫神瑛侍者投胎的，是含玉而生的——这样的见解如何能产生一部平淡无奇的自然主义的小说……试看第二回冷子兴嘴里说的宝玉和贾雨村说的甄宝玉：“女儿是水做的骨肉，男人是泥做的骨肉。”“女儿两个字，极尊贵，极清净的，比那瑞兽珍禽奇花异草更觉希罕尊贵呢。”《红楼梦》作者的最高明见解也不过如此。更试读同一回里贾雨村“悍然厉色”的

长篇高论，更可以评量作者的思想境界不过如此。

而在1959年底所作的以《找书的快乐》为题的演讲中，胡适则比较明确地讲述了自己认为《红楼梦》比不上《儒林外史》的理由："如果拿曹雪芹和吴敬梓二人作一个比较，我觉得曹雪芹的思想很平凡，而吴敬梓的思想则是超过当时的时代，有着强烈的反抗意识。吴敬梓在《儒林外史》里，严厉地批评教育制度，而且有他的较科学化的观念。"

我们不是说《红楼梦》已经尽善尽美，更不是说对《红楼梦》不能有异议，有批评。问题在于，胡适以上贬抑《红楼梦》的意见，无论方法逻辑还是语言表达，都存在着显而易见的疏漏和破绽，其可訾议处至少有三：第一，《红楼梦》写贾宝玉系神瑛转世，衔玉而生，是文学创作多见的象征或隐喻之法，也是全书预设的"烟云模糊"处，其内涵与魅力自可做立体浑圆的阐发。而胡适偏偏不解其味，竟以为曹雪芹是在宣扬怪力乱神，并以此来否认《红楼梦》的写实品质，委实属郢书燕说，让人哭笑不得。难怪著名作家王蒙要就此调侃胡适："那么伟大的人居然对这个寓意一窍不通，没哪个小孩一出生的时候含一块玉，含一块煤渣也不可能，含一粒沙子也不可能。所以不管胡适怎么尊敬和伟大。我对他也没有任何不尊敬的，就是你没法跟他谈《红楼梦》。"（《王蒙的红楼梦》新书发布会现场演讲，见2011年1月13日《文学报》傅小平报道）第二，在成功的小说文本中，人物语言和作家观念之间，往往保持着一种曲折、婉转和多变的关系，有时甚至呈现出看似矛盾的“复调”形态，正是这种比较复杂的关系和形态拓展了作品的精神空间，同时孕育了其中的艺术张力。《红楼梦》正是这样一部内涵丰盈的成功之作，它的一个突出特点，便是“一声也而两歌，一手也而二牍……注彼而写此，目送而手挥，似谲而正，似则而淫”。（戚蓼生《红楼梦序》）也就是说，《红楼梦》是有多面性和多义性的，它的褒贬和命意潜藏在纷繁而立体的人物纠葛之中，要想搞清楚，需要做细致的梳理和耐心的辨识。而胡适分明意识不到这点，他简单机械地看待艺术形象，将作品人物的某些语言不加分析地当成了作家观念的注脚，这显然缺乏起码的说服力。第三，评价文学作品的优劣高下，当然要有思想的维度，只是这种思想维度应当是论者对全部艺术形象的自然引申与深入阐发，是由感性而知性、由具体而抽象的准确归纳与合理升华，因此，它必然是自主的、开放的，是具有弹性和辐射性的，而不必要也不可能仅限于作品某些直露在外的概念性主题和口号式说法。从这一角度看问题，《红楼梦》的思想意义无疑要比《儒林外史》高得多也大得多。胡适全然不顾这些，仅凭吴敬梓“严厉地批评教育制度”并拥有“较科学化的观念”，就确认《红楼梦》的思想见地比不上《儒林外史》，当然是片面的，是站不住脚的。而胡适在《红楼梦》评价上之所以会留下种种误读和缺失，以致让后人感到有些匪夷所思，这当中固然不排除某些时代观念和风气的影响，但说到底仍然是因为其艺术鉴赏力的顾此失彼，捉襟见肘。

胡适对《红楼梦》评价不高，但是，对中国小说史上另一部与《红楼梦》具有题材相通性的长篇作品《醒世姻缘传》，却表现出了完全相反的态度和意见。在从事古典小说研究的过程中，胡适曾拿出六七年的时间，收集有关《醒世姻缘传》作者的材料，因为不断有发现和收获，所以最终写出了《〈醒世姻缘传〉考证》一文。这篇长达三万字的文章，虽然旨在确立蒲松龄的著作权，但出于立论的需要，还是发表了一些涉及文本和艺术的评价。这些评价没有回避因果报应是全书的"最大弱点"，明言"这一部大规模的小说，在结构上全靠这个两世业报的观念做线索，把两个很可以独立的故事硬拉成一块，结果是两败俱伤"，但更多的还是热情激赏和大力褒奖。论者一再将"伟大""绝妙""大书"之类的褒词，有意或无意地用于作家和作品，认为"《醒世姻缘传》真是一部最有价值的社会史料"，"都是最可信的历史"。将来研究 17 世纪中国社会风俗史、中国教育史、中国经济史的学者，"必定要研究这部书"。论者充分肯定并多次引用徐志摩为亚东本《醒世姻缘传》所写的序言，觉得该序言对作品的评价"说的最好"。而恰恰是在这篇序言里，徐氏写道："我一看（指《醒世姻缘传》——引者注）入港，连病也忘了，天热也忘了，终日看，通宵看，眼酸也不管，还不得打连珠的哈哈。"而徐氏的结论则是：《醒世姻缘传》是"我们五名内的一部大小说"，"是一个时代（那时代至少有几百年）的社会写生"，"全书没有一回不生动，没有一笔落'乏'，是一幅大气磅礴一气到底的《长江万里图》"。

这大抵也可视之为胡适的观点吧。一部《醒世姻缘传》果真如此出类拔萃？事实恐怕要大打折扣。这里，我们且不说当年鲁迅阅读《醒世姻缘传》，虽有“较之《平山冷燕》之流，盖诚乎其杰作也”的公允之论，但毕竟也留下了“其为书也，至多至烦，难乎其终卷矣”的求疵之叹（《致钱玄同》），可知该书的瑕瑜互见，优劣并存，绝非说部上品。也不说后来的小说史家谈到《醒世姻缘传》，总是有褒有贬，毁誉两见，什九置其于二三流之间，而鲜有推其为翘楚者。即使作为普通读者浏览《醒世姻缘传》，亦会在领略其较为开阔和生动的社会场景的同时，发现其思想的混乱、情节的失真、结构的松散、节奏的拖沓等，以致无法将其与“伟大”和“绝妙”联系起来。在这种情况下，胡适极力推许《醒世姻缘传》，甚至认可它小说史上“五名内”的地位，这不能不说是他的文学眼光出了问题。

最后来看胡适有关《水浒传》的评价。在中国古典小说中，胡适真正倾力推荐，极度赞扬的作品是《水浒传》。早在 1918 年发表的《建设的文学革命论》里，胡适就将《水浒传》等几部古典小说，尊为“模范的白话文学”，“中国第一流小说”。后来，他的《〈水浒传〉考证》更是郑重宣告：“《水浒传》是一部奇书。在中国文学占的地位比《左传》《史记》还要重大得多；这部书很当得起一个阎若璩来替他做一番考证的工夫，很当得起一个王念孙来替他做一番训诂的工夫。”这样的高调评价，尽管在明清以降的汪道昆（天都外臣）、金圣叹那里就开了先河，且内容上未免有些生硬牵强、矫枉过正，但出现在以“推倒贵族文学，建设国民文学”为潮流的五四时期，还是具有显而易见的积极意义。

然而，不管胡适怎样高看《水浒传》，推崇《水浒传》，他的相关言论一旦涉及《水浒传》的艺术表达和文本评价，就难免出现说不到点子上的现象。譬如，在那篇著名的《论短篇小说》里，胡适谈到了好的历史小说的标准问题，即“凡做历史小说，不可全用历史上的事实，却又不可违背历史上的事实……最好是能于历史事实之外，造成一些‘似历史又非历史’的事实，写到结果却又不违背历史的事实”。这时，胡适作为肯定性例证提出的便是《水浒传》。他认为：“《水浒传》所记宋江等三十六人是正史所有的事实。《水浒传》所写宋江在浔阳江上吟反诗，写武松打虎杀嫂，写鲁智深大闹和尚寺……处处热闹煞，却终不违背历史的事实。”不客气地说，胡适这一段文字颇有些不着边际。因为既成的事实是，《水浒传》人物虽有历史的影子，但是作为独特而鲜活的艺术群像，他们的行为、性格与命运，基本是长时段里艺术虚构与积淀的结果，这说明《水浒传》压根儿就不是历史小说。胡适视其为历史小说的范本，恰恰暴露了他自己文学分类上的盲点。不仅如此，所谓“能于历史事实之外，造成一些‘似历史又非历史’的事实”云云，虚幻缥缈，似是而非，将此作为好的历史小说的标准，让作家和读者既难以感受，更无法把握，这也折射出胡适的文学观念常常远离文本评价和创作实践。

又如，在《〈水浒传〉考证》中，胡适曾正确地指出，施耐庵的《水浒传》是集宋代以降四百年“水浒”故事之大成，是白话文学积累和进步的结果，但随即他又断言：

> 《水浒传》的短处也就吃亏在这一点。倘使施耐庵当时能把那历史的梁山泊故事完全丢在脑背后，倘使他能忘了那“三十六大伙，七十二小伙”的故事，倘使他用全部精神来单写鲁智深、林冲、武松、宋江、李逵、石秀等七八个人，他这部书一定格外有精采，一定格外有价值。可惜他终不能完全冲破那历史遗传的水浒轮廓，可惜他总舍不得那一百零八人。但是一个人的文学技能是有限的，决不能在一部书里创造一百零八个活人物。因此他不能不东凑一段，西补一块，勉强把一百零八人“挤”上梁山去。

应当承认，胡适这样看待《水浒传》的不足及其成因，还是有一定道理的，只是他在为《水浒传》的不足开药方，求补救时，偏偏又说了外行话：当年的施耐庵写《水浒传》，如果抛开一百零八人的总体构想，而只写其中的七八位，那么，《水浒传》也就成了《三侠五义》，它还是可与《左传》《史记》并驾齐驱的一部“大书”吗？其实，一部小说要臻于成功之境，并不在于它出现人物的多与少，而取决于它是否高度自觉地做到了笔墨分配的有主有次，有详有略，主次分明，详略得当。而在这方面，《水浒传》仍有需要着力提升的空间。

胡适名满文坛，望重士林，然而审美眼光和鉴赏能力却谈不上高明，此中缘由何在？粗粗想来，或许有三：第一，因为最先倡导文学革命，大胆尝试白话文学，强力推动了中国文学由传统向现代的转型，胡适在中国现代文学史上名声显赫而又影响深远，只是，就整体资质而言，他是个跨学科的大学者，而不是专门的文学家。用他自己的话说：历史是他的“本行”，哲学是他的“职业”，而文学则是他的“兴趣与爱好”。其实，他的“本行”和“职业”又何止是历史和哲学，政治、宗教、文化、教育，哪一个学科没有留下他耕耘的足迹。而在学术领域，他一向追求“既能博大，又能精深”的理想境界，即他在《读书》一文中所言：“博大要几乎无所不知，精深要几乎惟他独尊，无人能及。他用他的专门学问做中心，次及于直接相关的各种学问，次及于间接相关的各种学问，次及于不很相关的各种学问，以次及毫不相关的各种泛览……为学要如金字塔，要能广大要能高。”这样一种大范围、长时段和高标准的学术追求，提升的是胡适问难释疑和逻辑思辨的能力，而抑制、磨损甚或消解的，却很可能就是他的艺术感觉和鉴赏眼光。在这种情况下，胡适的小说评论时常授人以柄，便是自然而然的事情。第二，大抵是社会变革与启蒙的环境使然，胡适看重文学的传播效果和大众效应，但是却在很大程度上忽视了文学自身的复杂性、特殊性和规律性。他的《什么是文学》提出：“文学有三个要件：第一要明白清楚，第二要有力能动人，第三是美……美就是‘懂得性’（明白）与‘逼人性’（有力）二者加起来自然发生的结果。”这显然是对文学的简单化、浅表化和片面化的理解与归纳。这样的文学观念限制了胡适文学创作的艺术品格，同时也影响了他真正的文学鉴赏能力的形成。第三，作为学者，胡适除了书斋劳作，案头耕耘，还有名目繁多的社会活动，是光环熠熠的学术明星。当年，林语堂针对胡适的《中国哲学史大纲》和《白话文学史》都只有半部，曾幽默地称胡适“善做上卷书”。而胡适的挚友、女学人陈衡哲则接过林氏之语进一步说道：“林语堂说胡适是最好的上卷书作者，这话幽默而真实。胡先生太忙了，少去征婚，少去受捧，完成未完的下卷多好！”事实上，对于胡适而言，过多的社交和应酬所带来的负面效果，恐怕不仅仅是两部书稿成了“断尾”工程，而文学鉴赏的经验有限和眼光不够，庶几亦可作如是观。

老舍怎样读《红楼梦》

老舍同中国古典小说是颇有些渊源的。在《悼念罗常培先生》一文中，老舍写道：他上初小时，就常常和同班好友罗常培一起，去小茶馆听评书《小五义》或《施公案》。后来进入师范学校读书，老舍在学习桐城派散文和陆放翁、吴梅村诗歌的同时，应当也“读过唐人小说和《儒林外史》什么的”。关于这点，我们读《〈老舍选集〉自序》和《我怎样写〈老张的哲学〉》，不难发现相关的消息。1924年至1929年，老舍到英国伦敦大学东方学院教中文。这期间，他曾向学生做过关于唐人爱情小说的专题演讲，演讲稿后来发表在燕京大学的校刊上。他还帮助合租一层楼，并“彼此交换知识”的英国人艾支顿，翻译了《金瓶梅》。对于此事，老舍本人虽然很少提及，但艾支顿英译本《金瓶梅》出版时，却在扉页特意标明了“献给我的好友舒庆春”的字样。至于老舍笔下的小说作品和谈论小说的文章，更是每每显示出作家对中国古典小说的浓厚兴趣和广泛涉猎。譬如，长篇小说《鼓书艺人》讲述抗战时期重庆艺人的动荡生活，其中宝庆唱书的场面，便很自然地反映出作家是何等喜欢并且熟悉《三国演义》。《谈幽默》一文旨在介绍西方语境中的“幽默”概念，但作家却信手拈来了《西游记》与《镜花缘》，以便于比较和分析，可见此二书的精要早已进入作家的腹笥。而一篇《言语与风格》的创作谈，更是通过分析武松“血溅鸳鸯楼”的短句效果，从而传递出作家对《水浒传》艺术成就的细致体味和独特把握。庶几可以这样说，在老舍那里，中国古典小说既是一种写作资源，更是一种文化血脉。

当然，在林林总总的中国古典小说中，老舍最为推重、最为赞许的，还是曹雪芹的《红楼梦》。他认为，《红楼梦》所取得的思想和艺术成就是巨大的、非凡的，在中外文学史上都是罕见的。他的《青年作家应有的修养》一文写道：“世界上有不少和《红楼梦》一般长，或更长的作品，可是有几部的价值和《红楼梦》的相等呢？很少！”他把《红楼梦》当作一个很高的标准，一个艺术上很难企及的目标。他告诫文学青年切不可志大才疏，以为轻而易举就能够达到《红楼梦》的水准。正是基于这样的认识，老舍围绕一部《红楼梦》颇下了一番精心阅读和研习揣摩的功夫，提出了若干独具只眼、别有颖悟的见解。这些见解既触及作品蕴藏的无限丘壑，又体现着论者特有的学识修养，迄今仍具有红学研究乃至一切文学经典阅读与阐释的借鉴和启示意义，因而很值得我们加以梳理、总结和评价。

老舍虽然早就有教授的头衔，但就其资质、性情、意趣和思维而言，却无疑更属于作家。这样的主体条件决定了在他的眼中，一部《红楼梦》无论负载着多么深奥的历史内容和何等丰富的社会含量，其最终或者说首先仍然是一部伟大的小说。因此，老舍读《红楼梦》便一向恪守着读“文本”的原则，遵循着审美的要义，关注着创作的规律。具体来说就是，他主张从《红楼梦》本身，即思想和艺术的角度来解读和欣赏《红楼梦》，而不赞成于《红楼梦》之外用考证的办法来解说或诠释《红楼梦》。譬如，在写于1930年的《论创作》一文中，老舍就明言：“读一本伟大的创作，便胜于读一百本关于文学的书。读过几段《红楼梦》，便胜于读十几篇红楼考证的文字。文学是生命的诠释，不是考古家的玩艺儿。”平心而论，作家在读《红楼梦》原文和读有关《红楼梦》的考证文章之间，做如此机械的对比，并不加分析地、绝对地肯定前者而否定后者，是难免有简单化和情绪化之嫌的。因为必要的、有价值的作者和本事考证，无疑有助于对作品本身的理解与评价。但考虑到这种观点出现在以考证为基本内容和方法的“新红学”风行与走俏的时代背景下，其中包含的矫枉过正便不难理解，而高蹈流俗、独抒己见的精神则令人钦敬。更何况在文学经典的接受和传播过程中，阅读原文毕竟永远是第一位的。从这一意义讲，作家有些偏激的观点里仍然承载了合理的内核。事隔十四年后的1954年，老舍在《人民文学》杂志12月号发表了《红楼并不是梦》的专论。在这篇文章里，作家结合自己的创作经验，进一步声明：“我反对‘无中生有’的考证方法”，“我反对

《红楼梦》是作者自叙传的看法”。他认为：过去的烦琐考证“把研究《红楼梦》本身的重要，转移到摸索曹雪芹的个人身边琐事上边去。一来二去，曹雪芹个人的每一生活细节都变成了无价之宝，只落得《红楼梦》是谜，曹雪芹个人的小事是谜底”。但是，他同时又承认“研究作家的历史是有好处的……我们明白了作家的历史，也自然会更了解他的作品”。他认为：“一个尊重古典作品的考据家的责任是：是以唯物辩证方法，就作品本身去研究、分析和考证，从而把作品的真正价值与社会意义介绍出来，使人民更了解、更珍爱民族遗产，提高欣赏能力。谁都绝对不能顺着自己的趣味，去‘证明’作品是另一个东西，作品中的一切都是假的，只有考证者所考证出来的才是真的。”毋庸讳言，这篇文章是联系着当年那场批判俞平伯《红楼梦》研究的政治运动的，其用语也体现了作家接受革命文艺理论之后的鲜明特征。不过，倘若就其对红学考证的基本观点及相应的表述看，似乎并没有沾染上简单粗暴、无限上纲的流弊，相反倒是自觉或不自觉地扬弃和修正了作家以往在这个问题上的某些绝对和偏颇，即不再一概地、无条件地贬低和否定考证，而是肯定了其存在的意义和必要性，并为其指出了正确的方向和目标——考证要为发掘作品价值，了解作家思想和方便艺术欣赏服务。应当承认，在半个多世纪前实用主义大行其道的语境里，老舍能这样看待《红楼梦》文本解读与作者考证的关系，堪称可贵。

从立足文本、立足审美、立足创作的基点出发，在具体的

《红楼梦》解读和评价上，老舍着重强调了三点：第一，《红楼梦》是一笔内涵丰富、取之不竭的文学乃至文化遗产。老舍指出："《红楼梦》很长。这部书写了许多年，故长而精。这好比开了一座大矿，慢慢地提炼出许多许多金子来。"（《怎样丢掉学生腔》）因此，无论是文学工作者还是普通读者，都应当常读和细读《红楼梦》，从中汲取文学与文化的养分。第二，《红楼梦》给文学的历史长廊增添了一系列不朽的人物。在老舍看来："世事万千，都转眼即逝，一时新颖，不久即归陈腐；只有人物足垂不朽"，"凭空给世界增加了几个不朽的人物，如武松、黛玉等，才叫作创作"。（《人物的描写》）他写道："看看《红楼梦》吧！它有那么多的人物，而且是多么活生活现、有血有肉的人物啊！它不能不是伟大的作品。""对这么多的人物，作者的爱憎是分明的。他关切人生，认识人生，因而就不能无是无非。他给所爱的和所憎的男女老少都安排下适当的事情，使他们行动起来。借着他们的行动，他反映出当时的社会现实。""我写过一些小说，我的确知道一点，创造人物是多么困难的事。"（《红楼并不是梦》）第三，《红楼梦》的语言出神入化，达到了很高的审美层次。老舍认为："从语言上，我们可以看出来作家的不同的性格，一看就知道是谁写的。莎士比亚是莎士比亚，但丁是但丁。文学作品不能用机器制造，每篇都一样，尺寸相同。翻开《红楼梦》看看，那绝对是《红楼梦》，绝对不能和《儒林外史》调换调换。"（《关于文学的语言问题》）他告诉读者："看看《红楼梦》吧……专凭语言来说，它已是一部了不起的著作。它的人物各有各的语言。它不仅教我们听到一些话语，而且教我们听明白人物的心思、感情；听出每个人的声调、语气；看见人物说话的神情。书中的对话使人物从纸上走出来，立在咱们面前。”（《红楼并不是梦》）坦率地说，如果单就理论和学术价值而言，老舍以上所谈，似乎算不上言人未言，别开生面，但是，由于它的字里行间自然而然地渗入了一个作家特有的、源于创作实践的心得与感悟，所以其娓娓道来，还是别有一种亲和力与说服力。

对于一部《红楼梦》，老舍自有一颗敬畏之心，甚至不乏一种崇仰之情。只是敬畏也好，崇仰也罢，最终都不曾导致作家在《红楼梦》面前，丧失清醒的审美眼光和客观的艺术尺度。相反，即使美玉仍有微瑕，哪怕经典亦存不足，曾是老舍读“红”时特有的辩证心态，这直接导致了他在某些场合对《红楼梦》缺憾的直言不讳。譬如，他的《言语与风格》一文就曾这样写道：

> 比喻在诗中是很重要的，但在散文中用得过多便失去了叙述的力量与自然。看《红楼梦》中描写黛玉：“两弯似蹙非蹙笼烟眉，一双似喜非喜含情目。态生两靥之愁，娇袭一身之病。泪光点点，娇喘微微。闲静似娇花照水，行动如弱柳扶风。心较比干多一窍，病如西子胜三分。”这段形容犯了两个毛病：第一是用诗语破坏了描写的能力；念起来确有诗意，但是到底有肯定的描写没

有？在诗中，像“泪光点点”，与“闲静似娇花照水”一路的句子是有效力的，因为诗中可以抽出一时间的印象为长时间的形容：有的时候他泪光点点，便可以用之来表现她一生的状态。在小说中，这种办法似欠妥当，因为我们要真实的表现，便非从一个人的各方面与各种情态下表现不可。她没有不泪光点点的时候么？她没有闹气而不闲静的时候么？第二，这一段全是修辞，未能由现成的言语中找出恰能形容出黛玉的字来。一个字只有一个形容词，我们应再给补充上：找不到这个形容词便不用也好。假若不适当的形容词应当省去，比喻就更不用说了。

如果我们能够抛弃那些先入为主的东西，也不盲从所谓专家的意见，而坚持一切从自己的阅读体验和感受出发，那么就必须承认，老舍以上的分析与评价，确实道出了《红楼梦》写林黛玉容貌的力不从心。又如，在《我怎样写〈二马〉》的创作谈里，老舍结合自己所做的小说语言口语化和陌生化的努力，很随意也很敏锐地写道：“《红楼梦》的言语是多么漂亮，可是一提到风景便立刻改腔换调而有诗为证了。”这显然是说《红楼梦》的风景描写落了俗套，考虑到作品的实际情况，可知老舍此言不虚。关于这点，一向见地不俗的香港作家董桥不仅表示认同，而且做了补充。他认为《红楼梦》的写景之所以喜欢“有诗为证”，“这正好说明曹雪芹老实：他的教育背景是这样的，他只会这样写，所以他这样写”。(《从〈老张的哲学〉

看老舍的文字》)

从理论上讲，一切文学作品都不可能尽善尽美；即使是伟大的传世之作，亦难免存在弱项和软肋。正因为如此，基于善意的文学批评一向没有禁区，从真实的感受出发，指出文学名著的美中不足亦属天经地义。然而，遗憾的是，这样的定律似乎未能在《红楼梦》身上得到贯彻和体现。这部问世于清代乾隆年间的小说作品，虽然曾遭到封建统治者的屡屡禁毁，但是在民间读书界却一向保持着极高的声誉，甚至出现了“开谈不说《红楼梦》，读尽诗书是枉然”的社会风气（清嘉庆二十二年刊本《京都竹枝词》)。尤其是 20 世纪 50 年代以后，由于毛泽东主席的格外看重和大力推荐，也由于当时异于寻常的社会气氛，《红楼梦》的地位和价值更是被推到前所未有的高度，以致使学术界对它只能说好，不能说坏；只能做阐释，不能有批评。用俞平伯先生《旧时月色》一文里的话说：“数十年来，对《红楼梦》与曹雪芹多有褒无贬，推崇备至，中外同声，且估价越来越高……既已无一不佳了，就或误把缺点看作优点，明明是漏洞，却说中有微言……”从这样的背景出发，我们来看老舍对《红楼梦》某些描写的否定性意见，即可意识到：尽管它出现在评“红”环境比较自由的 20 世纪 30 年代，尽管它没有从整体上指出《红楼梦》的败笔所在，但其中包含的健康的文学批评意识和高超的艺术审美眼光，依然难能可贵，令人激赏。

毋庸讳言，在谈及《红楼梦》时，老舍也有思考不周、立论粗疏的地方：譬如，还是在那篇《论创作》里，作家就有这样的表述："我们的《红楼梦》节翻成英文……对于外国文学有什么影响？毫无影响！再看看俄国诸大家的作品，一经翻译，便震动了全世界！"在这段话里，老舍将作品译成外文后所产生的一时的影响，视为衡量该作品艺术质量的唯一标准，并由此得出了《红楼梦》不如俄国大家之作的结论。我们不能说作家所言全无道理，因为它分明吻合着所谓"越是民族的，就越是世界的"定律，但是，它至少忽视了同一个问题的另一面：越是具有民族特色的作品，越是不容易实现跨民族的沟通，越是不利于产生普世的效应。当年，林语堂之所以放弃《红楼梦》的英译，而改写一部模仿《红楼梦》的《京华烟云》，其原因就在于担心现代西方人根本读不懂《红楼梦》。而他的《京华烟云》虽然饮誉西方世界，甚至获得了诺贝尔文学奖的提名，但是，倘就艺术水准与《红楼梦》相比，却难望其项背。这仿佛在提示我们，要估量一部植根于中国文化深层的优秀作品的价值，需要多种视角和多种纬度，而不是一时一地的域外影响所能决定的。显然，在这一点上，老舍的结论有些简单化了。

与学者的读"红"相比，老舍阅读《红楼梦》还有一个极大的不同，这就是，他不但把《红楼梦》变成了对自己有益的精神底蕴和艺术营养，而且还让这种底蕴和营养自觉而自然地融入了笔下的创作，化为高度个性化的纷繁场景和血肉形象。在这方面，大凡读过老舍的长篇小说《四世同堂》或《正红旗下》者，都会有清晰的发现和由衷的认可，无须笔者过多饶舌。

或有人问，在众多的中国古典小说中，老舍何以对《红楼梦》情有独钟？窃以为，这除了文学欣赏和借鉴在一般意义上的“取法乎上”之外，至少还有两个重要原因：一是曹雪芹和《红楼梦》中所包含的旗人文化传统对应着老舍自己作为满族作家的文化血缘；二是《红楼梦》所拥有的京城气象和曹雪芹所具有的京华背景，与老舍在北京的生活经历以及其小说创作的京味追求不谋而合。搞清了此中壶奥，我们自可进一步了解，对于作家来说，特定的文化场域是何等重要。

张爱玲读《金瓶梅》

张爱玲在《红楼梦魇·自序》中谈到自己读《红楼梦》和《金瓶梅》的一些感想，进而写道:“这两部书在我是一切的源泉，尤其《红楼梦》。”如果我们把这里的“一切”限定在文学创作，特别是题材和风格的范围，那么应当承认，这样的自白是真实和准确的。因为事实上，我们不仅可以在张爱玲的小说里，咀嚼出《红楼梦》和《金瓶梅》的味道，而且还能够从她的散文和学术著作中，直接发现《红》《金》二书对其创作的影响和浸透过程。关于后一方面，已有若干学者和作家撰文加以探讨和总结，只是这些文章大都集中于被作家冠以“尤其”的《红楼梦》，而对于作家笔下的《金瓶梅》，却一向鲜有涉及，更缺乏必要的梳理和评价。其实，张爱玲谈《金》的文字，虽然远没有论《红》那么多，也未曾像论《红》那样形成系统见解和专门著作——它们只是穿插于作家的文章和话题之中，但就是这些吉光片羽式的文字，却同样不乏卓识和洞见，且同样闪烁着作家特有的智慧、素养和性情，因此，它们依旧值得我们留心和关注。

鼎盛于20世纪三四十年代的英美新批评，曾有“细读”一说，意在特别强调对文本的精细阅读。我不知道素有西学背景的张爱玲是否接触过这一理论，但她对于《金瓶梅》的阅读，显然称得上精细认真。这从她那信手拈来而又恰到好处的引用上可见一斑。譬如，散文《童言无忌》，不过是作家“说说自己的事罢了”。但其中在谈到“我”对衣着和色彩的看法时，便很自然地拿来了《金瓶梅》的细节：“家人媳妇宋蕙莲穿着大红袄，借了条紫裙子穿着；西门庆看着不顺眼，开箱子找了一匹蓝绸与她做裙子。”应当承认，这样的细节是很容易被一般读者所忽略的，但它在张爱玲笔下，却凸现出色调对比与和谐的意义。这说明作家的阅读是何等的别具慧眼。对于张爱玲来说，《金瓶梅》早已因为反复阅读而烂熟于心，所以应用起来得心应手，已臻化境。

张爱玲非常看重《金瓶梅》的美学和文学含量，但却并不把它仅仅当作文学写作的摹本与借鉴，而是在此同时，以自由且自然的态度，于经意或不经意之间，深入发掘和评价着其多方面的文化价值。如她的《中国人的宗教》一文，在谈到中国文学每见的整体悲哀和细节欢悦时，笔锋一转，引入了这样的话：“因此《金瓶梅》《红楼梦》仔仔细细开出整桌的菜单，毫无倦意，不为什么，就因为喜欢。”虽然只是寥寥数语，但它把《金瓶梅》的某种场面和意趣，一下子拉入了中华民族从悲怨情结到乐感文化的精神长河，使其生出丰富的内涵与张力。

《“嗄？”？》是一篇讨论语言的随笔。它抓住《金瓶梅》里常见的“嗄饭”一词，在方言的范围内，进行语意、语音及其流变的考察，其结论虽然未必完全正确，但其过程还是增添了作品的文化承载，同时也有助于读者了解方言俗语。此外，作家在《海上花》译后记里，认为《金瓶梅》中仆人的有名无姓，可能是受胡人影响，因为“辽、金、元都是歧视汉人，当然不要汉人仆人用他们的姓氏”。这庶几亦可作为民俗史研究的一家之言。

同学者研读《金瓶梅》主要依靠学理分析有所不同，张爱玲的读“金”在很大程度上是借助心灵的悟性，换句更直接也更具体的话说，是借助一个作家面对文学作品所特有的敏感和直觉。这使得她对《金瓶梅》的判断，常常能够别具只眼，举重若轻。如《海上花》译后记写道：“《金瓶梅》采用《水浒传》的武松杀嫂故事，而延迟报复，把奸夫淫妇移植到一个多妻的家庭里，让他们多活了几年。这本来是个巧招，否则原有的六妻故事照当时的标准不成为故事。不幸作者一旦离开了他最熟悉的材料，再回到《水浒传》的构架里，就机械化起来。事实是西门庆一死就差多了，春梅、孟玉楼，就连潘金莲的个性都是与他相互激发行动才有戏剧有生命。所以不少人说过后部还不如前。”毫无疑问，这段表述十分精彩，质之以《金》书文本，亦可谓一矢中的，而内中起决定性作用的，正是作家建立在创作实践基础上的艺术直感。还有，作家在《红楼梦魇·自序》里也曾明言：“我本来一直想着，至少《金瓶梅》是完整的。也是八九年前才听见专研究中国小说的汉学家派屈克·韩南（Patrick Hanan）说第五十三回至五十七回是两个不相干的人写的。我非常震动。回想起来，也立刻记起当时看书的时候有那么一块灰色的一截，枯燥乏味而不大清楚——其实那就是驴唇不对马嘴的地方使人迷惑。游东京，送歌僮，送十五岁的歌女楚云，结果都没有戏，使人毫无印象，心里想‘怎么回事？这书怎么了？’正纳闷，另一回开始了，忽然眼前一亮，像钻出了隧道。”熟悉“金学”者，一般都知道韩南的说法，但在此之前，仅通过阅读就有所觉察者却不会太多，因为这当中一个可遇不可求的关键条件，就是艺术感官和审美直觉的高度发达。而张爱玲恰恰凭借这一点，发现了《金瓶梅》的异样。她的这种发现不仅为韩南的观点提供了旁证，而且等于向世人宣告：就文学研究而言，直觉有时比学理更可靠。

在中国文学史上，《金瓶梅》是伟大的，但又是有缺陷的，这种缺陷主要表现为那些少了节制而又缺乏美感的性描写。关于这点，一向深爱着《金瓶梅》的张爱玲，分明有着清醒的认识和自觉的把握。大约是囿于贵族式的文化教养，她读“金”书，保持着足够的心理距离，目光行进仿佛意识不到那些性描写的存在，更没有任何刺激的感觉。一旦立论需要，她并不回避对《金瓶梅》缺陷的批评。譬如，她的《论写作》在谈到当时文坛存在的一味迎合读者的现象时，就尖锐地指出：“大家愿意听些什么呢？越软性越好——换言之，越秽亵越好么？这是一个很普遍的错误观念。我们拿《红楼梦》与《金瓶梅》来打比吧。抛开二者的文学价值不讲——大众的取舍并不是完全基于文学价值的——何以《红楼梦》比较通俗得多，只听见有熟读《红楼梦》的，而不大有熟读《金瓶梅》的？……所以秽亵不秽亵这一层倒是不成问题的。”显然，如此客观辩证的审美态度，委实难能可贵，它迄今不失为看待某些名著的有益镜鉴。

当然，张爱玲读《金瓶梅》也有不足之处。其中比较突出的一点，是她因为观念的误区和政治的偏见，而基本放弃了从思想和社会层面解读作品，以致妨碍了她对“金”书的本质性把握。同时，她的某些见解和结论，似乎也有草率或武断之嫌，譬如，她说《金瓶梅》里不吃鹅，就明显不符合作品的实际。至于她把书中用一根柴火就能炖烂猪头的宋蕙莲，错说成潘金莲，似属偶然的记忆失误，这里就不再枝蔓了。

张爱玲与《醒世姻缘传》

在我的心目中，问世于清代初年，署名西周生的长篇小说《醒世姻缘传》(又名《醒世姻缘》，张爱玲习惯以此相称，因本文旨在探讨张氏与《醒世姻缘传》的关系，故以下对该书的称谓从张)，虽然拥有某些独特的优长，但就其整体水准而言，恐怕只能属于中国小说史上二三流之间的作品。回想若干年前，我忍着南方夏日的溽热，硬着头皮通读全书的近百万言，凭的是学术占有的贪婪，至于文学欣赏的愉悦却已在很大程度上逃之夭夭。正因为如此，当我后来在鲁迅写给钱玄同的信中，看到先生读《醒世姻缘》时那种“其为书也，至多至烦，难乎其终卷矣”，“不佞未尝终卷也”的告白，遂感到由衷的理解和彻底的认同。也正因为如此，我又觉得，当年徐志摩为亚东版《醒世姻缘》作序，称其为“我们五名内的一部大小说”，“是一幅大气磅礴一气到底的《长江万里图》”，不啻于结结实实地当了一把“书托”。

然而，就是这样一部在中国小说史上并非一流的长篇说部，却极大地吸引了张爱玲的阅读视线，成为她既熟悉又喜欢，并且给予了很高评价的一部作品。关于这点，我们从张爱玲自己的文字中，即可看到清晰的线索乃至明确的表述。譬如，1955 年 2 月，张爱玲给胡适写了一封长信，其中最后一段写道：“《醒世姻缘》和《海上花》一个写得浓，一个写得淡，但是同样是最好的写实的作品。我常常替它们不平，总觉得它们应当是世界名著……我一直有一个志愿，希望将来能把《海上花》和《醒世姻缘》译成英文。”如果说在以上信中，张爱玲是将《醒世姻缘》与《海上花》相提并论，从而披露了内心的某种文学情结，那么她写于 1968 年前后的《忆胡适之》一文，则将自己早年由阅读胡适小说考证文章而痴迷《醒世姻缘》的情况，做了单独的、也更为详细的说明：

> 《醒世姻缘》是我破例要了四块钱去买的。买回来看我弟弟拿着舍不得放手，我又忽然一慷慨，给他先看第一二本，自己从第三本看起，因为读了考证，大致已经有点知道了。好几年后，在港战中当防空员，驻扎在冯平山图书馆，发现有一部《醒世姻缘》，马上得其所哉，一连几天看得抬不起头来。房顶上装着高射炮，成为轰炸目标，一颗颗炸弹轰然落下来，越落越近。我只想着：至少等我看完了吧。

此后，张爱玲走上孤岛时期的文坛，且一度大红大紫，

《醒世姻缘》仍是她喜欢常读的作品，其喜爱的程度有时甚至超过了《海上花》。可以证明这点的是，在当年由《杂志》举办的女作家座谈会上，当张爱玲被问及喜读何书时，她列举了《醒世姻缘》而未提《海上花》。之所以如此，固然不能排除作家即席回答的疏漏，但她对《醒世姻缘》的高看一眼，依旧可见一斑。综合以上材料，我们或许可以断言：一部《醒世姻缘》曾经充当过青年乃至中年张爱玲心中的文学经典。

文学鉴赏能力一向高超的张爱玲，为什么会对艺术上并不十分高明的《醒世姻缘》情有独钟？这便涉及文学欣赏的一个重要问题和常见现象，而要厘清此中壸奥，则有必要借助西方的接受美学理论。按照该理论的说法，任何一个读者阅读任何一部文学作品，都不可能处于绝对被动、僵硬、封闭的状态，相反，它是一个相对主动、活跃、开放的过程。在这个过程中，读者先在和原存的知识、经验、意趣、偏好等，每每产生着积极、能动的作用，直至影响到对作品的接受与评价。说具体点就是，原本属于读者特有的知识、经验、意趣、偏好等，一旦同作品所承载的社会、人性和艺术内涵发生潜在的碰撞与对接，形成深层的契合与共鸣，那么，该读者对该作品的感受与评价就很可能偏离正常的尺度与轨道，而表现出特别的、格外的喜爱与激赏，即一种文学阅读上的“情人眼里出西施”。张爱玲对《醒世姻缘》的态度，庶几可作如是观。这当中包含的主客体之间的对接与共鸣至少体现在三个方面：

第一，没落贵族的家庭背景、父为“遗少”、母为“海归”

的文化反差，以及以上海为主，天津、香港为辅的成长与生活经历，把张爱玲打造成了既传统又现代的都会众生中的“这一个”，同时也培养了她浓郁、奇特、几乎无法摆脱的市民趣味。她热爱人间的世俗之美，留恋社会的时尚与华丽，欣赏庸凡人生的状态、情调和智慧，她明知自己的名字“恶俗不堪”，但却没有想过更改，因为它可以随时提醒自己不过是万千人群里的一个俗人。这一切反映到作家的题材向度和阅读喜好上，便形成了她对寻常世情、普通人生的高度专注，特别是形成了她对饮食男女、两性纠葛的锲而不舍和津津乐道。而《醒世姻缘》恰恰是一部描写明代社会世风、世情与人伦的小说。这部作品虽然搭建了一个荒诞不经的两世姻缘、果报轮回的故事框架，但其笔墨渲染的重点，却分明是透过晁源和作为其转世投生的狄希陈一家，来写封建大家庭里的纲常伦理，婚姻情态，夫妻恩怨，财势沉浮，以及由此广泛展开的社会场景。其中包含的世俗意味和民间气息，大抵可谓生机勃勃，细致入微，而人情物态、市井风光倒也显得穷形尽相，栩栩如生。在这种情况下，张爱玲心仪和嗜读该书，将其当成一种自觉或不自觉的情趣寄托与文化储备，实在是顺理成章，近乎必然的事情。

第二，张爱玲生长在一个十分压抑、极不和谐的家庭环境中。父亲的不负责任，吸鸦片、逛堂子、养姨太、挥霍遗产、坐吃山空，父母亲间的严重龃龉、激烈冲突直至最后离婚，继母的刻毒阴鸷和对非亲生子女的敌视虐待，与此相联系的从家族到社会的人情冷暖、世态炎凉，都使张爱玲过早地领略和体验了生活的黯淡与人性的险恶，进而衍生了她对人生苍凉和社会病态的高度敏感，并形成了她习惯用“苍凉”的目光和笔调，来打量病态世相、描摹诡谲命运的意识或潜意识，而一部《醒世姻缘》所提供的文学图像，正好暗合或者说呼应着作家的这种意识或潜意识。这部作品的观念层面尽管穿插着一些所谓“父慈子孝”“夫义妻贤”之类的封建说教，其某些局部甚至拉来了若干“乡贤”“清官”“义士”“节妇”等，以强化主体劝善惩恶的意图，但作为直观形象画卷的多妻制度下的官绅家庭生活，以及由此所辐射的封建制度下的明代官场，却早已是千疮百孔，病入膏肓，以致不断催生着种种痈疽、般般荒谬。而置身其中的人物形象，如晁源、珍哥、狄希陈、薛素姐、童寄姐们，则每每呈现出矛盾、畸形，甚至是疯狂和倒错的生态关系，从而酿成了家反宅乱的“恶姻缘”。借用该书《引起》里的话说便是：“或是巧拙不同，或是媸妍不一，或是做丈夫的憎嫌妻子，或是妻子凌虐丈夫，或是丈夫弃妻包妓，或是妻子背婿淫人；种种乖离，各难枚举。”显而易见，一部《醒世姻缘》在很大程度上是社会堕落、人性扭曲的逼真反映。因此，我们说，该书凭着特殊的人性承载与精神指向，满足并激活了张爱玲潜在的阅读兴趣和心理定式，进而获得了她超常的喜爱与称赏，似乎也并非郢书燕说，不着边际。

第三，特定的出身、阅历、教养和性情，孕育了张爱玲特有的艺术兴致与审美偏好。这一切反映到作家早期的小说和散文创作中，便酿成了其高度个性化的文学与文本取向：如对平凡生活中“传奇”因素的追求，即《传奇》卷首所谓“在传奇里面寻找普通人，在普通人里寻找传奇”；对语言感觉和阅读效果的注重，即《天才梦》所谓：“我学写文章，爱用色彩浓厚、音韵铿锵的字眼”；对参差之美和斑驳风格的崇尚，即《自己的文章》所谓：“我喜欢的参差对照写法，因为它是较近事实的”；以及对人物口吻的精确驾驭，对反讽和比喻的巧妙使用等。而所有这些偏偏又在不同程度上联系着《醒世姻缘》的艺术特点，如它平中见奇的情节设计、铺张艳俗的语言表达、鲜活泼辣的人物描写等。凡此种种印证着张爱玲所欣赏的《醒世姻缘》的“浓”，同时也告诉人们：在张爱玲最初的审美偏好和《醒世姻缘》的艺术特点之间，是不乏相通乃至相同之处的。换句话说，张爱玲早期的文学创作，明显接受了《醒世姻缘》的启迪和影响。有了这样的背景和前提，张爱玲看重和称赏《醒世姻缘》，便显得合情合理，全无疑窦。

毫无疑问，张爱玲是曾经喜爱和看重《醒世姻缘》的，甚至将其视为《红楼梦》《金瓶梅》式的文学经典，只是当我们细读和品味张爱玲作品以及相关资料时，却又能比较清晰地感觉到，她对《醒世姻缘》的这种喜欢和看重，似乎并没有持之以恒，终其一生，相反，倒是随着时光的推移而悄然经历着某种变更。这里，有一些蛛丝马迹显然耐人寻味：首先，如前所述，张爱玲曾向胡适明确表示要将《醒世姻缘》和《海上花》译成英文。而事实上，后来的张爱玲历时八年，译完了《海上花》，但却最终放弃了《醒世姻缘》的译事。作家做出这样的取舍当然会有多方面的原因，甚至不能排除难以明言的客观上的生计艰窘和主观上的力不从心，但这当中是否也包含着作家对《醒世姻缘》一书兴致的锐减乃至最终消失呢？其次，阅读张爱玲 20 世纪 70 年代以后的散文随笔，不难发现，其字里行间再没有一处提及《醒世姻缘》。发表于 1974 年的长篇散文《谈看书》和《谈看书后记》，说到许多国外作品，也涉及若干中国小说，但对《醒世姻缘》却是不赞一词，不留一字。即使在《红楼梦魇·自序》《国语本〈海上花〉译后记》这样一些多方面涉及中国古典小说的文字中，《醒世姻缘》也变得销声匿迹，全无踪影。这或许是作家在无意中提示我们，该书已经淡出了她的脑海与视野。最后，台湾作家水晶在 1971 年曾有幸做过张爱玲的详细采访，并写有采访记《夜访张爱玲》及《夜访张爱玲补遗》。在这两篇文章中，水晶记录了张爱玲所谈到的对自己产生过影响的一系列中国古代和现代的文学作品，如《红楼梦》《金瓶梅》《海上花》《歇浦潮》以及鲁迅、沈从文、老舍、钱锺书的小说，但她对早年时常挂在嘴边的《醒世姻缘》却只字未提。现场情况何以如此？比较靠谱儿的回答恐怕只能是，这时的张爱玲，已经不知不觉地失去了谈论《醒世姻缘》的兴趣。

如果以上分析和推论并无不妥，那么，一个接踵而来的问题便是，张爱玲为什么会改变对《醒世姻缘》的感情和态度？在这方面，作家不曾留下直接的解释与说明，这使得我们只能透过相关现象去揣测和把握。正如研究者所指出的，大致以20世纪50年代初离开大陆为界标，张爱玲文学作品的艺术趣味和创作风格都发生了显著的变化。这突出表现为，其内容由传奇走向质实，其文体由严谨走向随意，其语言由奇警走向朴素，其风格由张扬走向内敛，一句话，张爱玲的创作由“绚烂之极，归于平淡”。关于这些，我相信熟悉张爱玲后期作品的读者，无论观赏其小说散文，还是浏览其学术随笔，都不难有较深的认识和感悟。当然，究竟应当怎样看待和评价张爱玲的这种“创作转型”，学术界还可能见仁见智，还需要深入探究，但有一点却毋庸置疑：就文学观念和艺术追求而言，后期的张爱玲已经同《醒世姻缘》拉开了距离，甚至南辕北辙。“道不同，不相谋”——这庶几就是作家逐渐冷落和淡忘《醒世姻缘》的根本原因。

在结束本文时，我想摘引张爱玲《谈看书》里的一段文字：

> 小时候爱看《聊斋》，连学它的《夜雨秋灯录》等，都看过好几遍，包括《阅微草堂笔记》，尽管《阅微草堂》的冬烘头脑令人发指。多年不见之后，《聊斋》觉得比较纤巧单薄，不想再看，纯粹记录见闻的《阅微草堂》却看出许多好处来，里面典型十八世纪的道德观，也归之于社会学，本身也有兴趣。纪昀是太平盛世的高官显宦，自然没有《聊斋》的社会意识，有时候有意无意轻描淡写两句，反而收到含蓄的功效，更使异代的读者感到震动。

请注意，这段文字不仅从独特的阅读经验切入，讲述了作家所经历的审美意趣的变化，而且把这种变化具体到了有关《聊斋》一书前后不同的感受与评价上。要知道，中国小说史上的《聊斋》和《醒世姻缘》，原本不乏值得研究的“互文性”，更何况当年的胡适等人还曾言之凿凿地将《醒世姻缘》的著作权，断给了《聊斋》的作者蒲松龄。正因为如此，我们今天透过张爱玲对《聊斋》阅读的由“热”到“冷”，是否也能间接地领略到她在《醒世姻缘》上的态度变化呢？

张爱玲缘何情系《海上花》

由于主观和客观的多重缘故，大抵从20世纪60年代后期开始，张爱玲主要对两部中国古典小说进行研究，那就是曹雪芹的《红楼梦》和韩子云的《海上花列传》(又名《海上花》，张爱玲即惯用此名，因本文旨在发掘和梳理张爱玲与《海上花列传》的精神牵连，故以下对该书的称谓从张)。

对于张爱玲来说，《红楼梦》和《海上花》都是她爱读、熟读且从中获得了人生真味和艺术营养的作品。以《红楼梦》为例，作家早在八岁时就读了该书，以后每隔三四年读一次，直读得魂牵梦萦。她认为《红楼梦》和中国画、中国瓷器一样，是极好的国粹，具有“要一奉十”的魅力。她指出《红楼梦》“对小说的影响大到无法估计”，“它在中国的地位大概全世界没有任何小说可比”，《红楼梦》未完乃人生一大憾事。她坦言:《红楼梦》“在我是一切的源泉”，自己的创作“有时候套用《红楼》的句法，借一点时代的气氛”。正因为如此，作家在创作之余，情愿拿出大量的时间和精力，来考证和梳理

《红楼梦》的成书过程与原本风貌。正所谓“十年一觉迷考据，赢得红楼梦魇名”。与《红楼梦》相比，《海上花》的艺术成就和历史影响，无疑要小得多，它与前者远不是同一水平的文学作品。对此，张爱玲自然心知肚明，这使得她在谈论《海上花》时，一方面称其为“最好的写实的作品”，一方面又不得不承认，它有些地方是故意学《红楼梦》，但也只是学得“三分神似”。值得注意的是，即使如此，张爱玲对《海上花》仍然表现出了不亚于《红楼梦》的满腔热情和浓厚兴趣。按照作家自己的说法，她十三四岁第一次看《海上花》，“这些年来，前后不知看了多少遍，自己以为得到不少益处”。她向往《海上花》“平淡而近自然”（鲁迅对《海上花》的评价，后被胡适引用）的境界，并将此一境界设定为自己长篇创作的风格追求。她在写给胡适的信里一再称赞《海上花》的文学成就，表示自己将来愿意把该书译成英文。而事实上，她在晚年也确实为《海上花》的普及与传播，进行了锲而不舍的努力：花费十多年时间，不仅完成了该书的英译，而且针对它对白全用吴语，大量读者难以理解的情况，出版了其国语译注本，其中包含的巨大困难以及克服这些困难所需要付出的艰辛劳动，分明已经超过了作家的《红楼梦》研究与考证。

张爱玲何以要对《海上花》这样一部并非一流的古典小说心怀牵念，一往情深？我想，大凡熟悉张爱玲人生经历和创作情况者，都会依据作家笔下披露的若干线索以及相关事实，做出一些有理有据的勾勒。譬如，张爱玲最初知道《海上花》

是因为读了胡适考证该书的文章，她由衷喜欢《海上花》在很大程度上是受了胡适提倡该书的影响。而在胡适面前，张爱玲不仅怀有知遇之恩，而且自云是“如对神明”，因此，在她对《海上花》的喜爱与推崇里，便很自然地融入了对胡适的信任与景仰。而她后来围绕《海上花》所做的译注工作，更是明显包含着对已逝的胡适的追思与缅怀——尽管胡适并不赞成《海上花》的“官话”翻译。关于这点，我们读散文《忆胡适之》，不难有充分而深切的感受。再如，张爱玲一向喜欢《红楼梦》的细密真实，而《海上花》恰恰是沿着《红楼梦》的文学传统走下来的，而且把这种传统发展到了极致。在这种情况下，张爱玲钟情《海上花》，说到底是钟情从《红楼梦》到《海上花》所延续的中国古典小说曾有的重平实、反传奇的艺术传统。这当中由审美趣味所产生的欣赏与亲和作用，自然不容忽视。

然而，必须看到的是，张爱玲与《海上花》的情感牵连亦如海明威所说的文学“冰山”，它的一部分——如以上所谈——展露在水面之上，我们透过作家的传记材料，尤其是她作品的娓娓道来，就可以比较直观并相对清晰地加以把握；而另一部分则隐藏在水面之下——在很多时候和很多问题上，张爱玲似乎不愿意直接明了地表达自己的思想和感情，而是常常将这一切有意或无意地浸透于形象和语言的注此写彼之中，因而具有曲折隐晦、弦外生音的特点。她对《海上花》的态度恰恰可作如是观。因此，我们要想理清张爱玲和《海上花》的情感脉络，还必须进入作家的精神世界和心路历程，做一番小心翼翼的把脉和探照。

张爱玲 1920 年生于上海，1952 年离沪赴港后转美。在这三十二年的内地生活中，作家虽在童稚时短居天津和求学时逗留香港，但绝大部分时间是在上海度过的。于是，这座充斥着异域文明和商业文化的东方大都市特有的林林总总的人情物态和形形色色的世相面影，便通过日常生活的耳濡目染，潜移默化地进入了作家心灵，并最终构成了她终生依恋的精神故乡与文化根脉。反映到创作上，张爱玲的小说和散文，无论题旨、手法如何变换，上海都是一种背景、一种情调、一种氛围，一种永远或隐或显、或浓或淡的精神存在。有时故事的发生地点即使移至香港，也仍然是“试着用上海人的观点来察看香港”，即为上海人写香港传奇。这种根深蒂固而又无所不在的上海情结，无疑也会影响到作家的阅读趣味，使她无形中乐于透过文字镜像来欣赏和品味大上海，这时，以白描手法写活了清末上海的风情的《海上花》，便很自然地成为作家特别喜爱和推重的小说作品。如果说这种喜爱和推重在作家那里，最初只是一种源于文化根脉的审美偏好，那么，随着她的离开中国大陆漂泊海外，就越来越演变成其魂牵海上的精神管道，直至化为其上海情结的重要寄托。作家晚年写有题为《“嗄？”？》的随笔，其中联系《金瓶梅》《海上花》等小说用语，就吴语方言“嗄”字所做的考辨和玩味，足以传递出个中信息。明白了这一点，我们也就明白了张爱玲先前曾打算将《醒世姻缘》和《海上花》一起译成英文，但她后来的翻译工作为什么可以放弃《醒世姻缘》，却独独放不下《海上花》——要知道，她所从事的《海上花》的语言转换，又何尝不是她海上情愫的一种间接而持久的表达？张爱玲为国语本《海上花》加注，不像她所熟悉的金圣叹评《水浒传》那样，着重做人物的阐释和技巧的点拨，而偏要在生活细节的解说和语言意味的把玩上下功夫——这当中显然包含着作家对海上文化的眷恋与牵念。是否可以这样说，是张爱玲的上海情结在很大程度上决定了她对《海上花》的一往情深。

如众所知，问世于清光绪年间的《海上花》，是一部专写妓家生活的小说。当时，类似作品在海上文坛屡见不鲜，相比之下，《海上花》的独异和高超之处在于，它既无意于铺陈香艳和刺激感官，也不热衷于暴露黑暗和丑化人物，而是坚持将笔触深入特定环境之中，着力进行人性的开发与展示。关于这点，盛赞《海上花》的胡适和鲁迅并不曾深入探讨，倒是被张爱玲敏锐地捕捉到了。她后来在美国接受中国台湾作家水晶的采访时明确表示:《海上花》的主旨是描绘形形色色的妓女，并不仅限于暴露人性的黑暗面。而她的《国语本〈海上花〉译后记》等文，则以较多的笔墨阐述了该著的人性内涵，特别是阐述了其人性之中的两性之爱。作家分析道:"恋爱的定义之一，我想是夸张一个异性与其他一切异性的分别。"旧中国讲究男女授受不亲，婚姻靠父母之命，媒妁之言，这几乎杜绝了产生爱情的一切可能。"恋爱只能是早熟的表兄妹，一成年，就只有妓院这脏乱的角落里还许有机会。再就只有《聊斋》中的狐鬼的狂想曲了。”具体到《海上花》那个时代，“婊子无情”虽然仍有现实依据，但在租界的高等妓院（长三书寓之类）里，嫖客在这里宴客酬酢，妓女于此处烘托点缀，男女双方的或呼或应都具有相对宽松的选择自由和比较从容的时间跨度，所以风月天地无形中具有了西方社交场所的特点和氛围，逢场作戏也就平添了爱情的色彩与因子。于是，就有了陶玉甫和李漱芳的生死缠绵，王莲生和沈小红的爱恨情缘……在作家看来，人性与爱情几乎无所不在。有时它以健全合理的形态出现，有时则难免陷入扭曲和尴尬。新文学作家站在呼唤社会进步的立场上，大力肯定健全合理的人性与爱情，但却常常忽略了它更为复杂、多样和微妙的情境，《海上花》在这方面自有补苴罅漏的功效。应当指出的是，张爱玲之所以能在一部写妓女的小说中发现人性与爱情的存在，并加以详尽准确的阐发，这除了得益于她长期以来对女性心理和命运的特别关注与深入思考之外，恐怕还有一个连她自己都未必完全意识到的原因，即自身的情感挫折和内心伤痛使她反过来十分珍惜和向往人间真情，特别是珍惜和向往那些在原本无情处迸发出的真情火花，而《海上花》恰恰提供了这样一种情感载体。换句话说，正是《海上花》所承载的真切而丰富的人性与人情内涵，强化着张爱玲对该书的兴趣与好感，进而将其作为贯穿终生的精神旅伴。

林语堂的《红楼梦》情结

林语堂曾写过一副融合了自矜与自勉的对联:“两脚踏中西文化，一心评宇宙文章。”结合他毕生的写作经历和文学成就，应当承认，这副对联并没有太多的夸饰成分，而是大体上符合实际情况。作为美国哈佛大学的比较文学硕士和德国莱比锡大学的语言学博士，作为中国现代文学史上极为少见的双语作家，林语堂对西方文化的洞悉和稔熟自不待言；相比之下，由于早年一直就读教会学校，所以，他深入接触中国传统文化倒是明显晚了一些，但经过后来在文化和文学实践中的一番“恶补”与长期浸淫，竟也能含英咀华。在这方面，我们且不说他围绕孔、孟、老、庄，以及武则天、苏东坡所作的持续译介或生动描述，单就其随意品评古典小说的文字来看，亦不乏高妙精彩之论。譬如,《苏小妹无其人考》调动多方面的史料，鞭辟入里、去伪存真，说明冯梦龙《今古奇观》所记苏小妹“三难新郎”事，纯系小说家言，而非历史真实，便有助于人们懂得怎样看小说中的历史和历史类的小说。《刘铁云之讽刺》由刘鹗《老残游记》的楔子说开去，指出其中包含的中国国情与作者幽愤，亦启人心智和发人深思。而一篇《谈劳伦斯》，更是凭着对《金瓶梅》和《查太莱夫人的情人》两性描写的恰切对比与奇特分析，而在学术界和读书界广有影响，迄今仍被人们不时提及。

当然，在中国古典小说的界域里，最让林语堂由衷喜爱、倾心折服，进而上升为一种浓烈的生命情结和重要的文学资源的，还是一部《红楼梦》。关于这点，我们读林语堂的传记资料以及作家本人的一些作品，不难看到一条清晰的脉络。1916年，林语堂来到清华大学任英文教员。有感于以往教会学校对中文的忽略，他开始认真在中文上下功夫，而这时候，《红楼梦》就成了理想的教材。用作家在《八十自叙》里的话说就是："我看《红楼梦》，借此学北京话，因为《红楼梦》上的北京话还是无可比拟的杰作。袭人和晴雯说的语言之美，使多少想写白话的中国人感到脸上无光。"从那以后，《红楼梦》便成了林语堂常读常新的一部著作。而正是这种持续的读"红"，使林语堂不仅获得了语言和文化的营养，而且丰富了写作的材料和灵感。后来，他笔下的《中国人的家族理想》《论泥做的男人》《家庭和婚姻》《小说》等一些散文随笔，均与《红楼梦》保持着这样或那样的联系。随着对《红楼梦》的情感日深，林语堂萌生了将其译为英文的想法，然而又担心巨大的时空差异会影响西方读者的兴趣和理解，所以决定直接用英语创作一部《红楼梦》式的现代小说，于是，便有了完成于1938

年至 1939 年旅美期间的《京华烟云》。也许是因为写仿“红”小说尚不足以表达自己对《红楼梦》的酷爱和兴致，20 世纪五六十年代，林语堂干脆直接做起了红学研究，先是写出了六万多字的《平心论高鹗》，然后又有《论晴雯的头发》《再论晴雯的头发》《说高鹗手定的〈红楼梦〉稿》《论大闹红楼》等一系列文章专栏。1967 年到台湾定居后，林语堂对《红楼梦》的兴趣有增无减，他发表演讲、接受采访，《红楼梦》常常都是重要内容。这种对红学的沉迷似乎一直延续到林语堂的晚年，从其次女林太乙提供的资料看，在林语堂逝世的 1976 年，台湾的华冈书店仍然有林氏的中文著作《〈红楼梦〉人名索引》出版。

《京华烟云》是林语堂自觉借鉴甚至是直接参照《红楼梦》写成的长篇小说。这部洋洋洒洒七十万字的作品，剪裁自义和团运动到抗日战争这段历史作为背景，着重描写了古都北京三个富贵之家几代人的悲欢离合与风流云散。其中“重要人物约八九十，丫头亦十来个，大约以《红楼》人物拟之，木兰似湘云……莫愁似宝钗，红玉似黛玉，桂姐似凤姐而无凤姐之贪辣，迪人似薛蟠，珊瑚似李纨”。（林语堂《给郁达夫的信》）应当看到，《京华烟云》作为林语堂初试小说创作的结晶，是达到了较高的艺术层次的。它所拥有的开阔的社会视野、缜密的场景结构、生动的人物形象以及细腻而丰饶的文化意味，都显示着作家特有的匠心与才气；而贯注于人物命运之中的道家精神，又使作品升腾起一种形而上的东西，有了值得回味的空间。从这一意义上讲，包括赛珍珠在内的西方世界对《京华烟云》的一些称赞，并非完全不着边际的溢美。不过，倘若我们换一个角度，即把《京华烟云》同它全力趋骛的《红楼梦》相比，便可发现，前者之于后者仍然可用难望项背来形容。这不仅因为《京华烟云》留下了若干邯郸学步的痕迹，在整体上远不具备那种“传统的思想和写法都打破了”的风度与气魄；而且单就审美表达和艺术韵致而言，《京华烟云》亦缺乏《红楼梦》那样博大的浑一性和兴味无穷的感染力，从而暴露出作家在驾驭宏大的形象画卷时，仍旧有些力不从心。当然，出现这样的问题，译文质量的不尽理想，也是个重要因素。我曾想，在现代作家里中英文水准均属一流的郁达夫，当年如果能够兑现对林语堂的承诺，完成《京华烟云》的译事，那么，如今流行世间的该书，很可能会有更好的传播效果。

也许是受胡适的影响，林语堂的红学研究，走的是以考证为主的路子，而且把重心放在了《红楼梦》后四十回的作者、成书情形和文本评价上。坦率地说，林语堂做这样的学术选择，多少有一些兴趣至上的意思。因为围绕《红楼梦》后四十回的著作权及其艺术成败问题，自清代至今天的红学界，一向见仁见智，各有所持。而事实上，如果没有新的坚实的第一手材料做支撑，已有的种种说法充其量不过是既无法证实，亦难以证伪的一种推论和揣测，其学术价值不会太高。林氏的红学研究大抵可作如是观。他在《平心论高鹗》等文中所强调：《红楼梦》后四十回不可能是高鹗所续，而是他在曹雪芹残稿的基础上修补而成；高鹗的功劳和成就不在曹雪芹之下，而在他之上……此种说法固然可以开阔人们的思路，但是想作为学术定论，无疑还有许多工作要做。倒是在以上过程中，林语堂表现出的小说家特有的对艺术感觉和创作经验的注重，以及企图将这一切融入文学考证用于解决作者问题的努力，似乎有着方法论的启示。这庶几才是林氏对红学的真正的贡献。

张恨水与《水浒传》

作为20世纪中国文学史上通俗小说的巨匠，张恨水与中国古典小说的关系是特别密切的。我之所以这样断言，并非指由一百一十多部长篇作品、近三千万字构成的张恨水的小说世界，同中国古典小说之间存在着无法切割的文化血缘，是中国小说传统在新的历史条件下的赓续与嬗变；同时还有另外一层意思，那就是张恨水笔下的不少作品，都从特定的古典小说著作里，获得了或题材上、或意趣上、或构思和写法上的启示与滋养，从而呈现出文本意义上的取精用宏和推陈出新。譬如，以言情为经、以社会为纬的《春明外史》，就把《红楼梦》和《儒林外史》的相关元素嫁接到了一起，按照作家自己的说法，就是“用作《红楼梦》的办法，来作《儒林外史》”。洋洋洒洒九十余万言的《金粉世家》，则全面继承了《红楼梦》的精神与格局，难怪它甫一问世，就被研究者称之为“民国《红楼梦》”。而流传甚广的《啼笑因缘》，不仅若干描写足以让人联想到《好逑传》《儿女英雄传》《老残游记》，就是书名也自觉融进了同《醒世姻缘传》相映照和相区别的意思。至于《八十一梦》借鉴《西游记》和《镜花缘》的手法，来揭露“雾重庆”的社会丑态;《我是孙悟空》戏仿《西游记》的情节，表现对邪恶势力的斗争和反抗，更是多为文学史家所称赏。

需要特别指出的是，张恨水对《水浒传》情有独钟，从十四岁起，就反复阅读它、研究它，其熟悉和理解的程度足以写出《水浒地理正误》这样极为专业的文章。更重要的是，这种浸入骨髓的热爱和烂熟于心的把握，使得一部《水浒传》在作家那里，很自然地由研读对象转化为写作资源，从而直接催生了两部奇特的文学作品：艺术随笔《水浒人物论赞》和长篇小说《水浒新传》。

《水浒人物论赞》收文凡九十篇，其中论“天罡”者三十三篇（外二篇），论“地煞”者二十三篇，另有“外篇”三十二篇，专论王进、武大、郓哥、西门庆、潘金莲直至施耐庵、金圣叹等与《水浒传》相关的人物。这些文字陆续成稿于20世纪20年代末至40年代初，前后相距十多年。这期间，张恨水“对水浒观感，自不无出入处，但态度始终客观，并持正义感，则相信始终如一”。(《水浒人物论赞 · 凡例》) 正因为如此，他笔下的文章依旧个性昭彰，精妙屡见。首先，张氏谈《水浒传》人物，立足于社会学和伦理道德的角度，能够尽脱窠臼、独具只眼。譬如，他以王进作比来谈林冲，指出林冲在顶撞了高衙内之后，之所以不能像王进那样远走高飞，说到底还是因为丢不下眼前的晋升阶梯和安逸生活，其中包含的卑躬屈膝、认贼作父的教训，发人深省。他明言“以花荣之才，如燕顺王英等，纵有十百，不足值其一顾”，但最终却让燕顺王英们在眼皮底下成了气候，其根本原因就在于刘高的无德无能和花荣的“身自为计”，因此，“薰莸不同器，信然哉！”当然，在这方面，张氏也有鲁莽灭裂之处，譬如他对宋江的一再挞伐，全盘否定，就显得理念先行，分析不足，掺进了过多的个人好恶，以致有简单、绝对之嫌。其次，张氏分析《水浒传》人物，善于从小处着眼，从细节入手，每每以简驭繁，见微知著。不妨以《郓哥》篇为例：“郓哥以语激武大，其言甚巧，激之而为策画捉奸，其计亦甚周，至卒以送武大之命，则实非此黄口孺子所能料耳。盖光天化日之下，大庭广众之中，本夫而捉奸获双，固无不理直气壮可以取胜者。今西门庆悍然出头，踢伤本夫，街邻十目所视，无复敢问，实非人情。郓哥十余岁天真小儿，入世未深，彼焉得而知西门大官人乃非人情中之产物乎？”寥寥数语，就把捉奸一场的人情物理，以及那个社会特有的豪强气焰，揭示得酣畅淋漓，入木三分。此外，全书用生动畅达的文言写成，其遣词造句典雅、隽永，饶有趣味，这对于汉语言在经历白话文运动之后，如何扬弃修正，重新强化审美功能，自是一种积极有益的尝试。

《水浒新传》开始创作于 1940 年，当时，张恨水在大后方重庆，作品则以连载的方式发表于上海的《新闻报》。1941 年底，因太平洋战争爆发，上海沦陷，该书的写作和连载一度中断，至 1942 年夏天，全书六十八回方续写完毕。张恨水借水浒故事作小说，完全是出于鼓舞民族精神，配合抗日战争的目的。用作家自己的话说就是:“我要描写中国男儿在反侵略战争中奋勇抗战的英雄形象。这样对于上海读者，也许略有影响，并且可以逃避敌伪的麻烦。”(《水浒新传 · 自序》）从这样的目的出发，《水浒新传》上接七十回本《水浒传》的情节，着重写宋江率部投降海州知州张叔夜后，梁山英雄全力抗击金兵入侵的故事。其中董平雄州拒敌，壮烈牺牲；白胜、郁保四面对利诱，以死相拒；顾大嫂、时迁、杨雄隐身燕山，毒死金国元帅，最终宁死不屈；宋江、李逵顽强抗争，自杀殉国等章节，都堪称慷慨悲壮，读后令人荡气回肠。与此同时，作品以锋利泼辣的描写，无情鞭挞了胆小懦弱、卖国求荣的张邦昌、范琼之流，不少地方直接用“汉奸”一词，来斥责他们的投降主义行径，这可谓义愤填膺，力透纸背。难怪连史学大家陈寅恪在读罢《水浒新传》后，都要留下“梦华一录难重读，莫遣遗民说汴京”的诗句。在艺术表现上，一部《水浒新传》较之它接续的原书，亦有明显的特点。譬如，它删去了《水浒传》中那些带有封建迷信色彩的情节和因素，使书中人物更贴近现实生活；它革新了《水浒传》的叙事方式和审美意味；它在战争场面的再现上煞费苦心，既巧妙地照应着《水浒传》的风格，又融进了更为真实也更为合理的历史场景，为同类文字的进步提供了有效的借鉴。关于这些袁进先生曾有系统的评说，笔者不再赘述。

从小说这边看“三国”

翻检近代以来涉及“三国”话题的文史论著，有一种思路与方法屡见不鲜，几成定势。那就是：一些研究者和著作者喜欢或习惯从历史本位出发，依据陈著、裴注的《三国志》等史书所提供的材料，潜心考察和深入探究历史人物与事件的本来面貌，同时指出罗贯中《三国志通俗演义》（以下简称《三国演义》）文学书写的虚构与无根，进而有意或无意地实施着史学对文学，即历史真实对艺术真实的廓清与矫正。在这方面，从早年黎东方的《细说三国》、吕思勉的《三国史话》，到后来郭沫若的为曹操翻案、吴晗的为鲁肃正名，再到晚近金性尧的《三国谈心录》，可谓殊途同归，一脉相承。就连陈迩冬《闲话三分》、陈华胜《大江东去》、熊召政《风云三国志》、周泽雄《三国现代版》这类文学随笔，也都自觉或不自觉地包含了以史为宗，假“史”正“文”的话语趣味，以至使原本自由的文学言说具有了浓浓的历史色彩。

平心而论，对于《三国演义》这样一部“七实三虚”，影响深远的历史小说，现代学人、作家从史料出发，围绕一些重要的人物、事件乃至细节，下一番追根溯源、去伪存真的功夫，还是不无必要的。如众所知，由于中国历史早在其源头上就渗入了神话、传说、想象之类的元素，而国人传统的思维方式又是长于综合，拙于划分，所以亦文亦史、文史互渗，直至文史不分，以文为史，曾经构成了中国固有文化形态的一种特征，其潜移默化的影响似乎一直延续到今天。反映到古往今来的一些文史著作中，便常常是小说与史传、逸史与正史你中有我、我中有你地纠缠和混杂在一起，显得真伪莫辨，虚实难分。具体到《三国演义》一书，更是因为贯穿着作者“据正史，采小说……非史氏苍古之文，去瞽传诙谐之气，陈叙百年，赅括万事”（高儒《百川书志》）的创作追求，所以呈现出亦假亦真、亦虚亦实的艺术情境，常常使读者稍有不慎，就以假作真、以虚为实，从而产生史实的误读和史识的迷乱。正是有鉴于此，清代史学大家章学诚才主张：士大夫著述“须实则概从其实，虚则明著寓言，不可错杂如《三国》之淆人耳”。（《丙辰札记》）也正是在这一意义上，敏锐如鲁迅也将“容易招人误会”确指为《三国演义》的缺点之一，明言：该书“中间所叙的事情，有七分是实的，三分是虚的；惟其实多虚少，所以人们或不免并信虚者为真。如王渔洋是有名的诗人，也是学者，而他有一个诗的题目叫‘落凤坡吊庞士元’，这‘落凤坡’只有《三国演义》上有，别无根据，王渔洋却被它闹昏了”。（《中国小说的历史的变迁》）毫无疑问，针对文学叙事展开适当的、有重点的历史考证与史实说明，恰恰可以帮助读者有效地切近三国时代的固有情境和本来面貌，进而在浸入了虚构的文学语境中，获得相对准确的历史知识和比较科学的历史意识。

不过，话似乎还得说回来，一部《三国演义》无论是恪守着史料的依据，抑或是偏离了历史的真实，也无论这种恪守或偏离是三七开抑或四六开，甚至也不管这种真假参半、虚实交织的表达方式，在多大程度上造成了读者认识的模糊和知识的混乱——事实上，它还有广泛传播和大力普及历史知识的一面，用胡适的话说，“且三国一时代之史事最繁复，而此书能从容记之，使妇孺皆晓，亦是一种大才”（《再寄陈独秀答钱玄同》）——所有这些从作家罗贯中的角度看，都不是什么大不了的事情，也不是他应该过多考虑和斟酌的问题。这不仅因为《三国演义》作为一部历史小说，它的传播和接受效果，通常并不完全取决于作家的主观意图和相应的价值追求，而与读者文化素养的高低和知识储备的多寡密切相关；更重要的是，《三国演义》既然是历史小说，是文学作品，它的文本构成就只能遵循小说的规律，体现文学的特征，即使是注重和谋求历史的真实，也必须在接受其大致的框架调控与走向制约的同时，引入合理巧妙和大胆充分的艺术虚构，从而实现史诗对史实的超越和文学对史学的重构。否则，《三国演义》就从根本上失去了存在的价值。有了这样一个前提，我们对《三国演义》的阅读、研究和评价，自然也需要遵循小说把握的基本要领与不变原则，坚持文学欣赏的核心尺度和艺术基点。其中在引入必要的历史视角和维度时，则应当着重考察作品是否尊重宏观的历史大势与整体的时代氛围，是否从这种大势与氛围出发，通过合理成功的人物塑造、情节设计与环境点染，将沉睡已久的历史遗存转化为生动鲜活的文学形象，是否在这些审美化的历史形象中注入了属于作家自己的情感与倾向。在这方面，现代学人和作家的引经据典，以“史”正“文”，不过是一项外围性、背景性和辅助性的工作。它可以为人们阅读和欣赏《三国演义》，提供一种相对可靠的史料参照和史实投影，一种比较特殊的进入渠道和观察方式，但却无法取代这种阅读与欣赏本身；更不能上升为某种有形或无形的标准，居高临下地影响甚至左右我们臧否《三国演义》的优劣得失。如果那样，不仅一部《三国演义》的艺术品性和审美价值将无从谈起，而且整个历史文学创作，也会因为它面对史实与史料的刻舟求剑和胶柱鼓瑟，而变得特性模糊和面目不清。

不是吗？时至今日，诸多学者和作家经过细致深入的钩沉抉微，已将《三国演义》所存在的大量与史料相龃龉、相出入，而更多属于作家发挥与再造的内容摆在了读者面前，如“桃园结义”的子虚乌有，“草船借箭”的移花接木，“单刀赴会”的张冠李戴，“断桥退敌”的夸大其词，“空城计”的踵事增华，“华容道”的迁想妙得，以及孔明、周瑜的齿序颠倒，庞统、蒋干的改头换面，等等。讲明这些，对于我们欣赏《三国演义》和了解三国历史，当然有益。只是所有这些却都不能构成我们挑剔和责怪罗贯中的理由。因为大凡细读过《三国演义》者都不难意识到，以上这些逸出或改变了史实和史料之处，也恰恰是作家在创作中匠心独运、超拔高蹈之点，甚至可以说是整部作品的精华所在。不妨设想一下，一部《三国演义》假如少了这些历史之外的虚构与创造，少了这些作家自出机杼而又合情合理的生花妙笔，它还能不能留下那么多有形有神、活灵活现的人物形象？它还会不会具有今天这样惊心动魄、脍炙人口的阅读效果？甚至它还是不是一部合格的文学作品都要打个问号。

按说，阅读小说作品应当把握文学虚构的特点，遵循文学审美的规律，应当多从小说的角度看小说，这属于一般人都能了解和感知的常识，早已不需要我们做太多的理论普及。然而，《三国演义》作为经典化了的历史小说，在近百年来的传播和接受过程中，却偏偏出现了一些似是而非，有违常识的现象。这里所说的有违常识，不单单是指一些普通读者的以"文"为"史"，以"假"为"真"；同时，也是更重要的，还表现为一些学者、作家和艺术家在评价《三国演义》文学成就，尤其是改编三国题材的影视剧作品时——改编者的形象取舍其实也是一种评价——所暴露出的那种混淆史学与文学的界限，不惜以史学观点与思维来挤压乃至替代文学观点与思维的习惯性做法。这里，我们不妨撷取为曹操翻案和"拥刘反曹"这两个由来已久且影响深远的三国话题，联系一些影视剧作品的改编实践，来做些分析和讨论。

先来看为曹操翻案。

自从郭沫若于 1959 年提出曹操应该被尊为“民族英雄”，并为此而创作了赞美曹操的新编历史剧《蔡文姬》以后，不满于《三国演义》中曹操的奸雄形象，而竭力为其翻案的声音，以及体现着此种意愿的影视剧作品就不时出现。在这方面，剧作家梁信经过二十多年的构思酝酿，最终发表于 1983 年《芙蓉》杂志的电影文学剧本《赤壁之战》，和不久前在全国播出，由朱苏进编剧、高希希导演的长篇电视剧新版《三国》，堪称是煞费苦心的代表作。其中当年颇受好评的梁信的《赤壁之战》，宣称以《三国志》为“正史”，表示要按“正史”还三国人物以本来面目，其实际的着力点就是洗刷并重构曹操的形象，于是，它所展现的赤壁之战中的曹阿瞒基本不见了“奸”的“恶”的色彩，而变成了一个纯粹的雄才大略的政治家、战略家和文学家，一个真正的志在国家统一、“天下归心”的大英雄。同样主张摆脱《三国演义》影响的电视剧新版《三国》，亦在试图改写和重构文学史上已有的曹操形象，而这种改写和重构的基本取向，据说是要让历史上的曹操更趋于人性化和“常人”化，其具体的形象塑造和性格把握，则是着力强化其美德而尽量弱化其恶行；或者说是有意增加其“雄”的分量而有效减少其“奸”的色彩，总之，是在整体上为曹操“去妖魔化”，同时“取正面化”。如此这般的曹操形象，自然有其独立存在的价值和理由，但是，倘若从文学典型演变的视角看，特别是当我们拿他来和《三国演义》中的曹操加以比较时，其由观念错位所导致的审美失误则是昭然可见。

中国小说传播史告诉我们：在《三国演义》乃至整个古代史传小说搭建起的人物长廊中，曹操是一个血肉丰满、出类拔萃的存在。他所具有的某些性格特征，早已超越了文学欣赏的界域，而发展成为何其芳论《红楼梦》时所说的，那种现实生活中的人物“共名”。如此这般的接受效果之所以产生，一个很重要的原因就是，他作为古人笔下的艺术形象，竟然打破了当时流行的类型化的性格模式，而在很大程度上具备了后来福斯特《小说面面观》所强调的“圆型人物”的特征。说具体些就是，《三国演义》里的曹操，有“奸”的一面，也有“雄”的一面；有“丑”的一面，也有“美”的一面。而这种“奸”与“雄”和“丑”与“美”，并不是生硬的拼凑和机械的组合，它们常常是或“奸”中有“雄”，或“丑”中有“美”，从而很自然地成就了人物善恶兼具的立体感与美丑同在的艺术性。正如黑格尔《美学》里所说：“它一方面显出具备各种属性的整体性，而同时在这种丰富中它却仍是它本身，仍是一种完备的主体。”显而易见，这样写成的曹操是一个自足的系统，一个完整的世界，他有着“这一个”的精神结构与生命线索，也体现了艺术的法则和美的规律。唯其如此，后人对曹操的改写和重塑虽然可行，但却理应尊重人物内在的性格逻辑，特别是要谨慎稳妥地处理好人物身上那些相互依存、对立统一的复杂元素。只有这样，人物形象才能在“似亦不似”的路上愈发丰满与厚重，进而实现审美和认识价值的提升。一心为曹操翻案的

《赤壁之战》和新版《三国》的创作者，显然忽略了这一点，他们凭借重返历史的强烈冲动，对曹操做单向度的“隐恶扬善”和“激浊扬清”，竭力使其符合自己预设的历史真实，其结果是，历史的真实达到与否尚未可知，但固有的“圆型”人物形象遭到弱化和损伤，却已是不争的事实。我们看今天影视剧作品中的曹操，总觉得他多了一些俗世的平庸，而少了一些艺术的奇崛，以致丰富性欠缺和感染力不足，其根本原因庶几就在这里。

再来看所谓“拥刘反曹”。

如果说为曹操翻案，每每牵动和影响着三国人物的形象塑造，即三国题材的改编和创作实践，那么《三国演义》“拥刘反曹”的倾向，一向主要是学者们探讨研究的话题，并不曾过多地进入艺术家的视野，成为其灵感的诱因。然而，电视剧新版《三国》的主创者，却偏偏把这里当成了推陈出新的切入点。为此，他们精心设置的全剧基调，一改《三国演义》的“拥刘反曹”，而代之以全新的所谓“等观曹刘”。与此相呼应，全剧的叙事角度亦发生了不同于小说的微妙转换，其中很重要的一点就是，《三国演义》开卷之初浓墨重彩的“宴桃园豪杰三结义”，变成了转瞬即逝的过场戏，而先声夺人的起始场景则更替为“曹操刺董卓”。这样一番改动与调整，表面看来似乎只是审美倾向和趣味的更新，用朱苏进的话说：“三国里的三方都是英雄，我们只写戏，谁的戏好看谁就是主角。人物大于‘是非’，戏剧高于‘道德’。”但仔细揣摩即可发现，决定着这一切的真正的深层的幕后推手，恐怕仍然是以“史”正“文”的观念。其潜在的思路大抵是“等观曹刘”较之“拥刘反曹”，更具有立场的客观性，因此也更接近历史的真实。

毋庸讳言，这同样是一种顾此失彼的文史错位。如众所知，在金戈铁马的三国历史上，蜀汉和曹魏之间的对峙、杀伐与成败，究其实质不过是统治阶级内部的利益大调整与势力再划分，其中原本没有太多的是非善恶可言。然而，就是这个近乎“春秋无义战”的百年过程，在此后漫长的时光里，却凭着政治、历史、社会、道德等多重因缘，逐渐于民间的创作和舆情中，形成了以儒家观念为坐标的全新诠释与褒贬。如蜀汉是正统，曹魏是僭越；刘备是仁德的代表，曹操是暴虐的化身……所有这些，深深影响了后来从事《三国演义》“编次”与创撰的罗贯中、修订与评点的毛纶和毛宗岗。他们将“拥刘反曹”作为一种明确而稳定的价值取向，注入笔下塑造和展现的艺术形象，但是却又无力且无法改变历史早已铸就的蜀弱而魏强，蜀亡而魏（晋）存的客观事实；也就是说，“拥刘反曹”的倾向，决定了《三国演义》最终是以满载着赞美与同情的笔墨，讲述了蜀汉政权“无可奈何花落去”的过程与归宿。这时，一部《三国演义》，便生出把美好的事物和理想的境界毁灭给人看的强烈悲剧氛围。而事实证明，这种巨大的悲剧性恰恰是《三国演义》最重要的价值所含与魅力所在，是它最能够摇动心旌的地方。新版《三国》的主创者，大约没有意识到这一点，他们所主张的“等观曹刘”以及由此做出的相应的视角调整，或许不无重返乃至重写历史的意义。但是，倘若放到文学和小说身上，当作对《三国演义》的一种矫正和改写，却只能削弱甚至消解作品特有的巨大悲剧性，当然也包括这种悲剧性所隐含的丰沛的道德力量。这时的《三国演义》几近于弱肉强食的“狼图腾”，其文学的经典品格是免不了大打折扣的。

行文至此，或有人问，《三国演义》明明是文学创作，是小说文本，是历史进程的审美表现，它为什么总要遇到来自史学的挑剔、质疑与矫正？此中的原因或许有多个，但最重要和最根本的还要归结到中国人文传统中那种由来已久的重史轻文的意识与潜意识。也就是说，即使在文学已经大行于世的现代社会，那种认为史学高于文学，文学应当接受史学的匡正，向史学靠拢，甚至做史学附庸的观点，依然是一种潜移默化、屡见不鲜的存在，在这方面，一些卓越大家亦未能免俗。譬如，吕思勉先生就在著名的《三国史话·历史和文学》中写道：“充满了离奇变幻的情节，使人听了拍案惊奇，这是文学的趣味，但意义实在是浅薄的。因为文学是刺激感情的东西。要求感情满足，其势不能使人多用心。所以演义一类的书，所说的军谋和外交手段等，看似离奇变幻，神出鬼没，要是我们真肯用心，凭着事理想一想，就知道他所说的话，都极幼稚，只好骗小孩子罢了。”这是多么可怕的偏见与误解啊！但愿它不要成为当今学界和文苑的普遍认知。

说 评 点

2008年，文化艺术出版社推出了由著名评论家参与编写的长篇小说《〈白鹿原〉评点本》，引发了一些异议。在有的读者看来：中国古代的文学作品以文言写成，所以需要文人用评点的方式加以注释，而《白鹿原》是当代作家用白话写成的长篇小说，读者只要具备一定的文化程度就可以顺利阅读，何必再由他人从旁“说文解字”？古代文学的评点是在文学评论尚未成为独立学科之前所使用的批评方式，有明显的局限性，今天，文学评论高度发达，诸多问题都可以用论文的形式来表达，评点已失去了存在的意义，让其重出文坛，未免多此一举。坦率地说，在学理的层面上，这样的观点破绽多多，是经不起推敲的，而它们之所以言之凿凿、理直气壮，大概因为论者对中国传统的评点样式不熟悉、不了解，正所谓“以其昏昏，使人昭昭”。这种不熟悉和不了解，并非少数人的孤陋寡闻，而有着较大的广泛性和普遍性，所以，窃以为，有必要重新探讨并介绍一下中国古代小说的评点样式。

数年前，围绕冯其庸先生等评点金庸小说，文坛也发生过争论。当时，有知名学者在报刊上撰文，将小说评点的源头归之于唐宋诗话。此种断言也许不能算全错，但它至少包含了明显的以“流”作“源”的成分。因为追溯中国文学的历史可以发现，古典小说的评点样式实际上是从古代典籍的注疏——传注、笺注和义疏——传统发展而来的。而所谓注疏，用今天的话说，就是汉代以来的学人出于文化传承和学术光大的目的，而对历史上的儒家经典所做的随文式的阐释、考证、说明、校订和补充，简言之，就是对经典的注解。这方面的代表作庶几可举出《十三经注疏》所包括的孔颖达等所作的《尚书正义》，毛公传、郑玄笺、孔颖达等所作的《毛诗正义》，何晏等注、邢昺疏的《论语》，赵岐注、孙奭疏的《孟子》，等等。后来，随着文化的发展和著述的繁荣，这种原本仅属于儒家经典的注疏体例，开始向经典以外的著作做内容和形式的迁移，于是，便逐渐形成了古代文苑最常见和最重要的批评样式——附于作品正文的评点。通常来说，评点文字不仅要明出处、注读音、释含义，而且需要承载评点者的阅读感受和文章见解。在形式上则有眉批、夹批、总评、圈点等。应当承认，高明的评点文字大都具有释疑解惑的功能，所以，它一旦同优秀的评点对象相对接，便往往是珠联璧合，相得益彰，从而能够产生广泛而深远的社会影响。历史上裴松之注《三国志》，刘孝标注《世说新语》，朱熹的《楚辞集注》，茅坤的《唐宋八大家文钞》，王夫之的《古诗评选》《唐诗评选》《明诗评选》，金圣叹的《杜诗解》等，均可作如是观。值得一提的是，明清两代的文人，如《儒林外史》里的马二先生和匡超人之流，还将评点的方法移植于科举考试专用的八股文。由于此一方法就文论文，具体直观，优劣虚实，一目了然，所以很适合应试者的需要，自然也就成了当时十分流行的“升学考试指南”。

是何人在何时将评点样式最先引入了经史子集之外不登大雅之堂的通俗小说？对此，笔者一时不敢断言——明末许身昌《樗斋漫录》称宋人刘辰翁为小说评点的老祖宗，但刘辰翁评点的《世说新语》并非严格意义上的小说作品，更不是这里所说的通俗小说——相对可靠的表述应当是：至迟在李卓吾生活的明中叶，小说评点已经比较多见，李卓吾即是积极的倡导者和实践者，而明末清初的金圣叹则以他对《水浒传》的精彩评点，成为评点派小说批评的集大成者和优秀代表。此后，毛宗岗评点《三国演义》，张竹坡评点《金瓶梅》，脂砚斋评点《红楼梦》，天目山樵等评点《儒林外史》，无不是对这一传统的赓续和发扬。显然是基于通俗小说特有的文学内质，与之结伴而行的小说评点亦呈现出属于自己的鲜明个性，这突出表现在两个方面：

第一，与一般的经书和文章评点重在校勘、重在训诂、重在取精用宏和六经注我有所不同，面对通俗故事展开的小说评点，似乎没有太多的理由可以“掉书袋”，或者说它原本就没打算围绕小说谈经论典、“说文解字”，而是把主要精力放在了对小说意味的体会与捕捉上。为此，它更讲究一种灵感，一种悟性，一种融入了经验的见解与判断，一种文心与文心的沟通与碰撞。在小说评点家笔下，“评”固然是评议，而“点”则更多包含了“一语点破”的意思。从艺术血脉看，这分明连接着晚唐以降以禅说诗、以禅说文的风气，或者干脆说，小说评点家就是在司空图、严羽那里受到了启发，汲取了营养，进而形成和强化了自己的个性。正因为如此，一些出色的小说评点文字，犹如禅家的棒喝，往往给人茅塞顿开、醍醐灌顶的感觉。譬如，一般人读《水浒传》的开卷，多关心它的情节展开和人物命运，而金圣叹当头写下的一段“先写高俅，则是揭出乱自上作”的回前批，便把书中的“怨毒”之气发掘了出来，让人顿生历史的遐想。又如《红楼梦》第二十回，写爱说话的美女史湘云偏偏有咬舌头的毛病。这在粗心的读者看来，不过是添些热闹和情趣的闲笔，但脂砚斋却批道：“可笑近之野史中，满纸羞花闭月，莺啼燕语，殊不知真正美人方有一陋处，如太真之肥，飞燕之瘦，西子之病，若施于别个不美矣。”这信手写来的寥寥数语，实际上是向读者昭示了一个重要的美学原则，即西方美学理论所强调的“有缺陷的美”。再如《金瓶梅》第四十八回，写到巡按御史曾孝序欲查苗青被害一案，因曾公只是一个过场人物，所以这段文字很容易被读者匆匆掠过。而张竹坡却独具慧眼，别有领悟，他加批曰：“平插曾公一人，特为后文宋巡按对照，且见西门庆之恶，纯是太师之恶也。夫太师之下，何止百千万西门？而一西门之恶已如此，其一太师之恶为何如也！”于是，我们在作品的空白处看到了形象的深意。显然，诸如此类的评点文字呼应着文学的形象和感性特质，同时也体现了文学批评贵在发现与创造的规律。

第二，同经史子集的评点多注重语词典故的诠释和微言大义的阐发相区别，小说评点虽然并不完全忽略作品的内容，但相比之下，却更擅长从技巧和手法，即小说形式的层面切入文本，含英咀华，寻幽探胜。换句话说，它更习惯于从“怎么写”的角度，来探讨“写什么”的问题。于是，我们便充分领略了金圣叹、毛宗岗们津津乐道的一系列小说“读法”。诸如所谓“倒插法”“夹叙法”“弄引法”“正犯法”“略犯法”，以及“借水兴波”“横云断岭”“背面铺粉”“奇峰对插”“草蛇灰线”等。毋庸讳言，如此这般的名目，是包含了一些形式主义和趣味性的东西的。正因为如此，鲁迅先生才在《谈金圣叹》一文中指出：小说“经他（指金圣叹——引者注）一批……布局行文，也都被硬拖到八股的作法上”。然而，我们也应当看到，小说毕竟是一种形式感较强的文学样式，小说的形式元素终究是小说的本质标识，因此，小说评点家立足于形式元素构建自己的小说美学，并没有什么根本的不妥，更何况他们的小说读法在留下一些八股气的同时，也还是在很大的程度上提炼了小说创作的经验，归纳了审美叙事的要领。事实上，我们今天欣赏和论述中国古典小说的艺术成就，如《水浒传》人物的“相准而立”，《三国演义》情节的疏密相间，《金瓶梅》对话的极尽性情，《红楼梦》结构的浑然天成等，都自觉或不自觉地借鉴和吸收了小说评点家当年的成果。完全可以这样说，在构建民族的小说叙事的体系和范式方面，小说评点家筚路蓝缕、功不可没。

由上所述，不难看出，作为中国古代传统的文学批评样式，小说评点自有其明显的优势和独特的优长——它的思理入妙，要言不烦；它的有的放矢，不尚空谈；它的狮子搏兔，微中见著；它的灵活多样，伸缩自如；它的直面读者，立竿见影；都是今天建立在西方逻各斯体系之上的长篇专论所无法替代的。因此，那种以简单机械的进化论观点来看待文学批评样式，认为有了成熟发达的现代文学评论，就不再需要小说评点的说法是站不住脚的。相反，当代文学评论如果能够自觉吸收和借助小说评点的某些优长，倒可以扬长避短，成就另一种气象。

“相准而立”各有神

——《水浒传》谈艺录

明末清初的小说评点大家金圣叹，在《水浒传》第四回的回首总评里，曾就书中鲁达和武松这两个人物的形象塑造，写下了这样的文字：

> 鲁达、武松两传，作者意中却欲遥遥相对，故其叙事亦多仿佛相准。如鲁达救许多妇女，武松杀许多妇女；鲁达酒醉打金刚，武松酒醉打大虫；鲁达打死镇关西，武松杀死西门庆；鲁达瓦官寺前试禅杖，武松蜈蚣岭上试戒刀；鲁达打周通，越醉越有本事，武松打蒋门神，亦越醉越有本事；鲁达桃花山上，踏匾酒器，揣了滚下山去，武松鸳鸯楼上，踏匾酒器，揣了跳下城去。皆是相准而立，读者不可不知。

这段评点文字明确告诉读者：《水浒传》作者在塑造鲁达、武松这两个人物形象时，寄予了一种“遥遥相对”即对应而设的艺术构思；运用了一种“相准而立”即对比映衬的表现手法。此处，金圣叹为说明自己的观点而列举的一系列情节和细节，虽有一些生拉硬扯、牵强附会之处，但他的观点本身，还是大致符合作品中鲁、武二人的形象实际的。

在一部《水浒传》中，鲁达和武松确实是作者通过对应和比较而浓墨重彩、呼之欲出的人物形象。他们身上有许多元素均可谓“仿佛相准”，大致相类。首先，鲁、武二人有着“仿佛相准”的出身经历。其中前者无家无业，寄身军旅，大致来自劳动阶层；后者闲散流荡，浪迹萍踪，属于穷家子弟。前者从戎多年，出生入死，靠战功突出当过经略府提辖；后者路遇猛虎，忘死拼搏，凭艺高胆大出任阳谷县都头。前者因逃官司当了和尚，后者为躲追捕做了行者。前者先占二龙山扯旗造反，后者旋入宝珠寺共聚大义。投奔梁山泊后，他们并肩杀富济贫，替天行道；共同抵制朝廷，反对招安。待征讨方腊，一个坐化钱塘江，一个归隐六和寺。其次，鲁、武二人有着“仿佛相准”的行为举动。其中前者路见不平、拔刀相助，为救金老父女而怒打镇关西；后者抑强扶弱，好抱不平，为助施恩父子而大闹快活林。前者火烧瓦罐寺，除掉了无恶不作的生铁佛崔道成和飞天夜叉丘小乙；后者夜战蜈蚣岭，杀死了恶贯满盈的飞天蜈蚣王道人。前者在大相国寺里倒拔垂杨柳，使众泼皮拜倒称奇；后者在安平寨牢城中轻举大石墩，令众囚徒一起喝彩。再次，鲁、武二人有着“仿佛相准”的武艺本领。其中前者武功超群，勇冠三军，身经百战而所向披靡；后者一身是胆，身手不凡，每遇强敌而无往不胜。前者臂力惊人，打死镇关西只用了三拳；后者身怀绝技，踢倒蒋门神仅用了两脚……最后，也是最重要的，鲁、武二人有着“仿佛相准”的神情气质。其中前者粗中有细，勇中有智。因其“粗”和“勇”，所以能大闹五台山、拳打小霸王、火烧瓦罐寺、独身闯华州。因其“细”和“智”，所以能渭州巧脱身、野猪林救友。后者亦粗细相兼，智勇相济。他明知冈有虎，偏向冈上行，这不能说不勇，但真正与猛虎搏斗时，他又很讲究策略和方法，这又不可谓不智；他对蒋门神的武功全无了解即前往交手，这不能说不粗，然而一旦与蒋氏对阵，他又采取了以假醉迷惑对手、以佯败麻痹对手、以绝技制伏对手等一整套克敌制胜的战术，这又不可谓不细。前者铁骨铮铮，疾恶如仇，对敌人从不示弱，即使站立公堂依然大义凛然，痛骂赃官；后者刚强坚硬，宁折不弯，对邪恶素不屈服，纵然身陷囹圄还是“文来文对，武来武对”。

正是这些在出身经历、行为举动、武艺本领、神情气质诸方面的“仿佛相准”之处，决定了鲁、武二人于梁山群雄中有如双峰对峙、两水分流，足以彼此映照、相互增辉，从而给人以显明的均衡与对称之美。

然而，作为叙事性文学样式的小说作品，从来是以塑造独具性灵、各有风采的人物形象为最高境界的。此种艺术境界要求包括“相准而立”在内的一切表现手法的运用，都必须为塑造个性化的人物形象服务，都必须以凸显活生生的“这一个”为旨归。《水浒传》的作者显然明白这一点，他在设计和描绘鲁达与武松的“相准而立”时，便没有停留在为“相准”而“相准”的形式均衡与对称上，而是通过“遥遥相对”的构思，将鲁、武二人有意识地加以对比和映衬，就中显现他们的同中之异和类中之别，努力使他们成为“相准”而不“相同”，“相对”而不“相类”的个性化人物。应当承认，作家的这种艺术追求是取得了明显成功的。数百年来，《水浒传》中的鲁达和武松仿佛东泰西华，各显风姿；有如黄河长江，各具灵韵。读者既无法将他们相互混淆，更难以让他们彼此取代，而始终感到他们“定是两个人，定不是一个人”（金本《水浒传》第二回批）。关于这一点，明代的李卓吾有评点文字曰：“《水浒传》文字绝妙千古，全在同而不同处有辨。如鲁智深……武松……都是急性的。渠形容刻画来，各有派头，各有光景，各有家数，各有身份，一毫不差，半些不混，读去自有分辨，不必见其姓名，一睹事实就知某人某人也。”（容本《水浒传》第三回批）显然，这不是溢美之词。

那么，一部《水浒传》是怎样在“仿佛相准”的艺术描写中，塑造了鲁达和武松这两个各有神韵的人物形象呢？从全书的有关描写来看，作家主要采取了以下手法。

一、以不同的阶段经历来区分相似的生平经历。在实际生活中，两个人的生活经历有可能大致相同，不过，这只是就整体而言，如果具体到某一特定阶段，他们的经历就可能有所不同甚至完全不同。因此，以生活真实为创作基础的文学作品，在塑造具有相似经历的人物形象时，若能选择对其性格展现具有重要意义的阶段经历加以重点描绘，那么就可以有效显现他们不尽相同的经历特点，从而为再现个性鲜明的人物形象创造有利条件。《水浒传》作者大抵是深谙其道的，他区分和描绘鲁达、武松的经历特点，恰恰运用了这种方法。在他笔下，鲁、武二人的平生经历虽有较为全面的交代，但其浓墨重彩之处，即所谓“鲁七回”“武十回”，却主要展示了他们被逼上梁山的阶段经历。而在这一阶段经历中，鲁、武二人的情况明显不同。其中鲁达是长期戎马生涯，只因打死强人而避祸空门，但仍以僧人的身份行侠仗义，最终在无法见容于官府的情况下上山落草；武松则一向浪迹江湖，凭打虎的名声有机会跻身衙门，不久，为替兄报仇而涉命案，陷牢城，脱身后不得不投奔山寨。如此不同的阶段经历，不仅使鲁达、武松具备了各自不同的故事形态，而且很自然地映现出他们的性格差异。同样都是勇猛粗犷，鲁达身上更多包含了豪爽、果敢、一往无前，是一种侠士的气概；而武松身上则更多体现着机警、狠辣、忘我复仇，是一种绿林的风范。这时，我们或许可以说一句：经历也是性格。

二、以不同的细节行动来区分相似的情节行动。在文学作品中，情节行动指的是人物“做什么”，细节行动指的是人物“怎样做”。由于“一个人的性格不仅表现在他做什么，而且表现在他怎样做”（恩格斯语），所以，作家在塑造具有相同情节行动的人物形象时，如果写出他们富有个性的细节行动，即可有效地凸显其各自的性格和形象特征。《水浒传》作者显然明白此种奥妙，并将其成功地注入了鲁达和武松的形象描绘。你看，书中的鲁达和武松均有一系列“禅杖打开危险路，戒刀杀尽不平人”的情节行动，但构成他们类似情节行动的细节行动并不相同。鲁达的所作所为都是主动的、利他的，无论拳打镇关西、大闹桃花村，抑或野猪林救友、援助桃花山，其目的都只是为了惩恶扬善、扶危济困，为了发扬江湖义气和铲除世间不平。而武松的所作所为则带有一些个人主义的色彩：他斗杀西门庆，在客观上固然是为民除害，但就其主观动机来说，却只是为兄报仇；他醉打蒋门神，当然有扶弱抑强，主持公道的因素，但同时也包含了报恩和扬名的初衷。又如，鲁达的一系列行为讲究策略、注意分寸，在任何情况下都只是严惩坏人，而很少连累无辜。他痛打镇关西，不曾伤及肉店的伙计，他拳打小霸王，也没有赶杀其手下的喽啰。武松某些时候则心狠手辣、穷追猛打，难免不分青红皂白。快活林打蒋门神，连带上了蒋家娘子和众酒保；鸳鸯楼上报仇，他不但杀了张督监、张团练和蒋门神，而且让十几位用人和丫鬟统统成了刀下冤鬼。还有，鲁达和武松都曾反对招安，但他们这么做的理由却不相同。鲁达反对招安是鉴于“只今满朝文武，俱是奸邪，蒙蔽圣聪，就比俺的直裰染做皂了，洗杀怎得干净。招安不济事”。显然，他觉察到了当时朝政的腐朽黑暗，已不可救药。武松反对招安则只是因为这会“冷了弟兄们的心”。这与其说是认清了朝政的黑暗，还不如说是留恋着山寨自由自在、无拘无束的生活。总之，是迥然不同的“怎么做”，最终把鲁、武二人的性格区别了开来。

三、以不同的用武特点来区分相似的武艺本领。古往今来的武林人物中，其武艺水平难分高下者屡见不鲜，但其用武方式完全相同者却寥若晨星。这是因为武艺水平多系后天努力的结果，而用武特点却是内在气质的外化。习武者凭借同样刻苦的后天努力，有可能在武艺水平上旗鼓相当，但是却无法让更多来自天赋的精神气质因此而全然相同。这一点启迪了古今中外的武侠小说家，其中应该包括《水浒传》的作者，因为他笔下的鲁达和武松正是这般的同中有异。请看书中所写：鲁达先后与九纹龙史进、青面兽杨志、双鞭将呼延灼交过手，那一招一式之中，往往是勇猛里包含着洒脱。武松大闹飞云浦、血溅鸳鸯楼、夜战蜈蚣岭，那拳脚和戒刀更多是强悍里透显着凶狠。鲁达拳打镇关西，醉打小霸王，倒拔垂杨柳，均有一股豪爽气。正如金圣叹妙笔所云：“写鲁达阔绰，打人亦打得阔绰。”（金本第二回批）武松打虎景阳冈，斗杀西门庆，醉打蒋门神，总有一种机警。亦如金氏慧眼所识：“看他打虎有打虎法，杀嫂有杀嫂法，杀西门庆有杀西门庆法，打蒋门神有打蒋门神法，胸中有许多解数。”（金本第二十八回批）就这样，鲁、武二人以各自不同的用武特点，区别了彼此同样高超的武艺本领，同时也传递出自己性情气质上的差异。

四、以不同的性情特点来区分相似的性情表现。大千世界中，人的神情气质总是千差万别的。有时即使外在表现颇为相似，但蕴含其中的性情特点仍然相异。这种生活的真实为小说家的艺术创作提供了灵感契机和用武之地，于是，他们在塑造性情表现相似的人物时，总是着力突出其相异的性情特点，以求凸显笔下人物共同性中的个别性，普遍性中的特殊性。《水浒传》作者写鲁达和武松亦复如此。鲁达和武松乍一看来，性情都有些粗鲁，但仔细分辨即可发现：鲁达的粗鲁是性情暴烈、心急如火，他一听到有人欺辱林冲娘子，就马上赶来厮打；一听到史进陷在狱中，就立即前往救人，从不考虑自己安危，后果如何。武松的粗鲁往往是任性而为、无所顾忌，他为了不使酒家取笑自己，情愿冒着遇虎的危险而独过景阳冈；为了索取下酒的肉食，一饱口福，他竟然在孔家庄前的酒店里打孔亮，全不顾强龙不压地头蛇。金圣叹云："《水浒传》只是写人粗鲁处，便有许多写法，如鲁达粗鲁是性急……武松粗鲁是豪杰不受羁勒。"（《读第五才子书法》）又如，在一定意义上说，鲁、武二人都具备勇中有智的性情现象，但其中的性情特征仍然判然有别。鲁达的"智"较多地表现为头脑清醒、目光敏锐，每遇大事不糊涂，如打死镇关西后，他马上意识到这会吃官司、坐班房，于是三十六计走为上，巧妙地避开了官府的追捕。武松的"智"则主要体现在复杂环境的巧妙行事和紧要关头的机警灵活上，这从打虎、杀嫂、醉打蒋门神、大闹飞云浦等事件中，可以清楚地看出来。还有，鲁、武二人的性情中都有疾恶如仇、不畏权贵的一面，只是表现起来终究不同。鲁达无论何时何地都是顶天立地、刚正不阿，而武松却有浓重的报恩思想，以致常常在软刀子面前败下阵来。应当承认，诸如此类意在特性的描写，最终让鲁达和武松各有风采。

总之，一部《水浒传》运用对比映衬的构思，塑造了“遥遥相对”“相准而立”的鲁达与武松，同时又调动同中求异的技法，突出其特点，强化其个性，让他们于“同而不同处有辨”，这是古代作家对生活和艺术辩证法的准确把握和大胆运用，也是他们对艺术创作的创新与发展，其中的成功经验，迄今值得我们重视和借鉴。

既是文脉赓续，更是遗产增殖

——茅盾与中国古典小说

一

伴随着社会审美思潮的淘洗与衍变，现代文学巨匠茅盾正越来越呈显出其固有的恢弘、厚重与崇高。对于茅盾的精神世界和文学成就，学术界和评论界已有过深入发掘与精彩阐释，只是在拾遗补缺的意义上，似乎还有一个维度值的用心留意，这就是细致梳理茅盾与中国古典小说的关系。而厘清这一关系，不仅有助于人们通过富有历史纵深感的审视与观察，更加充分地领略和认识茅盾思想、创作与理论的重要价值；而且可以凭借茅盾对中国古典小说的借鉴与扬弃，很自然地形成一种熔古铸今的艺术对话，从而展现中国现代作家既注重文脉赓续，又推动遗产增殖的精神向度与生动场景。

少年茅盾较早地接触到中国古典小说。在《我的小学时代》一文里，茅盾写道："我家屋后的堆破烂东西的平屋里，有不知属于哪一位叔祖父的一板箱旧小说——当时称为'闲书’——都是印刷极坏的木板书……木板的‘闲书’中就有《西游记》。因为早就听母亲讲过《西游记》中间的片断的故事，这书名是熟悉的。可惜是烂木板，有些地方连行款都模糊成一片黑暗，但也拣可看的看下去。不久，父亲也知道我在偷看‘闲书’了，他说：‘看看闲书，也可以把文理看通。’就叫母亲把一部石印的《后西游记》给我看去。”茅盾夫人孔德沚的弟媳金韵琴，也留有茅盾酷爱中国古典小说的印象：上小学时，茅盾最盼望暑假到来，因为可以随母亲到表舅家去看他心爱的《三国演义》《水浒传》之类的“闲书”。大人害怕孩子们光看“闲书”荒废了学业，便把这类书藏到隐蔽的角落。“可是表舅的大儿子蕴玉和茅盾的年龄相仿，也喜欢看旧小说，早就发现了这个‘宝藏’。表兄弟商量好吃罢晚饭，躺在床上假装睡觉，等表舅鸦片烟抽足，兴致勃勃地跟他母亲等闲谈时，就偷偷地溜到藏书处，在煤油灯下加快速度，大看特看……往往从晚上九时看到十一二时，夜深了才歇手。茅盾眼睛不好，就是在那时看坏的。”（《茅盾晚年谈话录·茅盾的童年》）

大抵从那时起，茅盾就与中国古典小说结下了不解之缘。此后，茅盾相继在湖州、嘉兴和杭州上中学，接下来考入北京大学预科班，直到进入商务印书馆开始职业生涯，中国古典小说一向是他重要的阅读和研究对象之一。这期间，茅盾读过的古典小说林林总总，仅他在日后文章和论著中多有涉及的就可以列出一个长长的书单。其中除了《红楼梦》《三国演义》《水浒传》《西游记》《儒林外史》等经典名著之外，还有如《金瓶梅》、《聊斋志异》、“三言”、“二拍”、《东周列国志》、《后西游记》、《七侠五义》、《封神演义》等中国小说史上具有突出特点和特殊价值的作品，甚至包括《野叟曝言》《海上花列传》等冷僻小众之作，以及为数甚多的文言笔记乃至清末民初的“鸳蝴派”作品。由此可见，茅盾对中国古典小说的了解相当丰沛，正如他自己所说：“……中国旧的小说，我几乎全读过（包括一些弹词）。这是在十五六岁以前读的（大部分），有些难得的书（如《金瓶梅》等）则是在大学读书时读到的。”（《我阅读的中外文学作品》）

少年茅盾喜爱中国古典小说，更多是好奇驱使，兴趣使然，但随着时光推移和视野扩展，特别是当他把一生的理想与志业托付给文学和学术之后，这种好奇和兴趣便上升为经过了审美估衡的理性选择。在茅盾心目中，现代文学的发展与进步需要异域经验的启示和助力——为此，他译介了大量的外国进步作家与优秀文学论著——但同时更离不开本土文学遗产的滋养与传承，而古典小说正是本土遗产的有机构成。沿着这样的思路，茅盾把古典小说视为重要的文学富矿和文化资源，坚持将其融入相关的文学实践，以求古为今用，推陈出新，于是在茅盾笔下，古典小说的精神意脉幻化为两种形态和两种价值：第一，它构成茅盾文学批评和学术研究的重要对象。经过别具只眼的清点、辨识和阐发，它的文学遗产的质地得到进一步打磨，当然，其中掺杂的某些缺失也被正视和剔出。第二，作为文化积淀和历史馈赠，它很自然地浸透到茅盾相关的研究、批评乃至创作之中，或提供审美参照，或深化主题表达，或推助题材拓展，或玉成观点演绎，最终为其文学世界平添了别一种丰赡与缤纷，使其愈发风标独立，气象卓然。

二

茅盾是著名作家、文论家、翻译家和编辑家，同时还是颇有成就的中国古典文学研究者。在古典文学研究领域，茅盾选注《庄子》《淮南子》《楚辞》，探究神话和寓言，考释历史和历史剧，赏评诗词曲赋与典故，都产生过广泛影响。对于中国古典小说，茅盾同样给予了持久关注、潜心考察和深入阐发，也同样留下了重要的研究成果。

据友人回忆，茅盾对《红楼梦》极为稔熟，甚至能够背诵。当年供职开明书店的钱君匋，曾讲过一件事：1926 年的一天，与茅盾同系浙江籍文人，因而相知甚深的开明书店老板张锡琛，告诉他和郑振铎，茅盾可以背诵《红楼梦》。当时，郑振铎表示不信，为此，张与郑在开明书店搞了一次酒叙，请茅盾、徐调孚、钱君匋、夏丏尊、周予同等人参加，酒兴正浓时，郑振铎点出《红楼梦》的回目，请茅盾背诵，结果茅盾竟滔滔不绝，大致不错地背了出来，这让在场的众人既十分惊讶，又由衷钦佩。（见《书衣集》）

茅盾对《红楼梦》的稔熟以挚爱为前提，或者说茅盾能够将《红楼梦》烂熟于心，正是以往爱不释手的结果。这种形成于青少年时期的记忆与情感，几乎与茅盾的生命同行，在接下来漫长的时间里，肩负多重社会身份和文化使命的茅盾，固然无缘成为心无旁骛的红学家，但始终关注红学研究，参与红学讨论，推动红学发展进程。

1934 年，张锡琛基于开明书店成功出版中小学“国语读本”的经验，诚邀茅盾为之“叙订”面向青少年的节本《红楼梦》。考虑到文学经典亦需推广与普及，正在上海忙于创作的茅盾，欣然接受了这一邀约，并为此颇费了一番心力：首先，茅盾为节本《红楼梦》撰写了提纲挈领、言简意赅的“导言”。不仅依次介绍了《红楼梦》的书名、作者、版本、续书、命意和创新，而且由老友陈独秀评论《红楼梦》的文字说开去，直接表明了自己“叙订”《红楼梦》的基本原则和终极目的，从而先声夺人，令“节本”的风貌呼之欲出。在此基础上，茅盾从自己阅读《红楼梦》的感受和认知出发，对全书进行了既小心翼翼，又果断利落的删减和重订，着力彰显了两种要素和相应价值：一是在保持作品基本构架的前提下，去除一些虚幻和卖弄成分，突出和强化作品的写实品格与社会意义。二是把作品的精彩叙事和生动情节尽量留存下来，从文学创作角度着眼，努力为中学生写作提供技巧手法层面的借鉴和启示。

事实证明，茅盾的节本《红楼梦》是一次成功的尝试。该书自 1935 年 7 月正式出版，到 1948 年 10 月已印至第四版。新中国成立后，20 世纪 70 年代的香港伟青书店，80 年代以降大陆的宝文堂书店、中国青年出版社、安徽教育出版社等，相继一再印行该书，其总发行量想来是一个不小的数字。节本《红楼梦》使许多青少年在心智快速成长的年龄段，及时领略到文学经典的魅力，委实功德无量。

1963 年，文化部等四单位，联合举办“曹雪芹逝世二百周年纪念展览会”。时任文化部长的茅盾出于社会和学术双重责任，在《文艺报》发表《关于曹雪芹》一文。该文今天读来或许尚可斟酌，但当年却堪称独步一时：

第一，红学领域一向派别并立，异说纷纭，茅盾文章统观全局，作俯瞰分析，却没有简单绝对的扬此抑彼，而是在明确基本评价的前提下，尽可能地提出一些具有辩证色彩和建设意味的看法。譬如，对于索隐派红学，茅盾一方面指出其唯心主义和形而上学的本质，另一方面也承认该学派探索《红楼梦》的政治和社会意义，是有眼光，“看对了的”。论及高鹗的续书，茅盾明言作者存在思想的局限性，“写宝玉必中举而后出家，贾府最后复兴”，皆大悖原书，但同时也肯定了其尚能保留宝黛恋爱的悲剧性结局，比后来一味追求“有情人都成眷属”的续作，要高明得多。

第二，当时，历史唯物主义已强力介入红学领域，但一些带有唯心色彩的说法，仍占有较大的学术空间，正如茅盾所言：“十分重要的对于《红楼梦》的时代背景、社会基础的研究和分析，不仅太少，而且没有受到专家们足够的重视。”有鉴于此，茅盾文章进一步强调了历史唯物主义的基本观点，进而深入探讨了《红楼梦》成书的社会条件与时代背景，客观分析了如此条件和背景下作者思想中的积极因素与消极成分，充分肯定了作品所达到的现实主义高度。同时，文章还立足继承和发展中国优秀文学传统的角度，总结阐扬了《红楼梦》在情节结构、人物描写和文学语言三方面的艺术成就，可谓高屋建瓴，质文兼备。

第三，尽管早有“开谈不说《红楼梦》，纵读诗书亦枉然”的说法，其实红学作为一门学问，终究是相对小众的存在。以深入浅出、繁简有度的文字，厘清《红楼梦》及红学研究的内容和要旨，一直是摆在研究者面前的重要任务。在这方面，茅盾文章可谓独运匠心，另辟蹊径——全篇正文不过六千多字，是对《红楼梦》、曹雪芹以及红学史的浓缩阐发与扼要评价；而注文则洋洋洒洒逾万言，不仅详细介绍了《红楼梦》和曹雪芹的相关知识与背景，而且梳理分析了红学史上一些重要话题与论争的来龙去脉和文献依据。用茅盾后来的话说：“报告不过四五千（此处作者的字数记忆有误）字，但参阅各项有关文章、材料，则总字数当在百万以上。”其中仅作家当时留下的评述蔡元培、寿鹏飞等红学人物的十三篇札记，就有六万言之多（见《茅盾珍档手迹》）。其客观严谨的治学态度由此可见一斑，也正是在这一意义上，有方家认为，一篇《关于曹雪芹》，几近一部红学简史，诚哉斯言！

除了研究《红楼梦》文本，茅盾还非常关注相关的文物收藏、史料辨析和学术发展。佩之在《小说月报》发表一扫陈言，迥异流俗的谈“红”文章，茅盾立即给予高度评价，大力推荐。对于在红学界流传很广的"脂砚"说，茅盾经过考察，明确断定它与《红楼梦》无关，其真正的主人是明万历年间的名妓薛素素（《茅盾晚年谈话录·薛素素的脂砚》）。20世纪70年代，红学家吴恩裕，发表了一批有关曹雪芹佚文与遗物的文章，其真伪问题引起学界争鸣。作者把自己的文章呈茅盾过目，茅盾读后回赠七律一首，鼓励他在这一领域继续搜求探索。在茅盾看来，对于曹雪芹的佚文和遗物，在没有更可靠的材料出现之前，与其断言为伪，不如先信为真，这种态度获得不少专家的认同。此外，在创办红学刊物，倡导红学研究两岸携手以及加强对外交流等方面，茅盾亦做过扎实有效的工作，留下了很好的口碑。"红楼艳曲最惊人，取次兴衰变幻频。岂有华筵终不散，徒劳空邑指迷津。百家红学见仁智，一代奇书讼伪真。唯物史观燃犀烛，浮云净扫海天新。"茅盾这首七律，传递的正是他"红"海遨游的真切感受。

当然，在中国古典小说领域，茅盾所关注的并非只有一本《红楼梦》，而是将其作为整体纳入了视野。早在1924年，茅盾就在沪上报端发表了《〈红楼梦〉〈水浒〉〈儒林外史〉的奇辱》一文，批驳一些人对古典小说名著的歪曲与诋毁。1927年，他撰写长文《中国文学内的性欲描写》，披露于《小说月报》，对古典小说的一些负面存在及其生成原因，进行了勇敢揭示和严肃批评。1940年春，他由新疆返程，途经延安，曾应邀在鲁艺等多个场合作"怎样学习文艺的民族形式"的学术报告，其中谈到"市民文学"在中国的发展时，他热情介绍了唐人传奇和宋人话本，特别是着重讲评了《水浒传》《西游记》《红楼梦》三部古典小说名著，赢得广泛好评。后来，他陆续捧出了《谈〈水浒〉》《谈〈水浒〉的人物与结构》《吴敬梓先生逝世二百周年纪念会开幕词》，以及旨在梳理中国文学现实主义传统和优秀作品的《一幅简图——中国文学的过去、现在和远景》等文章，均透过不同的焦点和视线，有效地丰富和深化了中国古典小说研究。

三

茅盾的中国古典小说研究在文体表达上有一个比较突出的特点，那就是不热衷于构建纯学术、纯理论的高头讲章，而更愿意也更善于将自己阅读古典小说所形成的一些观点和看法，放到综合谈论文学和创作问题的语境中，用一种开放、打通的思维方式和朴素、生动的语言风度，作随机式与及物性的诠释和阐发。这样一种选择，不仅成功地避开了小说研究常见的经院气和学究味，而且把古典小说研究同现代小说创作与鉴赏自然而密切地结合了起来。

第一，在细读与精研的基础上，注意发掘和总结中国古典小说中带有普遍性、规律性和可操作性的元素，将其上升为自觉认知与理性判断，进而与现代小说创作形成对话或潜对话，成为其不可或缺的遗产性资源。

1959 年初，茅盾在《人民日报》发表《漫谈文学的民族形式》一文。该文承认章回体、笔记体、故事有头有尾，顺序展开等，是中国老百姓喜闻乐见的小说的民族形式，同时又指出："这些形式在民族形式中只居于技术性的地位，而技术性的东西则是带有普遍性的，并不能作为民族形式的唯一标志。"那么何为古典小说民族形式的根本标志？茅盾在本文以及后来的文章中，除了一再强调"根源于民族语言而经过加工的文学语言"这一特征外，着重阐述了小说结构和人物形象两个方面。

关于小说结构，茅盾用十二个字来形容："可分可合，疏密相间，似断实联。"进而以建筑作喻比："一部长篇小说可以比作一座花园，花园内一处处的楼台庭院各自成为独立完整的小单位，各有它的格局，这好比长篇小说的各章（回），各有重点，有高峰，自成格局……我们的长篇古典小说就是依靠这种结构方法达到下列的目的：长到百万字却舒卷自如，大小故事纷纭杂综然而安排得各得其所。"

关于人物形象，茅盾概括为："粗线条的勾勒和工笔细描相结合。"其中前者是指作品擅用一连串的故事来表现人物性格，而这些故事通常都使用简洁有力的叙述笔调；后者是说作家常用细致传神的笔墨，描绘人物的音容笑貌，"通过对话和小动作来渲染人物的风度"。

茅盾所指出的语言、结构、人物是否就是中国古典小说民族形式的根本标志？这个问题自然可以继续讨论，不过从中国古典小说的经典文本来看，语言、结构和人物，尤其是更富有直观性和多变性的结构与人物，确实在很大程度上影响乃至决定着作品所达到的艺术水准及其得失高下。正因为如此，茅盾从结构和人物出发，对中国古典小说所做的一些评价，值得充分关注：

> 《红楼梦》和《水浒》都是名著，但从结构上看，《红楼梦》比《水浒》更进步，《水浒》的结构松泛，《红楼梦》就紧凑得多；也可以说，《红楼梦》的结构更是有机性的。这是因为《水浒》是根据许多同一母题的民间传说，后来由一个人（说他是施耐庵也好，罗贯中也好）整理加工而写定的。《红楼梦》则是个人的著作，在结构上可做主观的安排。并且《红楼梦》晚出，技巧上自然更为进步。（《怎样阅读文艺作品》）

> 至于《红楼梦》，在我们过去的小说史上，自然地位颇高，然而对于现在我们的用处会比《儒林外史》小得多了。如果有什么准备写小说的年轻人要从我们旧小说堆里找点可以帮助他“艺术修养”的资料，那我就推荐《儒林外史》，再次，我倒也愿意推荐《海上花》——但这决不是暗示年轻人去写跳舞场之类。（《谈我的研究》）

> 《水浒》也还有许多优点值得我们学习。例如人物的对白中常用当时民间的口头语，因而使得我们如闻其声；

又如动作的描写，只用很少几个字，就做到了形象鲜明，活跃在纸上……这些都应该学习，但是从大处看，应当作为学习的主要对象的，还是它的人物描写和结构……在这上头，我的偏见，以为《水浒》比《红楼梦》强些；虽然在全书整个结构上看来，《红楼梦》比《水浒》更接近有机的结构，但以某一人物的故事作为独立短篇而言，如上所述，《水浒》的结构也是有机的。(《谈〈水浒〉的人物和结构》)

透过以上论述，我们不但能够发现茅盾面对中国古典小说所拥有的独具一格的审美意味和评价尺度，而且可以感受到他更深一层的个性化的艺术思维图式。而这种以语言、结构和人物为本位的小说观念，分明具有跨越时光的影响力，关于这点，只要联系几十年后陈忠实创作《白鹿原》时，对语言、结构等要素近乎痴迷的孜孜以求，即可发现一种隔着岁月的精神共振。

第二，把中国古典小说的精彩片段和成功经验，引入现代小说创作与鉴赏的现场，让前者成为后者艺术上的直接参照和有力裨补。茅盾研究古典小说除了注重宏观把握与整体估衡，还喜欢从手法和技巧入手，作微观总结与提炼，这无形中拉近了文学研究同小说创作的距离，使二者能够彼此生发，互惠而行。于是，在茅盾笔下，人民英雄潘虎（《潘虎》的主人公）因为李逵、鲁达的性格衬托而愈见形象的生动；蒲松龄写

《聊斋》对《史记》笔法的借鉴，赵树理写《李有才板话》对《快嘴李翠莲》表达方式的超越，传递出文学继承与发展的要领。(《关于短篇小说的谈话》) 还有《红楼梦》里宝玉黛玉初次见面的新奇场景,《水浒传》中鲁达三拳打死郑屠的神来之笔，都恰当而适时地出现在茅盾讨论现代小说的语境中，从而显示出论者博古通今、古为今用的高超能力。

四

说起茅盾与中国古典小说的交集，还有一个断面令人瞩目：1930 年 8 至 10 月，茅盾在《小说月报》以蒲牢为笔名，连续发表了《豹子头林冲》《石碣》和《大泽乡》三篇历史小说。三篇作品的前两篇取材于《水浒传》，是古典小说的古树新花，后一篇脱胎于《史记》，属于历史叙事的新瓶旧酒。就茅盾与古典文学的关系而言，这三篇作品既是文心的继承，又是形象的鼎新。

20 世纪 30 年代，文坛出现多部令人耳目一新的历史文学作品，如鲁迅“混搭”古今，自称以“油滑”笔墨写成的《故事新编》，施蛰存借鉴心理分析剖解《水浒传》人物的《石秀》，欧阳予倩重释潘金莲的话剧《潘金莲》等。相比之下，茅盾的三篇历史小说没有在形式和手法上多作经营，而是将笔力集中投射到历史与现实相似的社会现象的结合部，以历史唯物主义观点和全新的阶级意识，悉心改造和重塑了原作中的人物形象与创作主旨。

《豹子头林冲》的主人公已不再是《水浒传》中的“官二代”，而变身为从小吃苦耐劳的农家子弟，这决定了在他身上既有农民的安分忍让，也有原始的反抗精神。这样的阶级烙印，不仅使他和“三代将门之后，五侯杨令公之孙”杨志的贵族意识形成了鲜明对比，更重要的是，为他后来意欲复仇的过程中不断变化的行为和心理活动提供了阶级依据，从而昭示了阶级意识对人的制约和影响。《水浒传》中的玉臂匠金大坚和圣手书生萧让，原本都是次要人物，但到了《石碣》，却变成了作品主题的承载者和揭示者。他们二人在刻制“石碣”现场的一番对话，既很自然地道出了梁山泊众人不同的阶级出身，又清醒地指出了他们因为阶级出身不同所导致的亲疏关系和利益诉求的差异。这里尤为重要也尤为难得的一笔在于，作家明知梁山好汉构成复杂，心思不一，但仍肯定了军师吴用试图用一块“石碣”，把不同阶级捏合到一起，共同“替天行道”的努力。必须承认，这样的形象内涵和创作指向在中国近现代漫长的历史进程中，自有不容忽视的社会意义。行文至此，不禁想起多年前曾有人批评茅盾的三篇历史小说引入阶级观点，有贴标签之嫌，今天重读这三篇作品，我们会觉得以上的说法未免简单、片面，因而也是肤浅的。

第四辑

“不辞艰难那辞死”

——叶挺《囚语》释读

一

1941 年 1 月，皖南事变爆发，为了尽可能地保存部队的力量，身为新四军军长的叶挺受党组织委托，前往敌营进行谈判，却被对方无理扣押，从此开始了长达五年的囚禁生涯。在此期间，出于革命者坚贞不屈的意志和光明磊落的情怀，叶挺在严酷恶劣的环境中写出了《囚歌》和《囚语》这两篇重要的文献性作品。其中曾题壁狱所，且被难友谱上曲子传唱，新中国成立后更是被收入了数十种教材和书籍的《囚歌》，早已闻名遐迩，深植于几代国人的心灵深处。而《囚语》则因为先后被不同的档案机关收存，并经历了特殊的历史时期，直到 1994 年才首次披露于《党的文献》杂志，所以并不为读者熟知。从两篇作品承载的内容看，三千多字的散文体的《囚语》因为具体记述了作者身陷囹圄的所思所想和蓦然回首中的生命历程，所以更显得斑驳、丰富和多面，因而也更具有精神重量和认识价值。

阅读《囚语》，迎面而来的是一种兼有豪放、雅健和激愤的语言风格，其字里行间多见文言语词的自然融入，以及历史人物和相关篇目的必要引用，显示出叶挺相当深厚的国学根基。当然在确立这种认识和评价的同时，我们也应当看到：《囚语》的文字和段落并不十分严整和连贯，有的地方还存在舛错。不过要合理解释这些并不困难：按照作者的自述和学者的考释，《囚语》写成于 1941 年 1 月或 2 月的某一天，这正是叶挺遭遇敌方无理扣押，继而被关入上饶李村监狱最初的一段日子。斯时的叶挺百感交集，用他自己的话说就是"由重围苦战流血的战场，又自动投入另一个心灵苦斗的战场……一个人，当可能达到他生命最后一程的时候，他的感情与理智，或感情与感情，或理智与理智（意识），一切矛盾是最容易一齐表现在他的心头激烈争斗着"。可以想象，这当中既有被国民党顽固派倒行逆施、制造事变所激起的强烈愤慨；又有因新四军将士在事变中或身陷囹圄或生死未卜而生出的不尽系念；还有面对敌人的威逼利诱自己所做的精神梳理和立场告白；当然也少不了对生命历程的蓦然回首，对亲人、朋友的念兹在兹……在这种思绪纷乱的情况下，其笔下文字出现一些不太连贯或不甚准确之处，属于再平常不过的事情。况且作者写《囚语》要在明志和备忘，并没有着力从文学艺术性的角度来考订和打磨。值得注意的是，正是这样写成的文字，更真实地浓缩和传递了作者的主体情致与精神本色，正如叶挺之子叶正明所

说：读《囚语》可以“让我们感知了解一个有血有肉有情的叶挺”。(《儿子记忆中的叶挺将军》)

二

《囚语》开篇处，叶挺引用了清代诗人邓汉仪（文中误记为吴梅村）的两句诗：“自古艰难唯一死，伤心岂独息夫人。”接下来，作者“戏拟”了四句诗以抒怀：“不辞艰难那辞死，生死原来相游戏。只问此心无愧怍，赤条条来光棍逝。”这里涉及息夫人的典故。据《左传》《史记》等记载，息夫人名妫，本系陈国美女，因嫁给息侯而被称为息夫人。息夫人在出嫁息国途经蔡国时，遭遇蔡哀侯的非礼。息侯闻知大为恼火，便设计借楚国之手灭了蔡国。做了楚囚的蔡哀侯为了报复息侯，就在既好色又霸道的楚文王面前极力赞扬息妫的美貌，怂恿其一举灭了息国，结果楚文王掳回了息妫并占为己有。此后三年，息妫虽深受楚文王的宠爱，也为之生下两个儿子，但终因思念前夫始终不肯开口说话。多年后的一天，息妫在城门口邂逅睽隔已久早已沦为门丁的息侯，二人泪眼相望，伤痛不已，最终以各自的方式，双双结束了生命。

对于息妫的悲剧，后世文人多有不同的看法和评价：或称赞其不恃新宠，不忘旧情；或指责其红颜祸水，终难守节；当然也有像邓汉仪那样较为通达的诗人，能够体察息妫在生死之间抉择的两难和不易，故写下“自古艰难惟一死”的诗句，从而给予一些理解与同情。而叶挺在引用邓汉仪的诗句后则反其意而言之，开辟了全新的诗境，这在他“戏拟”的诗句里表达得异常清晰和充沛——既然选择了艰难又焉能拒绝死亡？因为艰难和死亡原本是一件事情的正反两面。革命者只求在信仰面前的问心无愧，为此情愿付出包括生命在内的一切代价。真可谓高风亮节，掷地有声。

显然，叶挺的诗作虽自云“戏拟”，却透显出一种为了信仰、事业和个人选择而情愿慷慨赴死的凛然大义，它构成了《囚语》一再出现的意识流动乃至贯穿始终的言说线索——昔日的老长官李济深从叶挺的安全和仕途考虑，曾建议他离开新四军，叶挺回函：“在危难中，何忍舍部属于不顾？挺今日处境，正如走百丈独木危桥，已无反顾余地，桥断则溺水死耳。”妻子发来电文，望其为了儿女“珍重自惜”，叶挺的态度是：“妻儿的私情固深剜着我的心，但我又那（能）因此忘了我的责任和天良及所处的无可奈何的境遇呢？我固不愿枉死，但责任和环境要求我死，则又何惜此命耶？”活着的叶挺早已做好牺牲的准备，他想请郭沫若为自己的墓碑题款，以“历史悲角”盖棺论定，一种为人类正义事业万死不辞的崇高意识昭然可见。所有这些仿佛都在诠释叶挺“不辞艰难那辞死”的诗句，都浸透了他作为革命军人特有的人生观、生死观和价值观，进而构成了绵延强大的精神力量，使得一篇《囚语》熠熠生辉，经久不衰。

三

作为一篇旨在明志和备忘的文章，《囚语》近乎必然地涉及作者投身军旅后的战斗经历，这些被作者自己概括为："三次被叛逆之罪，七次一败涂地。"所谓"三次被叛逆之罪"，指的是作者因参与领导南昌起义和广州起义，以及在皖南事变中奋起自卫而获罪于国民党当局。其中一个取其古意的"被"字既准确又传神，道尽了革命者的无辜和反动派的无耻。而所说的"七次一败涂地"，除了以上三度"获罪"之外，还有四次历险：即发生于孙中山领导的护法运动期间的总统府突围、楚豫舰脱身、高州兵败，以及在日本等地被当局盘查等。无论是"获罪"还是历险，都联系着近代中国的重大事件和重要人物，因而包含了丰富的历史信息和人生密码，只是身陷魔窟的叶挺一时无暇也无法对这些做深入思考和仔细盘点，而只能沿着个人成长的思路做些钩沉：幼年起就喜读诸葛亮的《出师表》《后出师表》，文天祥的《正气歌》以及秋瑾的作品，十三岁时曾手抄邹容、陈天华和《民报》上的文章。这样的阅读不仅使他完成了最初的思想启蒙，而且无形中养成了一种不畏强暴、追求正义的性格，从而做出了许多特立独行、反抗强权的事情。当然也最终决定了他在百年中国的大变局中，最终勇敢坚定地站在代表人民利益的中国共产党一边。

四

在《囚语》中，叶挺还一再写到自己在事变中看见或听到的几位新四军文化战士的遭际："任君夫妻当作同命鸳鸯矣！"音乐名家任光（电影插曲《渔光曲》《大地进行曲》，抗战歌曲《打回老家去》《抗敌歌》《东进曲》的创作者）被枪弹击中腹部，妻子徐彻亦负伤被俘，后在上饶集中营被敌人秘密杀害。"闻黄源亦死于此次皖南惨案"（"鲁"门弟子，曾为鲁迅扶灵送葬，黄源牺牲的消息系误传），这位在军中担任印刷所副所长的青年作家"工作努力，成绩亦甚好，在此次惨变中饱受奔波饥饿之苦，形容憔悴，又不免一死。痛哉！"还有原本系华侨富商之子的陈子谷，"彼善日文"，"本为国家民族的血诚，回国参加抗战"，此番亦遭关押。这些充满血与火的文字，饱含袍泽之情，除此之外，分明还有另外一种思想和情感在涌动，那就是叶挺对革命和人民事业所需要的杰出文化人才的珍视与痛惜，对一切制造人才屠戮和民众灾难的非正义战争的强烈鞭挞。这自然进一步扩展了作者和《囚语》的精神内涵。

《囚语》的最后部分由作者借理发一事说开去："仆人数次问我要理发吗？我答可不必……这是我今日仅仅所能做的自由，囚徒的自由。仅能从不字上着想，不能从要字上着想。譬如尔要活，他人偏不要尔活。假如尔想不要活，这是尔可以做到的自由。""我一日不得自由，必不理发剃须，这是我的自由。”显然，作者在以中国传统的蓄须明志的方式表达一种态度：坚定不移，斗争到底；虽渴望自由，但决不以向邪恶低头为代价！于是，一种浩然正气劲拔而起。值得关注的是，作者在文章结尾处，写了一个记忆之中夫妻二人因胡须而生的温馨细节，其亦庄亦谐、举重若轻的笔致，不仅表现出“我”对爱妻李秀文的深切思念，而且于无形中表达了对敌人的嘲笑与蔑视。

壮哉，《囚语》；壮哉，叶挺！

愿乞黄鹂鸣翠柳

——孙犁散文《黄鹂》赏读

1975年6月13日傍晚，62岁的孙犁先生在家中的阳台上目睹了一场突然发生的“小悲剧”。因为当时的印象与感受过于强烈和深刻，他禁不住将看到和想到的，随手记在正在浏览的南宋人所著的《建炎以来系年要录》的书衣（牛皮纸包的书皮，晚年的孙犁著有随笔书话集《书衣文录》）上：

> 昨晚台上坐，闻树上鸟声甚美。起而觅之，仰坐甚久。引来儿童，遂踊跃以弹弓射之。鸟不知远行，中两弹落地，伤头及腹，乃一虎皮鹦哥，甚可伤惜。此必人家所养逸出者，只嫌笼中天地小，不知界外有弹弓。

有专家很是欣赏这段文字中的“弹弓”意象，认为它有“象”外之意，味外之旨，从该意象的形象内涵以及接受美学的观点看，这样的欣赏倒是可以成立。只是我们却不可据此就认为“弹弓”意象以及它所传递的自我防护意识，便是作家写下这段文字的唯一主题或初始动机。事实上，如果仔细体味虎皮鹦哥的遭遇即可发现，内中分明包含了作家由来已久且多次浮现于其形象系列的另一个重要主题：对生灵万物的悲悯与关爱，对人类有意或无意中伤害自然物种以及环境生态的痛惜与忧患。

由这一主题进入孙犁的文学世界，迎面而来的自然少不了作家写于 1962 年 4 月的散文名篇《黄鹂——病期琐事》。

大致是 20 世纪 50 年代后期，孙犁的身体出现了一些状况，为此，他来到海滨城市青岛疗养。这期间，他独自住在一幢离大海只隔着一片杨树林的小楼里，每当清晨和黄昏，他常常走出小楼，到杨树林里散步。有一天，他在这里同两只漂亮的黄鹂不期而遇。大约是喜欢杨树林的茂密和幽静，以至想在这里产卵孵雏，安家落户吧？两只黄鹂没有充当来去匆匆的过客，而是在一段时间里频频光顾这片杨树林，这不仅为海边拥有的那一片葱翠增添了色彩和魅力，同时也唤醒了作家沉睡已久的记忆。

在乡村长大的孙犁自小就喜欢飞鸟，孩童时曾迷恋过捕鸟和养鸟的游戏。长大后他从杜甫的名诗以及自己所喜爱的画谱类图书中，知晓了有着银铃般嗓音的黄鹂，并由衷期待着一睹真容。只是不知为什么，他在家乡时好像没有遇见过黄鹂，直到参加工作来到晋察冀抗日根据地阜平，才有了对黄鹂的惊鸿一瞥：“在茅屋后面或是山脚下的丛林里，我听到了黄鹂的富有召唤性和启发性的啼叫……它们飞起来，迅若流星，在密密的树叶里忽隐忽现，常常是在我仰视的眼前一闪而过，金黄色的羽毛上映照着阳光，美丽极了。”从此，黄鹂在“我”心中安了家，落了户，进而借助美好的想象，化作一种挥之不去的黄鹂情结。正因为有这样的前缘，当“我”在杨树林里再度遇见黄鹂时，心下便生出久久的愉悦和兴奋，以及与之相关的悬想与牵挂：

> 每天，天一发亮，我听到它们的叫声，就轻轻打开窗帘，从楼上可以看到它们互相追逐，互相逗闹，有时候看得淋漓尽致，对我来说，这真是饱享眼福了。
>
> 观赏黄鹂，竟成了我的一种日课。一听到它们叫唤，心里就很高兴，视线也就转到杨树上，我很担心它们一旦要离此他去。这里是很安静的，甚至有些近于荒凉，它们也许会安心居住下去的。我在树林里徘徊着，仰望着，有时坐在小石凳上谛听着，但总找不到它们的窠巢所在，它们是怎样安排自己的住室和产房的呢？

然而，就在孙犁因有黄鹂相伴而高兴的日子里，在他眼前却先后发生了两件事情：一件事情是同他一起在海边休养的史姓病友，竟然想用猎枪射击黄鹂，以检验自己的枪法，好在因为作家好言相劝而痛快放弃；另一件事情是，一位衣着阔气的中年人，仅仅为讨得身边女友的笑颜，竟开枪射杀了一只飞翔在空中的海鸥，以致引发了正在海上作业的工人们的愤怒。对于这两件事情，作家表现出完全不同的态度：他比较欣赏史姓病友能收起猎枪，从善如流，认为他起初的想法虽然恶劣，但能在自己的兴头上照顾别人的意见和感受，是一种难得的品质；他深深厌恶那一对极端自私且异常残忍的男女。对于他们为一己之欢而不惜伤害自然界生灵的丑恶行为，他原本想用手中的笔写点儿什么，加以讽刺或鞭挞，但转念一想，这类庸俗、荒唐、卑劣、自私的人物，早已被契诃夫的生花妙笔勾勒得活灵活现，入木三分，“我的笔墨又怎能为他们的业绩生色？”于是姑且作罢。记得孙犁曾写过一篇谈论契诃夫的文章，其中有这样的话：“他常常为美丽的东西被丑恶的东西破坏而痛心，即使是一棵小小的花树，一只默默的水鸟或一处荒废了的田园。”其实这话放到作家自己身上同样合适。

卑劣者的枪声最终赶走了树林里的黄鹂，这让孙犁感到了由衷的失落。大概是为了弥补心中的空白吧，他去了一趟当地的鸟市。由于那时的人们正忙于恢复经济，卖鸟的自然很少。一位老者把一只样子憔悴的黄鹂，系在一根木棍上，希望卖给作家，但是他拒绝了。因为他明白：“这种鸟是不能饲养的……即使在动物园里，也不能从容地生活下去吧，它需要的天地太宽阔了。”

翌年春天，孙犁来到江南，看到了太湖一带的风景，这时他才理解了什么叫作“杂花生树，群莺乱飞”。

是的，这里的湖光山色，密柳长堤；这里的茂林修竹，桑田苇泊；这里的乍雨乍晴的天气，使我看到了黄鹂的全部美丽，这是一种极致。

是的，它们的啼叫，是要伴着春雨、宿露，它们的飞翔，是要伴着朝霞和彩虹的。这里才是它们真正的家乡，安居乐业的所在。

各种事物都有它的极致。虎啸深山，鱼游潭底，驼走大漠，雁排长空，这就是它们的极致。

可以这样说，至迟从创作《黄鹂》开始，孙犁已然树立起明确的环保意识：世间生灵万物各有各的生命形态、生长规律和生存价值，它们有理由更有必要同人类和谐共生。而要做到这一点，作为万物之灵长的人类，自然肩负着善待世间万物，保护生态环境的首要责任。愿乞黄鹂鸣翠柳，绿水青山伴笑颜，应当是人类共有的理想境界。

换一副目光看私塾

对于旧式儿童教育，作为亲历者的鲁迅，虽曾有过辛辣的嘲讽和严厉的抨击，但一种无法切割的文化血缘，还是让其内心深处保留了若干温馨与眷恋。关于这点，我们细读先生的某些作品，如《从百草园到三味书屋》《怀旧》等，便不难有所体悟。正是基于这样的情感储存，1933 年夏日，当鲁迅看到报端有人谈论当年私塾中使用的描红口诀时，遂不禁浮想联翩，泚笔呼吁："倘有人作一部历史，将中国历来教育儿童的方法，用书，作一个明确的记录，给人明白我们的古人以至我们，是怎样的被熏陶下来的，则其功德，当不在禹下。"

文苑名家王充闾先生，出生于鲁迅逝世的前一年。在他的少年时代，学校体制早已确立。他原本应该和许多同龄人一样，背起书包上学校，坐进教室听新知。然而，命运赐予他的一方故土，偏偏是化外之地，土匪的横行，阻碍了新式学校的兴办。为此，年幼的他，只好结结实实地读了八年私塾，成了和鲁迅一样的旧式儿童教育的亲历者。按说，在实际生活中，充闾这段机缘错位的私塾生活，未必没有寂寞与苦涩，然而，六十多年过去，当他以一卷散文《青灯有味忆儿时》（现代出版社出版），作“朝花夕拾”时，不但当年的诸般场景因时光的淘洗和过滤而滋蔓出隽永的诗意；更重要的是，这场景中原本承载的更深一层的精神内涵和文化密码，亦在日趋成熟的时代意识的烛照下，得以清晰呈现。所有这些正契合了鲁迅当年希望关注儿童教育史的呼吁，从而成就了一桩功德无量的事情。

旧时的私塾什么样？它怎么教而又怎么学？对此，一些小说和影视作品，曾有过具体形象的揭示。这一切到了充闾笔下，除依旧保持了鲜活的形象与细节之外，又增加了若干从经验出发的纪实性与系统性。于是，我们看到了一系列不乏教科书意味的私塾景观——“我”进入私塾前，已经熟读《三字经》《百家姓》，具备了最初的识字和阅读能力。塾师则从《千字文》开讲，继而是以《论语》为起点的“四书”，是《诗经》。接下来依次是《史记》《左传》《庄子》，然后是诸子百家、唐诗宋词、《古文观止》……以上是“我”读私塾的基本内容和大致程序。而要把这些内容一一装进大脑，并最终内化为自身的修养与资质，还必须遵循一定的方法和路径。依“我”的体验，其要点有三：一是“详训诂，明句读”，弄通《说文解字》，夯实“小学”基础；二是重视对句和背诵，在体悟中练就童子功；三是勤动笔，多作文，发散情思，疏通理路，远离“郁塞”。当然，成功的私塾教育也需要良好的“塾”外环境。在这方面，充闾写了父亲作为“草根诗人”的耳濡目染，魔怔叔化身“博物学家”的言传身教，特别是写了“我”因为不曾背负“父母不切实际的过高过强的期望”而获得的童心童趣的自由发展。

毋庸讳言，从内容和体系着眼，传统的私塾教育存在明显的缺憾。譬如，某些观念僵化落后，有的知识烦琐机械，而自然科学则严重缺位。因此，在我看来，进入现代的中国，毅然割弃私塾教育，自有其历史的必然性。然而，同样必须看到的是，以往这种割弃是掺杂了匆忙、粗疏与绝对的。正像人们通常所说的，是在泼掉脏水的同时也泼掉了婴儿。事实上，源远流长的私塾教育包含了若干我们迄今未必完全意识到的价值与奥妙，很需要重新辨识、认真发掘和深入总结。

不妨以私塾教育一向看重的“小学”为例。它所专注的文字学、训诂学和音韵学，既是汉语精致表达以及健康发展的坚实基础，又是中国文化博大精深的重要体现。传授和掌握这些学问，无疑具有强基固本、事半功倍的效果。而近年来中文领域出现的一些快餐化、无序化和粗鄙化现象，显然与“小学”的边缘化和被冷落不无关系。私塾教育格外看重的对句训练，同样意义深远，具备这种能力，不仅有益于强化文章的修辞与节奏之美，而且最终关系到发挥汉语的特性与优长。记得余光中在谈到翻译王尔德喜剧的感受时，曾以其惯常的幽默写道:“有些地方碰巧，我的译文也会胜过他的原文……例如对仗，英文根本比不上中文。在这种地方，原文不如译文，不是王尔德不如我，而是他捞过了界，竟以英文的弱点来碰中文的强势。”这番话说的正是此中情形。至于塾师力主的“熟读成诵”，更是浓缩并体现了古人的经验与智慧：一方面它在视觉（阅读）之外调动听觉（朗读），眼睛与耳朵同时发力，自然会提升诗文作品入脑入心的效率。另一方面它亦暗合了人的成长规律。正如充闾日后所悟：“十二三岁之前，人的记忆能力是最发达的，尔后，随着理解力的增强，记忆能力便逐渐减退。因而，必须趁着记忆的黄金时段，把需要终生牢记的内容记下来。”即苏辙所谓“早岁读书无甚解，晚年省事有奇功”。

需要特别指出的是，私塾教育最值得关注和深思的一点，还在于它的基本教材或曰核心内容，是中国传统文化的经典文本。这些文本因为历史、地理、语言、思维等原因，构成了中华民族历久不衰的文化基因。而已有事实证明，这种基因的强弱有无，不仅影响着生命个体的精神风貌，而且在很大程度上决定了一个民族的原发性创造力。正因为如此，我们说，像私塾教育那样，注重民族文化基因的培养与弘扬，仍是摆在现代国人面前的重要任务。

那一片清风薄雾里有痛更有爱

一

驻足鼓岭的那几天，脑海里频频浮现出旅美作家王鼎钧先生在其散文名篇《脚印》中所写的一段话：

> 你该还记得那个传说，人死了，他的鬼魂要把生前留下的脚印一个一个都捡起来。为了做这件事，他的鬼魂要把生平经过的路再走一遍。车中船中，桥上路上，街头巷尾，脚印永远不灭。纵然桥已坍了，船已沉了，路已翻修铺上柏油，河岸已变成水坝，一旦鬼魂重到，他的脚印自会一个一个浮上来。

说来也不奇怪，在鼓岭这片如诗亦如画的风景里，最让人赏心悦目、流连忘返的，固然是清风里的柳杉，薄雾中的别墅——清风、薄雾、柳杉、别墅，被称为鼓岭景区的四大看点——而最叫人浮想联翩、思绪万千的，却分明是在诸般风景中一次次上演的“捡拾脚印”的故事——当然，这故事不是虚幻的传说，而是确凿的事实；故事的主人公也不是戏说中的鬼魂，而是一批批不远万里，前来中国寻踪的金发碧眼的外国友人。

我相信，鼓岭那弯曲的山道上和葱绿的柳杉间，应该留下了他们清晰的身影与足迹——

晚年定居美国洛杉矶的力玛莉女士，民国初年出生于福州鼓岭。长大成人后，她执教于福州城内的华南女校。1940 年，在日军逼近福州的严峻形势下，她和家人不得不撤离中国。回到美国后，力玛莉做的第一件事，就是给她的学生们写了一封发自内心的致歉信：由于匆匆离校，有一节英语课未及上完。她希望早日返回中国，为大家补上这节课。孰料此后国际风云和个人境遇双双变幻，这一别竟是四十年。1980 年，乘着中国改革开放的春风，华发满头的力玛莉终于回到鼓岭。在依旧留存的故居前，她想到的不仅是童年的欢快和青春的美好，同时还有传播文化知识的夙愿。为此，她情愿抛下舒适的生活和绕膝的孙儿，于 1984 年再度来到福州，进入刚刚恢复的华南女子学院，讲授公共英语，从事义务教育，直到一年期满。

美国教会福州基督教协和医院院长蒲天寿和他的母亲，早年曾在鼓岭度过夏天。1984 年，蒲天寿的女儿 Betty 率领整个家族重游鼓岭，以纪念外祖母来华一百周年；2010 年底，Betty 同丈夫、两个女儿及女婿和孙子，再次来到鼓岭，寻访祖辈的踪迹和记忆，续写中美两国的民间友情。

密尔顿·加德纳先生是美国加州大学物理学教授，他1901年随父母来到中国，在福州度过快乐的童年时光，而夏天到鼓岭度假的情景，尤其使他难忘。1911年，他随全家返回美国。在此后的几十年里，他最大的心愿，就是能回到儿时的中国和鼓岭看一看。令人惋惜的是，由于种种原因，加德纳先生未能如愿，弥留之际，他不断喃喃自语“kuling，kuling”以表达难忘的牵念。加德纳夫人不知道丈夫所说的“kuling”在什么地方，为了实现丈夫的心愿，她多次到中国寻访，但都无果而返。后来，她在整理丈夫的遗物时，意外发现了两套邮戳完整的晚清时的中国邮票，经一位中国留美学生帮助辨识，终于确定加德纳先生念念不忘的地方，就是福州的鼓岭。当时，加德纳太太激动得手舞足蹈。1992年加德纳应邀来福州和鼓岭与九位年届九十高龄的加德纳先生的玩伴在一起畅谈往事，追述旧景。这个感人至深的故事不仅展现了中美两国人民深厚的传统友谊，而且把世界的目光又一次吸引到福州鼓岭。

从这以后，有更多的外国朋友远涉重洋，前来鼓岭寻踪觅迹，捡拾前辈的脚印。他们当中有终生想念中国的加德纳先生的侄孙加里·加德纳和李·加德纳兄弟；有当年第一个在鼓岭建起西式别墅的英国人托马斯·任尼的后人莎莉·安·帕克斯女士；有华南女子文理学院创办人程吕底亚的后代、来自夏威夷的戈登·特林布先生……就当笔者在鼓岭采风时，又有一位研究鼓岭文化的美国学者穆言灵女士前来寻踪结缘——她的公公穆霭仁曾是陈纳德将军麾下飞虎队的成员，抗日战争结束后，执教于福州协和大学；她的丈夫穆彼得生在福州，两个月大时，曾和家人一起在鼓岭度过了一个夏天。而穆霭仁一家在鼓岭的住所，正好是加德纳一家返美时转卖他人的房子，即加德纳故居。这种特殊的因缘巧合使得穆言灵对鼓岭别有一种深情。在共进午餐时，她激动地告诉我们："这里的风景太迷人了，我太爱这个地方了。""不久以后，我会带着全家来看故居，这里有我向往的一切！"她还表示："明年春天，我准备带一些外国孩子来这里，搞一个纪录片，传播绿色的东西。"可以相信，随着时光的迁流，像穆言灵这样热爱鼓岭，愿意传播鼓岭文化的国际友人会越来越多。

二

今天的鼓岭大地，回荡着外国友人留下的诚挚而热烈的赞美。每当读到或听到这些，我和土生土长的鼓岭人一样，心中自会蒸腾起欣悦乃至自豪之情。只是这美好的情愫里，又总是掺杂着某些异质的、矛盾的、一时难以说清的东西。它仿佛在提示我：脚下的鼓岭，并非一向晴川历历，鸟语花香。在中国近代史的纵深处，它原本饱含着难以消解的疼痛与哀伤。

1842 年，鸦片战争失败，清政府被迫与英方签订《南京条约》，开放沿海五个通商口岸，福州正是被开放的"五口"之一。从那时起，福州地面上，开始有了"洋人"的踪影。后来，随着以茶叶为主的中外商贸的不断发展，更多的“洋人”抵达福州，到1866年，至少有十七个国家在福州建立了领事馆。

1884年，马江海战爆发，福建水师遭受法军重创，清政府船政事业由此一蹶不振。而列强势力则如日中天，一时间，数不清的西方外交官、牧师、商人、医生和教授云集福州。

1886年，英国驻马尾领事馆医生托马斯·任尼在鼓岭建起第一座夏日别墅。此后，陆续有英国、法国、美国、日本、俄国、德国、西班牙、墨西哥等二十多个国家的外交官和侨民到鼓岭避暑纳凉，并兴建别墅。据资料统计，截至20世纪三四十年代，鼓岭上的洋人别墅曾有三百多座，夏日住在别墅避暑的外国人数以千计。

时至今日，对于上述历史，已有学界达人试图作别开生面的诠释，然而在我看来，不管学者的理论如何新潮，思路怎样巧妙，这段历史本身所承载的闯入者的强悍骄横以及本民族的屈辱劫难，仍然是无法改变的基本事实，也是我们今天认识和评价那段历史的重要前提。正因为持有这样的执念，我在观览洋镜头留下的鼓岭影像时，脑海里便多了一份敏感、疑惑和警醒：

盛装华服的外国女士和先生们三五成群，或窗前聚叙，或户外纳凉，或山坡眺望。他们在一起说些什么不得而知，只是那舒展、惬意且略带骄矜的神情，总让人想起坚船利炮的作用。

一个洋人家庭出行，几位轿夫和挑夫在一旁伺候。这在当年的鼓岭应该是司空见惯的场景。然而，这司空见惯的场景隐藏着鼓岭劳动者日常的艰难生活。请看曾当过轿夫的王英思的回忆：“那时候，我才三十来岁，一到夏天就要去当轿夫。下半夜扛篼跌跌撞撞下山，在抬上外国人和他们豢养的巴儿狗、狼犬后，赶在午前回来。下山上岭有四千多层石阶。”（《鼓岭史话》）个中的悲苦与无奈，早已超出了今人的体验和想象。

原住鼓岭的中国乡民也被收入外国人的镜头：七位裹了小脚的妇女横坐一排；十几位头上留了辫子的男子手持折扇，分三排而坐，据说是日间在鼓岭上课的学生；十一位乡民中有七八位赤裸了上身，他们在低矮破旧的农舍前或坐或立，大概是劳作间的小憩……我们没有理由挑剔这些生活场景本身的客观性与真实性，只是这样的客观与真实，是否也有意或无意地渗入了拍摄者特有的、当年曾被鲁迅所抨击的“到中国看辫子，到日本看木屐，到高丽看笠子”的观赏乐趣和猎奇心理呢？

面对如此的历史镜像，我还是感到了苦涩和沉重。

三

让人稍觉宽慰的是，从目前能够找到的材料看，当年的鼓岭之上，最终保持了大致的平稳与安宁，有些时候，有些场合，甚至洋溢着和谐、欢快与融洽。不是吗？鼓岭邮局（1902

年 6 月 16 日开办）门外不远处，有一口水井，上面刻有“外国、本地公众水井”的字样，不管这样的说明出自何人，有何背景，它所传递的基本信息与当年口岸城市外国租界普遍存在的华人歧视，分明截然相反。今天的鼓岭老街上，外国人修建的游泳池依旧保存完好。据说，它最初照搬西方文明，是男女共用的，但听到当地人所谓“有伤风化”的议论后，便改为男女分用，游泳池也由一个变成了四个。这当中无疑包含了外国人对中国国情和风俗的理解与尊重。在鼓岭文化发展与旅游论坛上，穆言灵女士向大家提供了一张照片：一个风度翩翩的美国男子手里提着一只鸡，正喜气洋洋地走在鼓岭的山道上。据穆女士介绍，这位男子就是她的公公穆霭仁，当年他给一个受重伤的中国人输了血，中国人便以鸡相赠，作为回报。这个镜头是珍贵的，也是感人的，它足以让人想起“爱心无国界，人间有真情”的说法。诸如此类体现了中外民间友情的事例，在旧日鼓岭上还可找到若干：外国人开办的学校可以免费让中国人前来就读，外国人修建的网球场并不拒绝中国人参与，外国人举行的生日宴会竟然也邀请其中国邻居……

在西方列强挟炮舰撞开天朝国门的严峻背景下，鼓岭之上何以会有这一幕幕的友善和睦，其乐融融？要厘清此中原委，我们不能不承认当年鼓岭的情况存在某种特殊性。

罗素曾把西方人到中国来的目的概括为：打仗、赚钱和传教。作为对晚清西方人在华行为的一种整体描述，这堪称准确而精到；只是具体到此间登上鼓岭的外国人来说，情况却发生了明显变化：离开炮火连天的战场，打仗已是无从谈起；置身绿水青山之间，赚钱的欲望也已阶段性消歇，取而代之的是充分的休闲和尽情的娱乐；传教的热情倒是渐趋高涨，清脆的钟声伴随着悠扬的诗唱，成了鼓岭上空特异的声响。而无论休闲还是传教，都需要尽可能协调友善的人际关系，也都会很自然地派生出宽松的氛围与平和的情调。

至于原住鼓岭的中国乡民，一向生活在日出而作，日落而息的自然经济之中，耕读齐家，积累财富，应当是他们最强烈也最长久的愿望。大批外国人登岭，并没有破坏原有的一切，相反还带来了新的社会景观和生活内容，特别是带来了中国大地上最初的劳动力市场和商品经济。面对骤然出现的生财乃至生存之道，他们显然没有理由不做出欣喜而积极的回应。

四

百年鼓岭有爱也有痛，有歌也有哭。当这一切以“复调”形态汇入历史长河时，有一个问题显然值得我们深入探究：当年许许多多的外国人为什么喜欢鼓岭，难忘鼓岭？

最有资格回答这一问题的，无疑是那些披蒙着岁月烟尘，一次次登上鼓岭，并在那里度夏的外国人们。事实上，他们当中的不少人确曾将自己在鼓岭的见闻与感受，写进文章、书信或日记。遗憾的是，这些文字的绝大部分，迄今仍静躺在不同国家的图书馆里，只有吉光片羽有幸化身中文，进入中国读者的视线。因此，我们今天梳理他者眼中的鼓岭之恋，只能在尽量占有第一手材料的基础上，做以“我”为主的综合分析。

毫无疑问，鼓岭之所以获得外国人的关注和向往，首先是因为它那得天独厚的自然与气候条件。“鼓岭位于鼓山之巅，仿佛宝塔之尖顶，登峰四望，可以极目千里，看得见福州的城市民房栉比，及凶涛骇浪的碧海，还有隐约于紫雾白云中的岩洞迷离，峰峦重叠。”这是现代女作家庐隐眼中的鼓岭，它以居高临下的视角，勾勒出鼓岭特有的形胜之美。而鼓岭之美以夏天为最。对此，热爱旅游的郁达夫有过准确介绍：“因东南面海，西北凌空之故，一天到晚，风吹不会停歇……城里自中午十二时起，到下午四点中间，也许会热到百度，但在岭上，却长夏没有上九十度的时候。”（这里的气温度数当是华氏标准——引者注）1885 年炎夏，因有急诊须从福州赶往连江的美国教会医生伍丁，在抄近路翻越鼓岭时，意外地发现，较之城内的溽热难耐，这里竟然凉风习习，清爽宜人。于是，他将这一消息广而告之，鼓岭很快成了外国人的避暑胜地。正如新中国成立后最后一个离开鼓岭的麻安德牧师所言：“鼓岭是我们夏天的香格里拉，我们在那里乘凉、放松、工作、唱歌，享受在一起的快乐。”亦如蒲天寿的女儿 Betty 所回忆的：“鼓岭的夏天很凉爽，有美丽的树林和翠绿的梯田。因为是农村，生活节奏也非常慢。我们每年都盼望着夏天的时候到鼓岭上去。”

当然，鼓岭之上，并非只有秀丽的风景和清凉的气候，除此之外，丰富的物产也是它的一大优势。其中作为农特产品的甘薯、白萝卜、合掌瓜、蕹菜、小笋、蘑菇、土鸡等，更是凭借大自然的恩赐，满足了许多人的味蕾与口福，同时扯起了他们的忆念和牵挂，这当中包括上山避暑的外国人。美国人毕腓力在成稿于1895年的《鼓岭及四周概况》中写道：每年五月端午之后到八月中秋之前，有许多做生意的中国人，会跟着避暑的外国人一起上山，在鼓岭开设店铺，为他们提供生活必需品和其他服务。这时，鼓岭的农特产品如番薯、萝卜、合掌瓜、蕹菜等，因为外国人喜欢吃，所以成了中国生意人的主营商品。而外国人喜欢鼓岭农特产和中国餐饮这一点，在加德纳夫人多年之后的讲述中正好获得了印证。她告诉我们：加德纳先生在回国后的几十年间，始终难忘儿时在鼓岭的饮食习惯，他几乎每天都要吃一餐中国饭，大米粥和白萝卜成了他的最爱。

鼓岭是东海之滨的避暑胜地，当然也是中国大地的乡土一隅。这使得外国人一旦登上鼓岭避暑，也就开始了同中国乡村与乡民的密切接触。这时，一种长期存活于中国民间的淳朴和谐的生活氛围与人际关系，如同一幅生动别致的画卷展现于外国人面前，必然会引发他们新奇的感受与丰富的想象。这里，我们不妨从庐隐、郁达夫记述20世纪二三十年代鼓岭风情的散文中，选择两个片段稍加分析与印证。

片段之一：来自庐隐的《房东》。1926年夏天，时在福州城内教书的庐隐，来到鼓岭避暑度假。一天晚饭后，“我”和房东坐在院子里话家常。女房东告诉“我”，晚上如果怕热，就把门开着睡。“我”惊讶地说：那怪怕的，如果来个贼呢？结果房东说：呵哟师姑！真的不碍事，我们这里从来没有过贼，我们往常洗了衣服，晒在院子里，有时被风吹了掉在院子外头，也从没有人给拾走……“我”听了那女房东的话，由不得称赞道：到底是村庄里的人朴厚，要是在城里头，这么空落落的院子，谁敢安心睡一夜呢？那老房东很高兴地道：我们乡户人家，别的能力没有，只讲究个天良，并且我们一村都是一家人，谁提起谁来都是知道的，要是做了贼，这个地方还能住得下去吗？“我”不觉叹了一声，只恨“我”不是乡下人……

路不拾遗，夜不闭户。据说是历史上贞观之治特有的社会景观，然而，它在近现代的鼓岭乡间，却成了由来如此，随处可见的生活小景，是农人们习以为常的道德约束。可以想象，当满载文化优越感的外国人在无意中获知这些，内心的惊讶和赞赏，恐怕要比庐隐来得更强烈。他们或许会联想到发生在西方启蒙时代的长达百年的“中国崇拜”，进而意识到，在中国民间，善良的人性与高尚的道德，始终光彩熠熠，绵延不绝。在这种情况下，他们喜爱和赞美鼓岭，实在是再正常不过的事情。

片段之二：来自郁达夫的《闽游滴沥之四》。1936年的清明节，供职于福建省政府的郁达夫，同六位朋友一起登上鼓岭，试图租几间小屋以度炎夏。“我”等正行走间，但见：在光天化日之下，岭上的大道广地里，摆上了十几桌的鱼肉海味的菜；将近中午，忽而从寂静的高山空气里，又传来几声锣响；作者正在惊疑，问发生了什么事情的时候，一位须发斑白的老者，却前来拱手相迎，邀请作者吃他们的清明酒去。酒是放在洋铁的大煤油箱里，搁在四块乱石高头，底下就用了松枝树叶，大规模地在煮。跑上前去一看，酒的颜色，红的像桃花水汁……尝了几口之后，却觉得这种以红糟酿成的甜酒，真是世上无双的鲜甘美酒，有香槟之味而无绍酒之烈；乡下人的创造能力，毕竟要比城市的居民强数倍，到了这里，作者倒真感到"我们"这些讲卫生、读洋书的人的无用了。

在现存的关于鼓岭的历史影像中，可以看到中外人士在户外坪地上共享家宴的热闹场景。以此类推，"郁达夫们"的奇遇应该也曾经出现在外国人身上。面对鼓岭乡民的热情有礼，身临其境的外国人做何感想，我们一时找不到直接的答案，但它让我想起黎巴嫩近代著名思想家谢基卜·阿尔斯兰（Shakid Arslan）写于 1902 年的一段话："普天之下，再无一邦如中国那样尊崇习俗与礼节，也再无一方人士如中国那样响应人道之教化。性格温顺，是中国人与生俱来的德行，无论老幼，都秉有这一德行。他们以兄弟互称，有'四海之内皆兄弟'之说；同辈之谊，与兄弟之情无异。"在我看来，这段他者之见，很可以作为当年鼓岭情景的画外音，它比较准确地传递出中华民族伦理道德上的某些特点和魅力。而这些正可以构成外国人喜爱、留恋和向往鼓岭的原因。

天心月圆映草庵

前些时，趁着去闽南采风的机会，探访了位于晋江城外华表山麓的草庵。对于这处近年来声誉日隆的宗教胜迹，我虽然早有耳闻，只是一旦身临其境，面对其景，依然感到一种惊讶乃至震撼，心下禁不住赞叹："草庵，果然是一个独特而神奇的所在！有缘到此，不虚此行！"

事后细细琢磨，此行之所以"不虚"无疑关联着草庵非同寻常的宗教内涵。你想，作为华夏大地上的一处香火，草庵自然有佛祖供奉，但是，这佛祖却不是国人所熟知的沐浴着古印度恒河雨露的释迦牟尼，而是生活于古波斯王朝的贵族青年摩尼，即日后的"摩尼光佛"。这种宗教谱系和文化背景的差异，无疑带给草庵以"陌生化"效应，将其化作国内无数佛教胜迹中灵智异样，无法类比的"这一个"。

不仅如此，现存的草庵虽系民国时重修，但其历史渊源和基本构架，却可以追溯到九百多年前南宋绍兴年间。它最初以草构筑，故名草庵。庵中那一尊依山凿壁而成的摩尼光佛坐像，大约形成于七百年前的元代，它的存在不仅串联起摩尼教自唐初进入中国后的载沉载浮、曲折经历，而且构成了该教在当今世界极为珍贵的文物景观。1987 年 8 月，首届国际摩尼教学术研讨会在瑞典隆德大学举行，草庵摩尼光佛坐像被确定为大会吉祥图案。世界摩尼教研究会也选取该像作为会徽。1991 年 2 月，由来自三十多个国家五十多名历史学家、考古学家以及新闻记者组成的联合国考察团莅临草庵，经现场考察，认定草庵是“世界上现存最完好的摩尼教遗址”。所有这些，犹如一支彩笔的多重皴染，让古朴质实的草庵愈发显得神采独具，不同凡响。

不过，对我来说，草庵更大的吸引力与感染力，还是来自它与一代高僧弘一大师李叔同的那种缘分和那番交集——1928 年底和 1929 年秋，一向多在杭州和浙东寺院挂褡的大师，两度游访闽南。起初他打算经此去暹罗，没想到竟一再被眼前情境所吸引、所打动。这里不仅四季如春，气候宜人，可以使自己原本羸弱多病的身体摆脱严冬风雪之苦。为此，1931 年秋，已经 52 岁的弘一大师，在第三次抵达闽南时，就决定把自己的晚年交予这里。此后整整十度春秋，为了阐扬佛理，广结法缘，大师执着而坚忍的步履，遍及厦门、漳州、泉州等地。正是在这段时光里，大师于 1933 年、1935 年和 1937 年，三度来到晋江城外的草庵，分别有短则一个月左右长则将近三个月的停留。于是，草庵成了大师晚年在闽南的重要驻锡地之一。

在驻锡草庵期间，大师主要是抄经、著述、宣佛以及“养疴习静”，除此之外，还应寺内住持之邀，留下了一批墨宝。如为草庵新建僧舍所题的篆体匾额“意空楼”；题刻在草庵后面山岩上的大字楷书“万石梅峰”；题于寺内钟鼓架上的：“集华严句”“以戒为师”“勇猛护持与佛法，愿常利益诸世间”；还有为新修复的草庵石室题写的《重兴草庵碑》等。而在所有这些墨宝当中，最切近大师的人格与心灵，同时也最具有思想和人文内涵的，当属他为草庵撰写的两副楹联。

楹联之一：

草積不除，便觉眼前生意满；
庵门常掩，勿忘世上苦人多。

这是弘一大师为草庵撰写的一副藏头门联（以下简称门联），上下联的第一个字正好构成“草庵”之谓。此联高悬于今日草庵的堂柱之上。按此联下款注明的“岁次甲戌正月”，当系大师1933年首次驻锡草庵，羁留至翌年二月期间所题。这副门联虽然在整体上保持着佛家用语浅显平易的特点，匆忙触目并无阅读障碍，但实际上仍有三个问题有待辨析和厘清。

首先，门联上联中“草積不除”的“積”字，已从现代汉语中消失，常用的《现代汉语词典》乃至收录相对广博的《辞海》《辞源》等工具书，亦不收此字。我找到“積”字是在《康熙字典》里，该字典引用清代藏书家吴任臣《字汇补》的说法告诉我们，“穑”古与繁体字“積”通。《说文解字》段注曰：“積，聚也。”由此可知，“穑”字是形容词，大师笔下的“草穑”指的是青草聚集的状貌，因此，“草穑不除”才显得“生意满”。也正因为如此，有学院中人在谈到大师草庵门联时，把“草穑”之“穑”写成专指小草之一种的“蘵”字，就不准确了。

其次，大师写给草庵的门联竟然还有另一版本，而这异样版本的提供者却是大师本人。1938 年夏天，大师离开厦门到达晋江附近的安海，应当地居士之请，手书草庵门联相赠，而手书的该联上联“便觉眼前生意满”，已改作“时觉眼前生意满”。除此之外，大师还写了《书草庵门联补跋》。文曰：

> 此数年前为草庵所撰寺门联句。下七字疑似古人旧句，然亦未能定也。眼前生意满者，生意指草而言。此上联隐含慈悲博爱之意，宋儒周、程、朱诸子文中常有此类之言，即是观天地生物气象而起仁民爱物之怀也。

这段跋文对门联的内容做了扼要的说明，却不曾言及何以要将“便觉”改为“时觉”。看来要搞清此中原委，只能由我们尽量回到当年的现场和语境，去做设身处地的推测了。

可以肯定的是，大师的感觉没有错，“便觉眼前生意满”确系“古人旧句”。其准确出处是南宋诗人张栻的七绝《立春偶成》：“律回岁晚冰霜少，春到人间草木知。便觉眼前生意满，东风吹水绿参差。”从该诗意脉看，第三句“便觉眼前生意满”，是对第二句“春到人间草木知”的主观化和具象化，表达了诗人眼中绿茵萌动，生机盎然的春日气象。大师原本是中国近代文坛艺苑的巨擘和奇才，腹笥充盈，张栻的《立春偶成》想必早已印入脑海，烂熟于心。因此，当他为草庵撰写门联时，看到眼前春回人间，绿意葱茏的情景，便很自然地联想到“便觉眼前生意满”的诗句，感到二者氛围相近，意境相合，于是，遂将此句信手拈来，移入笔下，对于楹联撰写而言，此乃司空见惯、顺理成章的事情。

不过，张栻这句“便觉眼前生意满”，在明清两代的文章尤其是楹联中曾被一再化用，其中“便觉”二字则因为语境或引者的不同而不时出现异文，被屡屡改写为“顿觉”“时觉”“更觉”“须觉”等。这当中有自觉的更替，也有不自觉的误植，那么大师手书的文联改“便觉”为“时觉”属于哪种情况？我以为应当是前者。

中国的楹联艺术有一个最基本的特征，那就是对仗。所谓对仗不单单要求上下联字数相等，而且还规定一副联语中，声韵必须平仄协调，词性一定虚实呼应。以这样的规范作为标准，来衡量大师笔下的最初的草庵门联，不难发现，以上联的“便觉”对下联的“勿忘”，无论声韵还是词性都算不上工整，至少还有推敲的空间和润色的必要；而一旦改“便觉”为“时觉”，其整体效果便顿见起色，趋于圆融。这时，我们仿佛找到了破解门联异文的可靠路径——大师最初拟联，因系借用

"古人旧句"，所以自然忠实于记忆，照旧写作"便觉"。但他很快觉察到这样一仍其旧，给门联的对仗留下了瑕疵。出于早年养成的追求艺术完美的习惯，他有意加以补救，只是此种文人心曲，是不宜由"六根清净"的出家人明白表达的。于是，他在手书门联赠送他人时，悄然进行了语词置换，完成了对门联的不改之改，也算是一种心理补偿吧。

倘若以上推测不谬，窃以为，"时觉眼前生意满"，才是大师对草庵门联的最终定稿或曰终极审美。当然让大师始料不及的是，他这一番用心良苦的逐字推敲，竟给后人增添了若干欣赏的困惑与称引的麻烦。

还有，出现于门联下联的"苦人"二字亦值得深深体味。与上联相对应，下联的后七个字也是借用"古人旧句"。所谓"勿忘世上苦人多"，曾作为楹联的核心语义，以原句或变格见之于明清两代多地官衙的厅堂仪门，其语源似可追溯到唐代白居易的诗句："岁时春日少，世界苦人多。"（《晚春登大云寺南楼赠常禅师》）毫无疑问，在见诸官衙府邸的楹联里，所谓"苦人"是世俗意义的，指的是庶民、细民、草民，一句"勿忘世上苦人多"，折射的是儒家的仁政观念和民本思想。白居易的登大云寺诗，尽管携带了浓浓的释家意味，只是其中所说的"苦人"恐怕依旧叠印着"惟歌生民病"的"生民"吧？

"苦人"一词进入大师笔下，当然会直通佛教哲学，进而衔接起佛家"苦谛"常说的"二苦""三苦""四苦""五苦""八苦"乃至一百一十种苦无量诸苦，并最终铸就超脱现世的精神坐标。不过具体到草庵门联而言，“勿忘世上苦人多”才是完整的语义表达，这句话原本具有浓郁的儒家气息，出现在门联中，不仅为“苦人”的称谓增添了俗世色彩和人间意味，而且使整副门联在出世的语境里透露出人世的情怀。关于这点，将上下联整体观赏时，感受会格外强烈。或许可以这样说，正是在草庵的门联里，大师让佛门的慈悲之旨与儒家的仁爱之心亦此亦彼，水乳交融，化为一种宏阔博大的生命境界。这时，我不禁想起长期以来人们关于弘一大师为何出家的种种思议。诸如父辈影响说、家族败落说、理想幻灭说、精神遁世说、生命层级说……其实，从草庵门联的内容看，说大师的出家是践行一种既自省又省人的生命方式，似乎亦无大错，毕竟普度众生才是大乘佛教的理想旨归。

弘一大师为草庵撰写的另一副楹联，如今悬挂在寺内摩尼光佛坐像的两侧（以下简称佛联）。联曰：

石壁光明，相传为文佛现影；
史乘记载，于此有明贤读书。

此联上款书：“后二十二年岁次癸酉仲冬，草庵题句以志遗念。”下款书：“晋水无尽藏院沙门演音，时年五十有四。”据此可知，佛联与门联一样，同为大师首次驻锡草庵所题，只是具体时间较之门联要早些，其间隔了一个年关，故而落款有癸酉与甲戌之别，以及（民国）“后二十二年”之说。至于佛联的内容，大师在四年后撰写的《重兴草庵碑》中，曾有过简明扼要的解释：

> 草庵肇兴，盖在宋代，逮及明初，轮奂尽美。有龙泉岩，其地幽胜。尔时十八硕儒，读书其间，后悉登进，位跻贵显。殿供石佛，昔为岩壁，常现金容，因依其形，劖造石像。余题句云："石壁光明，相传为文佛显影；史乘记载，于此有明贤读书。"……

佛联和《重兴草庵碑》，涉及与草庵有关系的两件旧事——"文佛显影"和"明贤读书"。对前一件事，大概是嫌其过于神奇，大师仿佛并非真信，所以联语用"相传"一词作为限定，而碑文亦重在交代石像"因依其形，劖造石像"的过程。对后一件事，大师应当深信其真，因为它有"史乘记载"作为依据。不过从今人研究草庵的成果看，这些记载亦多有夸饰想象，以讹传讹的成分。其中有迹可循且经得起推敲的史实是，明代嘉靖年间，草庵附近确曾有过一所"清泉书院"，书院里也确曾培养了一批儒生士子，其中有的也确实收获了功名。至于碑文所写"十八硕儒……后悉登进，位跻显贵"云云，则并不可考。由此可见，大师题写佛联，果真是"以志遗念"，即意在寄托对草庵的留恋与怀念，而没有在史实方面顾忌太多。

佛联真正引人瞩目之处是如下细节：大师拥有渊博的知

识积累和精湛的佛学造诣，按说，他不可能不清楚草庵的摩尼教背景，也不可能无视草庵内一直存在的摩尼教遗痕，更不可能看不出摩尼光佛石像所存在的不尽合佛教规范之处，如明清学者早就指出过的“道貌佛身”“释老合一”等。但在佛联里，大师全然避开了这些，而依旧称呼像主为“石佛”“文佛”——在梵语中，“文”是牟尼的缩音，故而释迦牟尼又可译作“释迦文”，当然释迦牟尼也就可以简称为“文佛”——大师为何仍要以“文佛”相称？窃以为，这应当涉及他宽广的佛家胸襟和相当开放的宗教观念。在著名演讲《南闽十年之梦影》里，大师明言：“我平时对于佛教是不愿意去分别哪一宗哪一派的，因为我觉得各宗各派，都各有各的好处。但是有一点，我以为无论哪一宗哪一派的学僧，却非深信不可，那就是佛教的基本原则，就是深信善恶因果报应的道理。”这样的眼光和见识显然不是每个佛门中人都能具有的。

不仅如此，对于整个宗教信仰问题，大师都持一种客观公允的态度。1917 年，大师尚未正式出家，但已同佛学结缘。而在致刘质平的信中却写道：“心倘不定，可以习静坐法。入手虽难，然行之有恒，自可入门。君有崇信之宗教，信仰之尤善，佛、伊、耶皆可。”显然，大师对各种宗教是一视同仁的，认为它们都可以让人把心安静下来。而这几乎构成了大师一生的宗教持守。据说，曾有担任小学校长的基督徒庄连福慕名前来拜访，大师的弟子认为异教不能相容，所以不予引见。大师知道后，遂命弟子登门赔罪，并带去手书的佛经和条幅相赠。

庄连福被大师的山海胸襟所感动，从此，他不仅一有机会就前来聆听大师讲经，而且还以口述实录的方式，将当年的现场情景传至后人。明白了这点，再来看大师草庵佛联对摩尼光佛的称谓，便觉得一切可谓自然而然，水到渠成。

由于旅程紧促，当日的草庵之行未免步履匆匆。然而，那里的一切，尤其是弘一大师留下的两副楹联，却深深地印在了我的记忆里，进而不时引发一些大抵属于文人的思索：宗教在何处同文学交集？文学创作怎样才能融入人格的力量？艺术如何才能抵御岁月的销蚀？这些似乎都可以从弘一大师的楹联中获得某种启示。“无尽奇珍供世眼，一轮圆月耀天心。”这是赵朴初先生为纪念弘一大师百年诞辰而写下的诗句。在我看来，这诗的意境恰好投射到草庵的两副楹联之中，所以，就用“天心月圆映草庵”作为文章的标题吧！